KB214085

로맹 가리와
진 세버그의
숨 가쁜 사랑

ROMAIN GARY JEAN SEBERG : UN AMOUR À BOUT DE SOUFFLE
by Pol Serge Kakon

Copyright © 2011 Hugo et Cie
Korean translation copyright © 2012 Maumsanchaek

■ 이 도서의 국립중앙도서관 출판시도서목록(CIP)은
e-CIP 홈페이지(http://www.nl.go.kr/ecip)와 국가자료공동목록시스템(http://www.nl.go.kr/kolisnet)에
서 이용하실 수 있습니다.
(CIP제어번호: CIP 2012002401)

로맹 가리와
진 세버그의
숨 가쁜 사랑

폴 세르주 카콩 | 백선희 옮김

마음산책

옮긴이 **백선희**

프랑스어 전문 번역가. 덕성여자대학교 불어불문학과를 졸업하고 프랑스 그르
노블 제3대학에서 문학 석사와 박사 과정을 마쳤다. 로맹 가리, 밀란 쿤데라, 아
멜리 노통브, 피에르 바야르, 리디 살베르, 로제 그르니에 등 프랑스어로 글을
쓰는 주요 작가들의 작품을 우리말로 옮겼다. 옮긴 책으로『노르망디의 연』『마
법사들』『밤은 고요하리라』『레이디 L』『흰 개』『내 삶의 의미』『하늘의 뿌리』
『폴 발레리의 문장들』『단순한 기쁨』『프루스트의 독서』『랭보의 마지막 날』
『올랭프 드 구주가 있었다』『책의 맛』『알베르 카뮈와 르네 샤르의 편지』『햄릿
을 수사한다』『호메로스와 함께하는 여름』『어느 인생』『이제 당신의 손을 보여
줘요』『웃음과 망각의 책』등이 있다.

로맹 가리와
진 세버그의
숨 가쁜 사랑

1판 1쇄 발행 2012년 6월 10일
2판 1쇄 발행 2021년 10월 20일

지은이 | 폴 세르주 카콩
옮긴이 | 백선희
펴낸이 | 정은숙
펴낸곳 | 마음산책

등록 | 2000년 7월 28일(제13-653호)
주소 | (우 04043) 서울시 마포구 잔다리로 3안길 20
전화 | 대표 362-1452 편집 362-1451   팩스 | 362-1455
홈페이지 | www.maumsan.com
블로그 | blog.naver.com/maumsanchaek
트위터 | twitter.com/maumsanchaek
페이스북 | facebook.com/maumsan
인스타그램 | instagram.com/maumsanchaek
전자우편 | maum@maumsan.com

ISBN 978-89-6090-138-4 03860

* 책값은 뒤표지에 있습니다.

나의 형제자매,
마리, 에메, 플로리, 모리스, 린다에게
이 책을 바친다.

가장 위대한 사람들조차 죽는 게 삶이야.

1960, 진 세버그

이후는 이제 없어요
생제르맹데프레에는
이젠 모레도 오후도 없어요

1961
영화 〈콩고 비보〉 촬영을 하러 떠나기 직전
로마에서 로맹 가리와 진 세버그.

1968
파리 오를리 공항에서 가리와 세버그, 아들 디에고와 그들의 개 샌디.

1962
니스에서 휴가를 보내는 진 세버그와 일명 에밀 아자르 로맹 가리.

1967
영화 〈새들은 페루에 가서 죽는다〉 촬영장에서 로맹 가리와 진 세버그.

강이 나타나면 흘러내려 가는 사람들이 있는가 하면

거슬러 올라가고 싶어하는 사람들도 있다.

진 세버그는 후자에 속했고, 로맹 가리 역시 그랬다.

■차례■

■ 일러두기

1 외국 인명, 지명, 작품명 및 독음은 '외래어 표기법'을 따르되 관용적인 표기와 동떨어진 경우 절충하여 실용적 표기를 따랐다.

2 국내에 소개된 소설, 영화 등은 원어 제목을 생략하였고, 국내에 소개되지 않은 작품은 원어 제목을 우리말로 옮긴 뒤 원문을 글줄 상단에 적었다.

3 원주와 옮긴이 주 모두 글줄 상단에 표기하였고, 옮긴이 주는 따로 표시하였다.

4 원주 중 인용한 내용의 출처는 인용한 문장 뒤에 괄호로 표기하였다.

5 영화, 텔레비전 프로그램명, 잡지와 신문 등의 매체명, 노래 제목은 〈 〉로, 편명은 「 」로, 책 제목은 『 』로 표기하였다.

유 럽 의 교 육

　스물한 살에 이미 그녀는 성공과 가까워졌고, 여러 차례 신고식을 치르고 굴욕을 견뎠으며, 요구에 따라 말하는 법, 웃는 법, 우는 법을 배웠다. 이제 사람들은 그녀에게서 천사의 아름다움과 악마의 아름다움까지 발견했다. 유명인들이 그녀에게 악수를 청했고, 거리에 나서면 행인들이 미소를 지었다. 그녀는 사랑도 안다고 믿었다. 사실 모든 일이 너무 빨리, 너무 일찍, 또는 너무 늦게 닥쳤다.

　그녀는 관습을 따르고 싶었고, 그래서 얼마 전에 결혼을 했다. 그날 저녁, 그녀는 썩 내키지 않았지만 남편을 따라 관례적인 저녁 식사에 참석했다. 그런데 그 남자가 거실로 들어서는 순간, 그녀의 심장은 철렁 내려앉았다. 오래전부터 마음 한구석에 웅크리고 있던 그 만남을 그녀는 두려워하면서도 오래전부터 대비해왔다. 처음에 그녀를 엄습했던 두려움의 감정은 곧 도전 의식으로 바뀌었다. 그녀는 벽에 등을 대고 기댄 채 자기 목소리에 억양이 실리면서 내뱉는 말에 마법이 걸리고, 팔다리가 동작을 그려 몸의 말을 하는 걸 느끼며 여배우로서 아찔한 기분에 사로잡혔다. 그 남자는 어딘지 비현실적이면서 지독히 진실하고, 강하면서 자유로워 보였다. 그녀는 불현듯 위반을 저지르고 싶은 기분에 도취해 그의 품에 몸을 던지며 이렇게 말하고 싶었다. 날 데려가 줘요.

그는 황금기라 부를 마흔다섯 살로, 아직 욕구로 들끓는 과거와 조바심 가득한 현재 사이의 중앙선 위에 선 나이였다. 그는 시간에 시간을 내주는 그런 부류가 아니었다. 그는 흔히들 원숙하다고 말하는 이 나이가 경험과 시련을 갑옷처럼 두른 척박한 나이일 뿐이며, 경험과 시련은 그저 질서와 이성을 상기시킬 뿐이라는 걸 잘 알았다.

그녀는 미국 시골의 얼굴빛에 화장기 없이 금발을 짧게 자른 모습이었다. 캘리포니아 캠퍼스에서 마주칠 법한 젊은 여자들을 연상시키는 풍만하면서도 가녀린 몸에서는 행복이 느껴졌다.

그는 키가 크고 잘생긴 남자였다. 그러나 그의 내면에는 언제라도 덤벼들 듯한 포식자가 머뭇거리고 있었다. 젊은 여인이 도전하듯 그를 응시하던 순간부터 그는 경계 태세를 취하고 군인이 무기를 준비하듯 서둘러 가진 재료들을 끌어모았다. 그의 직책이 요구하는 거만함과 재치 번득이는 말 그리고 호기심은 그의 성공을 입증해줄 것이고, 당당한 풍채는 호전적이고 영웅적이었던 그의 젊은 시절을 증언해줄 것이다.

눈동자가 회색도 초록색도 아닌 이 예쁜 젊은 여인은 전혀 예기치 않은 순간에 무례할 정도로 집요하게 남자를 응시해 그의 마음을 갑작스레 흔들어놓았다. 이 눈동자 색을 그는 알았다. 그녀가 그의 눈을 뚫어져라 응시하자 온몸의 살갗을 훑던 전율을 그는 이미 느낀 적이 있었다. 그는 몇 초 동안 태연한 척 영감의 숨결을 느끼는 시인의 가면을 썼다. 잠시 후 다시 냉정을 되찾고 여자의 얼굴을 매섭게 바라보았다. 이번엔 여자가 당황했다. 그녀의 입술이 떨리고, 눈이 반짝이고, 눈썹이 파르르 떨렸다……. 문득 그의 기억을 사로잡은 혼란에서 한 가지 영상이 떨어져 나왔고, 또 하나의 영상이……. 저 눈은 멀리서 온 눈이었다. 그 자신만큼이나 멀리서 왔고, 더듬거리는 그를 따라다녔고, 삶의 혼전 속으로 그를 밀어 넣었으며, 때로는 맹렬한 삶의 의지로 좌절시킨 눈. 가망 없다는 진단을 내린 아프리카의 병원에서 그를 지켜주었으며, 그에게 날개를 달아주었고 그의 광기와 꿈을 인도했으며, 심지어 그에게 생명을 주었다고까지 말할 수 있는 눈. 바로 그의 어머니 니나의 눈이었다.

그사이 남자의 아내는 손님을 맞이할 때면 기막히게 해내듯이 젊은 미국 여인의 남편과 매혹적이고도 능숙하게 대화를 나누었다. 얘기를 나누면서도 그녀는 은근한 말과 환한 미소로 피어나고 있는 순정에 무심한 듯 가장한 눈길을 흘렸다. 어쨌든 불장난을 거는 건 젊은 여자들의 운명이고, 시간이 매일 그들에게서 훔쳐가는 것을 보상받으려는 것이 황금기 아니면 무르익은 나이 아니면 척박한 나이, 뭐라 부르건 이 나이에 이른 사내들의 운명이 아니겠느냐고 그녀는 생각했다.

자기 남자를 잘 아는 그녀는 질투심에 살짝 전율했고, 그가 거실을 성큼성큼 오가는 동안 다리를 꼬았다 풀었다 하는 저 어린 여자에게 곧 큰 위험이 닥치겠다고 냉소적으로 혼잣말을 했다. 그는 시를 읊듯 말을 했고, 어린 여자는 그의 입술에 매달려 있었으며, 여자의 가슴은 감지하기 힘들 만큼 미세하게 달싹였다.

지켜보는 눈길을 느끼고 두 사람은 서로에게서 눈을 뗐다. 여자는 아프가니스탄 양탄자의 그림 위로 눈길을 던졌고, 남자는 그들 머리 위에 걸린, 크리스털 눈물을 흘리고 있는 샹들리에를 택했다.

그때 하녀가 와서 식탁이 준비되었다고 알리자 그들은 거리낌 없이 다시 서로를 바라보았고, 그가 무언가 말하자 그녀는 고개를 끄덕였으며, 두 사람은 비행 청소년 같은 미소를 주고받았다. '될 대로 되라지'(우리 누구나 품는 끝없는 욕망에 동반되는 이 대담함을 가리킬 적합한 말을 아직 찾지 못했다)가 그들의 운명을 이미 거머쥐고 있었다.

이 몇 초 동안 두 사람은 말없이 포옹과 폭풍, 정념의 모든 계절을 서로에게 약속했다. 그 남자 로맹 가리와 그 여자 진 세버그는 미처 깨닫지도 못한 채 사랑의 이야기 속으로 들어선 것이다. 도무지 끝나지 않을 애정을 끝까지 이어갈 사랑 이

로맹 가리와 진 세버그의 숨 가쁜 사랑

야기, 그들의 것이 될 사랑 이야기 속으로.

하늘을 믿는 사람, 하늘을 믿지 않는 사람, 별들의 변덕을, 우연을, 운명 또는 숙명을 불신하며 지켜보는 사람과 열렬히 지켜보는 사람, 구루를 추종하는 사람, 점을 믿는 사람 등 우리는 저마다 우리에게 일어나는 일이 어떻게 우리를 닮아가는지 설명하기 위해 각자의 생각을 가지고 있다.

1956년, 미국 중서부 지역의 한 여학생이 운 좋게 극예술 교수의 눈에 띄었고, 교수는 오토 프레밍거가 막 찍을 준비를 하던 영화 〈성녀 잔 다르크〉에 캐스팅 후보로 학생 모르게 신청했다. 진 세버그는 전례 없는 언론 홍보로 몰려든 수천 명의 후보 가운데 뽑히게 된다. 그리고 잔 다르크를 연기하고, 스타가 된다.

그러기 한참 이전인 1914년, 세상 반대편 리투아니아에서는 어느 젊은 단역 여배우가 로맹 가리라는 이름으로 명성의 월계관을 쓰게 될 아이를 세상에 낳았다.

1959년에는 각 사람에게 맞는 옷과 상황을 그려주는 우연이 지리, 나이, 언어는 물론이고 출신이나 가족 문화를 봐도 만날 이유가 전혀 없는 두 존재의 만남을 뜻밖이고도 피할 수 없는 만남으로 애써 만들었다.

"넌 프랑스 대사가 될 거야." 니나는 아들에게 일자리라도 배당하는 듯한 말투로 뇌리에 박히도록 거듭 말했다. 그녀는 가난과 배척을 피해 코트다쥐르 해안의 니스로 왔다. 들고 온 짐이라곤 열네 살 된 로맹과, 아들에게 프랑스인의 운명을 만들어주겠다는 유대인 어머니의 각오뿐이었다. 이런 선택을 할 때였던가? 그 시절 프랑스의 대부르주아와 소부르주아 계층은 반유대주의를 자신들의 문화를 지키는 데 꼭 필요한 의무처럼 여기고 있었다. 여전히 건재한 민족주의는 드레퓌스 사건의 잔해를 쪼아 먹고 있다가 러시아혁명이 가져다준 뜻밖의 먹이에 아주 기뻐했다. 같은 구호로 두 가지 음모, 유대인과 볼셰비키를 동시에 규탄할 수 있게 된 것이다.

이 모든 상황도 니나의 '프랑스에 대한' 신념은 전혀 훼손하지 못했다. 반유대주의는 유럽 어디를 가도 있지만 졸라와 빅토르 위고의 정신, 프랑스대혁명의 정신은 프랑스가 아닌 다른 어느 곳에도 없었기 때문이다.

그녀의 예언은 이루어진다. 로맹이 자유프랑스군의 영웅으로서 훈장을 잔뜩 받고, 외교관이 되고, 캘리포니아 주재 프랑스 총영사가 되기 때문이다. 그는 세계적으로 이름을 떨친 작가가 될 뿐 아니라 공쿠르상을 두 번이나 수상한다. 동일한 작가에게 상을 두 번 수여하는 걸 금지하는 규칙을 둔 이 상의 역사상 단 한 번뿐인 위반이다. 그는 1956년 『하늘의 뿌리』로 이 상을 수상한 뒤 20년이 지나 에밀 아자르라는 가명으로 출간한 『자기 앞의 생』으로 다시 이 상을 받는다. 이 걸작은 파리 비평계에, 가리를 영감이 고갈된 반동 작가이자 생제르맹데

프레에서 군복무를 마무리 짓고 있는 드골파의 '보보족'부르주아 bourgeois와 보헤미안bohème의 합성어(옮긴이) 처럼 묘사한 신랄한 비판에 던지는 조롱이었다.

　로맹 가리는 로만 카체브라는 이름으로 태어나 유년기의 초반을 빌노에서 보냈는데, 그곳 주민의 절반이 유대인이었다. 지독하게 가난한 환경에 사람들로 붐비는 동네에서 살던 8만 명의 이 도시 주민 가운데 수천 명만이 훗날 홀로코스트에서 살아남는다. 그곳 사람들 대개가 보따리 장사꾼, 소규모 장인, 상인, 노동자, 행상들이었다. 로맹의 아버지인 레이브 카체브는 모피상점을 운영했다.

　그 시절 빌노는 유대 지식인들의 삶의 중심지였다. 그곳에서는 빈곤을 일상으로 접하면서도 문화생활이 꽃을 피웠는데, 조상 대대로 내려오는 성서에 대한 애착으로 유지되고, 자신의 조건을 바꾸면 모두의 운명을 어느 정도 완벽하게 만들 수 있다는 신념 가운데 정신적인 것에 집착하는 문화였다.
　빌노에는 탈무드 연구학자들, 학생들, 사상가들, 이디시어와 히브리어로 된 책과 신문을 펴내는 출판업자들로 꽉 찬 수십 개의 유대교회당이 번성했다. 성가에서 영감을 받고 보헤미아 집시들이 만든 바이올린으로 연주하는 이곳 음악은 위대한 작곡가들에게 영향을 끼칠 뿐 아니라, 바이올린에서 클라리넷으로 넘어간, 요즘 콘서트장에서도 들을 수 있는 클레즈머Klezmer

음악도 낳는다.

이디시 연극도 히브리 신비철학에서 영감을 받은 〈디부크 Dibbouk, 불의에 희생된 자의 영혼으로 가까운 사람의 몸에 들어가 불의를 바로잡기를 요구하는 악령, 누군가에게 깃든 악령을 뜻한다〉나 〈두 세계 사이에서Entre deux mondes〉 같은 작품들을 만들어내면서 길을 개척해나간다. 이것이 니나가 희극에 끌린 사실과 가리가 물려받은 욕구를 어느 정도는 설명해준다. '타인'을 표현함으로써 자신의 삶과 작품에 의미를 부여하려는 욕구 말이다.

빌노의 거리에서는 이디시어를 말했고, 폴란드어, 리투아니아어, 러시아어, 우크라이나어, 독일어 그리고 히브리어도 썼다. 서로에 대한 적개심과 불관용이 팽배한 가운데 제각기 고유의 가치와 믿음에 갇힌 언어들의 과잉이 아마도 루드비크 라자루스 자멘호프로 하여금 모든 인간에게 공통된 언어가 서로를 잘 이해하게 해주리라는 희망을 품고 에스페란토어를 만들어내게 했을 것이다.

그 시절 빛으로 세상을 밝히겠다고 주장하며 서로 싸우느라 여념이 없던 유럽의 중심부에서 그들이 공통으로 가진 것은 이웃에 대한 적개심과 가난뿐이었다.

당시엔 큰 나라도 작은 나라도 서로 침범하느라 혈안이었다. 번갈아가며 영토를 차지했다가 반환하곤 했다. 똑같은 리투아니아가 자고 나면 폴란드 땅이 되거나 러시아 땅이 되곤 했다.

징발된 사람들은 가축이나 말처럼 이편이나 저편으로 끌려가 충성을 맹세해야 했고, 자신이 태어난 땅에서조차 죽을 때까지 서로 적으로 지내야 했다.

바로 그렇게 로맹 가리의 아버지는 1915년 러시아군에 동원되었고, 같은 시기에 그의 아내와 아들은 러시아의 중심부로 향했다. 발트 해 연안 지역의 유대인들이 독일군의 첩자 노릇을 한다고 의심하던 때였기 때문이다.

역사의 흐름을 바꿀 대격변의 중심에서도 니나는 여배우라는 직업에 대한 열정을 되찾았다. 보리소프스카야라는 이름으로 그녀는 아들을 데리고 순회공연을 떠났다. 볼셰비키 혁명으로 농민과 군인, 어민이 들어찬 극장을 뒤덮은 박애의 분위기가 로맹의 감성에 깊이 각인되고, 계속되는 유랑은 언어에 대한 재능을 갈고닦아준다. 덕분에 그는 이디시어와 리투아니아어에다 러시아어와 폴란드어까지 배우고, 영어로도 여러 권의 책을 쓴다. 러시아어와 함께 니나는 그에게 프랑스어도 가르친다. 잔 다르크의 이야기도 들려주고, 프랑스 국가 〈라 마르세예즈〉도 부르게 한다. 이것이 그가 스스로를 문화적으로 영원한 프랑스인으로 규정한 이유다.

그가 자신의 어린 시절에 관해 쓴 글을 읽거나 그 시절의 사진들만 봐도, 그의 유년기는 사진들 중 하나에서 볼 수 있는 뿌루퉁한 표정으로 요약될 수 있다. 명랑한 기색도 전혀 안 보이고 장난기도 없는, 그저 어딘가로 떠나고 싶어하는 아이의 권태로운 느낌뿐이다. 빅토르 위고, 니콜라이 고골, 쥘 베른, 찰스 디킨스, 알렉산드르 푸시킨, 로버트 스티븐슨 등 고전 작가들을 읽기 시작한 이 시기에 이미 우수와 근엄함의 그림자가 드리웠던 것처럼 보인다.

그의 부모가 폴란드 땅이 된 빌노에 돌아와 헤어진 뒤 그는 어머니와 함께 바르샤바에서 살다가 프랑스로 떠난다.

가리의 아버지는 총알받이에게 마련된 무관심 속에 전쟁에서 돌아와 모피 장사나 다시 해서 옛 애인과 재혼할 생각 외에는 별다른 야심이 없었다. 두 사람은 아이를 둘 낳는다. 그리고 몇 년 뒤, 네 사람은 총살당해 구덩이에 던져지거나 가스실에서 죽는다.

있을 법한 일과 진실을 구분하는 수고를 각자에게 남겨두는 그만의 방식으로, 가리는 이 아버지가 자신의 아버지가 아니라고, 또는 확실하지 않으니 알아서 생각하라고 말한다! 그는 이 아버지보다는 1930년대에 세계적으로 알려진 러시아 무성영화 배우 이반 모주힌을 아버지로 생각하고 싶어했다. 그가 이 배우를 약간 닮은 것은 사실이다. 그래서 가리는 인터뷰에서 이렇게 말하곤 했다. "저는 몽골과 타타르의 피가 섞인 유대인입니다."

아마도 이 점에서 그는 니나와 비슷했다. 그녀는 자신만 아는 아이 아버지의 눈동자 색을 찾으려고 아이에게 눈을 하늘로 치켜뜨게 하곤 했다. 그녀가 화려하지 않은 자신의 경력을 미화하기 위해 듣기 좋은 순애보를 지어낸 건 아닐까? 어쩌면 그 사랑을 진짜 겪었는지도 모른다. 아무려면 어떤가! 아무리

반복해서 말한들 우리는 자기 죽음의 순간과 자기 가족을 선택하지는 못한다. 그런데 가리는 조소라도 하듯 두 가지 다 선택한다. 어쨌든 작가가 어느 정도 전설이나 이야기를 지어내어 자기 작품으로 삼는다 한들 어쩌겠는가? 자기 방식대로 자신을 지어내는 건 예술가의 특권이고, 심지어 모든 인간의 권리가 아니겠는가? 전기 작가는 작가가 제시한 이미지들을 재배치하고 수정하기 위해 적절해 보이는 분류를 할 것이다. 그것들을 현실의 빛 아래 얼마큼 노출시킬지 결정하는 건 전기 작가의 몫이다. 잘 쓴 글을 읽는 행복에 취할 수만 있다면 우리는 개의치 않는다.

20세기 초에 리투아니아, 러시아, 폴란드에서 살던 유대인 소년은 무슨 꿈을 꾸었을까? 분명히 정의와 자유, 인류애를 꿈꾸었겠지만 희망도 품었는데, 그 희망은 미국과 아메리칸 드림, 드넓은 아르헨티나, 박해도 가난도 없는 어딘가 따위의 이름을 가졌다. 그리고 무엇보다 형제나 친구나 사촌누이가 편지를 보내오는 프랑스도 있었다. 그들은 모두 "프랑스에서는 하나님처럼 행복하다"라고 말했다. 그 하나님은 아마도 몇 년 뒤 유대인이 대거 검거되고 아이들이 죽음으로 보내지는 광경 앞에서 눈물을 흘렸을 것이다.

로맹 가리는 "내가 크면"이라는 그의 말에 담겼을 꿈에 대해 한 번도 우리에게 정말 진지하게 말하지 않았다. 오히려 그 반대였다. 그는 카드를 뒤섞고, 어린 시절의 기억과 좌표들을 마음대로 해석하고 색칠하길 즐겼다. 그의 어머니는 그를 위해 꿈을 꿨다. 니나는 끝내 별 볼일 없는 배우밖에 되지 못했지만 아들을 따라다니면서 어머니로서 사람들이 가장 부러워할 만한 눈부신 역할을 맡는다.

그러나 우선은 살아남아야만 했다. 가리는 니스의 고등학교에 갔고, 어머니 니나는 고양이들을 돌보고 개를 목욕시키고 넥타이와 스카프를 팔다가 마지막으로 한 하숙집의 관리인이 되었다.

20세기 초에는 유대인 박해와 강간과 차별이 리투아니아와 폴란드와 러시아의 일상이었는데 어느 여자가 자기 아들을 위해 더 나은 세상을 꿈꾸지 않았겠는가? 이들 나라 사람들은 오래전부터 잔혹 행위와 증오에 대비되어 있어 유대인 대량 학살에 쓰이는 데 전혀 어려움이 없었다. 우크라이나에서만도 백만이 넘는 남자, 여자, 아이가 총에 맞아 죽었고, 수많은 이들이 산 채로 거대한 구덩이에 내던져졌다. 단지 신앙이 다르다는 이유만으로. 이것이 로맹 가리가 받은 '유럽의 교육'이었으며, 그것이 그의 작품에 들러붙어 양분을 제공하고 삶의 고뇌로 따라다녔다. 그의 소설 대부분에서 이 무거운 짐이 잔학 행위에 대한 응답 같은 웃음으로 표현된 것을 볼 수 있다.

『밤은 고요하리라La nuit sera calme』에서 그는 이렇게 말한다. "웃음이 인간의 속성이라고 말한 라블레는 고통을 얘기한 것이다. 그리고 세상의 무게를 어깨에 짊어진 아틀라스가 그 무게에 짓눌리지 않았던 건 그가 춤꾼이었기 때문이다."

1938년 11월 13일에 진 세버그가 태어난 미국의 교육은 이러한 유럽의 교육과 전혀 달랐다.

제1차 세계대전이 끝난 직후, 미국은 성장의 취기에 젖어 행복을 음미하고 있었다. 그러니 그 호시절에 도취해 월스트리트의 단 하루가 연속적인 뱅크런을 낳아 산업과 일자리를 마비시키고 역사상 가장 끔찍한 경제 위기를 유발해 결국 제2차 세계대전이 닥치게 되리라는 걸 어느 누가 상상이나 할 수 있었겠는가? '미국의 옥수수 창고'인 중서부 지역의 중앙에 위치한 아이오와 주의 마셜타운, 주민이 2만 정도인 이 작은 도시에서 삶은 회복기 환자의 믿음과 체념 속에 흘러갔다. 풍요를 누리던 나라를 실업과 도산의 구렁텅이에 빠뜨리고, 노동자와 농민을 길거리로 내몬 불황. 1929년 10월 29일에 이름 붙인 '검은 목요일'이 빠뜨린 불황에서 이 나라는 힘겹게 빠져나오고 있었다.

진 세버그가 태어났을 때는 뿌리 깊은 아메리카가 개척자 정신을 되찾아 금주법과 갱단의 페이지를 넘기려는 생각만을 염두에 두고 다시 제 건강을 돌보는 데 몰두하고 있었다. 금주법과 갱단은 훗날 할리우드 영화의 자산이 되고 전 세계 영화관에서 관객에게 즐거움을 제공한다.

세버그 집안은 다년간의 노고 끝에 루터 교리에 토대를 둔 행복하고 엄격한 삶을 살고 있었다. 스웨덴 출신인 아버지 에

드워드 세버그는 이런저런 직업을 거치다 의사가 되고 싶어했다. 그러나 결국 약사가 되기로 타협하고 약방을 운영했다. 미국을 만든 원칙인 노동, 종교, 바른 품행에 젖어 그는 일상에서 그 원칙들을 지키려고 애썼다.

어머니 도로시는 아이오와 주의 라모일에서 밭을 경작하던 농부의 딸로 교사 교육을 받았고, 결혼 전에 얼마 동안 아이들을 가르쳤다. 그녀는 에드워드가 운영하는 약방 일을 도왔고, 살림뿐 아니라 네 아이, 앤 메리, 진, 커트, 데이비드의 교육에 헌신했다.

세버그 가족은 매주 일요일 교회에 갔고, 매번 식사 전에 기도를 빠뜨리지 않았다. 신앙과 도덕은 이 가정에서 중요한 자리를 차지했고, 인간관계에서도 중요한 조건이 되었다. 진 세버그도 그 영향을 깊이 받는다. 그녀는 성서를 손 닿는 곳에 둘 뿐 아니라 언제나 정의와 고통에 대해 거의 원죄 의식에 가까운 죄책감을 느끼게 된다. 요컨대 빌노 혹은 어디에서나 마찬가지로 그곳에서도 성서에 나온 인간 조건의 표상이 일상 도덕의 바탕이 되었는데, 다만 재검토되고 수정되면서 자유의지와 모든 이론異論이 빠진 버전, 오직 믿음만이 인도한다는 버전이었다.

앞날을 예고하듯― 훗날 진 세버그를 프랑스와 이어줄 사랑에 운명이 살짝 윙크라도 하듯― 프랜시스라는 이름을 가진 그녀의 외할머니만이 나머지 가족과 달랐다. 이해심 많고 쾌활

한 성격의 할머니는 젊은 시절 서커스단의 곡마사가 되고 싶어 했다. 말을 타고 달리며 사람들을 매혹하고, 문만 나서면 펼쳐 지는 넓은 공간으로 달아날 수 없으니 원을 그리고 맴돌면서 탈주를 꿈꾸는 곡마사 말이다. 그녀는 시를 좋아했고, 노래를 지어 진에게 흥얼거리기도 했는데, 그러면 진은 홀린 듯 좋아 하며 언젠가 자신도 시와 노래를 쓸 수 있을까 생각하곤 했다.

이렇게 마셜타운의 행복한 평온 속에서 진의 유년기와 청소 년기는 흘러갔다. 그곳의 길은 넓었고 길가엔 가로수가 심어져 있었으며, 집들은 깨끗하고 조용했고 하나같이 예쁜 정원에 둘 러싸여 있었다. 오후가 되면 아이들은 도넛과 팝콘, 아이스크 림을 즐겼고, 노인들은 풍요로움이 보내는 이 작은 눈짓을 고 맙게 여기며 11월의 네 번째 목요일이 되면 추수감사절을 기리 면서 하나님과 미국 땅이 베풀어준 것에 감사했다.

학교에서 진은 다른 학생들과 닮으려고 애썼다. 그럼에도 불 구하고 연극과 시와 노래와 글을 좋아하는 그녀의 취향은 질 투를 야기했는데, 그녀는 한편으론 우쭐하면서 그 질투를 달 게 받아들였다. 그렇게 그녀는 자기만의 작은 세계를 만들어 갔다. 사람을 도취시키는 말과 생각 그리고 연민으로 이루어진 세계였다. 그녀는 길 잃은 동물들을 도우러 주변 곳곳으로 달 려갔다. 어미 찾아 헤매는 새끼 고양이, 다친 강아지, 둥지에서 떨어진 새를.

열 살가량 되었을 때 그녀는 희곡 작품 하나를 써서 무대 에 올렸다. 「동물들에게 잘해요 Sois bon avec les animaux」라는 이 작품은 동물보호협회로부터 상을 받았다. 청중은 박수갈채를 보냈고, 주변 사람들도 감탄을 감추지 않았다. 아버지만이 조심스럽게 몇 마디 곁들이며 이 성공을 미심쩍은 눈길로 바라보았다. 어린아이와 사이가 매우 오랫동안 틀어질 수 있는 그런 경계심이었다.

그 시절 자기 고향에서 이방인이 된 느낌을 가진 여자아이가 무엇을 꿈꿀 수 있었을까? 아마도 자유, 말하고 웃고 사랑할 자유였을 것이다. 어딘가에 존재한다고 믿는 '미지의 누군가나 무엇'을, 당신을 기다리는 다른 곳을 꿈꾸며 그녀는 자신의 조건에 대해, 흑인들의 조건에 대해 의문을 제기했다.

번민과 권태 속에서 독서와 노래만이 그녀가 혼잡하리라 직감한 넓은 세상을 향해 열린 유일한 창문이었을 것이다. 아버지의 약방에서 쉽게 볼 수 있는 잡지들은 미국의 청소년들을 사로잡는 혈기 넘치는 사진들을 형형색색으로 담고 있었다. 반항기에 접어든 청춘 남녀가 로큰롤이 이끄는 악마에 사로잡히고, 그때껏 작업용으로만 입었던 청바지를 착용한 모습이었다.

로맹 가리가 서른한 살에 첫 소설 『유럽의 교육』을 출간했을 때 진 세버그는 겨우 일곱 살이었다. 이 소설에서 폴란드 소년 야네크는 빨치산 대원이 된다. 숲 속에 숨어 쫓기는 짐승처럼 땅속에 판 은둔지에서 지내며 그들은 적의 트럭 호송대를 공격할 때만 그 구덩이에서 나온다. 그렇게 그들은 스탈린그라드에서 러시아가 독일군에 승리하리라는 희망을 품고 추위와 허기에 맞서 싸운다. 배신과 죽음, 조지아와의 사랑을 통해 삶의 폭력성을 학습하는 이 책에서 박애의 이상을 품은 야네크는 살짝 가리와 닮았다.

『유럽의 교육』은 1945년에 비평가상을 받고 눈에 띄는 성공을 거둔다. 그리고 27개국 언어로 번역되어 작가로서 이름을 세상에 알린다.

런던에서 이 책이 출간되기 전에 가리는 레지스탕스 잡지 〈자유프랑스〉를 맡고 있던 레몽 아롱을 알게 되었다. 아롱은 그의 원고를 읽고서 그가 글쟁이로서 크게 성공하리라고 예언했다.

런던에서 자유프랑스 공군에 함께 있었던 동료 조제프 케셀은 이렇게 썼다.

"1940년에 지원해 해방군의 십자가를 달고 이제 대위가 된 로맹 가리는 영웅적 무훈을 체험했다. 한 청년이, 한 작가가 그 체험에서 자신의 첫 작품의 주제와 색채와 분위기를 발견하는 건 당연하고도 피할 길 없는 일처럼 보였다. 그런데 때로는 영국 땅에서, 때로는 다른 땅에서 적에 맞서 출격하며 가리가 틈틈이 쓴 책은 폴란드 빨치산들에 관한 것이었고, 대단한 책이었다! 10년 전, 어느 날 갑자기 말로와 생텍쥐페리의 이름이 널리 울려 퍼진 뒤로는 이렇게 깊이 있고, 이렇게 새로우며, 이렇게 눈부신 재능이 돋보이는 프랑스어 소설을 읽어보지 못했다.

매 페이지마다 신비스런 창조력이 두드러진다."

장 폴 사르트르는 훗날 이 책을 레지스탕스에 관한 최고의 소설로 꼽는다. 그리고 알베르 카뮈의 찬사는 가리를 기쁨에 겨워 춤추게 만들고, 작가가 되려는 그의 결의를 확실히 다져주었다.

우리는 왜 가리가 이 소설의 이야기를 그가 어려서 어머니와 함께 도망쳐 나온 리투아니아의 중심, 빌노 근처로 설정했는지 의문을 품어볼 수 있다.

스스로 '인간'— 평생 가리는 이 말의 명예에 매달렸다— 이 되기를 원할 때 인간 종족에 완전히 좌절할 수 없는 법이다. 인간에겐 환상을 만들어내는 천부적 재능이 있기 때문이다. 그가 보여준 몇몇 모순 가운데 하나로, 그는 '인간'은 높이 평가하지만 '인간의 조건'에 대해서는 대개 풍자적인 이미지를 제시한다. 그는 말한다. "바로 내가 인간의 조건이다. 내가 비웃는 건 나 자신만이 아니다."

그러니까 이 책의 주인공인 야네크는 리투아니아에서 삶을 배운다. 어린 시절 가리가 자국민에게 불공평한 나라에서 가난과 모욕을 겪었듯이 말이다.

그러나 아우슈비츠 이후로 기대할 게 더는 아무것도 없다는 사실을 가리는 천성적으로 체념하고 받아들이지 못했다. 따라서 그는 언제나 어딘가에는 인간의 존엄을 지켜줄 정의로운 이들이 있다고 믿고 싶어했다. 비겁하고 비열한 인간들에게 맡겨진 많은 나라를 불명예로부터 구하는, 세계 곳곳의 용감한 인간들 말이다.

이와 마찬가지로 러시아계 리투아니아 사람의 뿌리를 가졌다는 사실 때문에 그는 자신이 태어난 나라에서 자신을 축출할 생각을 거부했다.

유대인이건 아니건 죽음의 수용소에 갔혔던 프랑스인들은 프랑스가 그들을 강제로 수용한 것에 아무런 역할도 하지 않았으며, 비열한 자들이 그들을 나치에 넘긴 것이라고 생각하고 싶어했다. 수용소에서 살아 돌아온 남자와 여자, 그들의 아이, 그들의 손자들은 오늘날까지도 여전히 프랑스인으로서 자부심을 갖고 있다.

요컨대 가리는 『유럽의 교육』으로 한 국가에 소속되는 불명예를 말하려던 것이 아니라 용기의 교훈을 주고 싶었던 것이다. 그도 어머니의 바람대로 프랑스인이 된 영예를 자랑스러워했다. 인류를 사랑하는 작가들, 글과 생각이 폴란드나 러시아의 게토 깊숙이까지 도달했던 작가들이 속한 나라의 시민이 되는 영예를 말이다.

1927년, 로맹과 어머니는 프랑스로 왔다. 이 나라에서는 비시Vichy 법령이 유대인들을 강제 수용하기로 결정한 1940년이 되어서야 차별이 그들을 따라잡았다. 병든 니나는 당뇨병이 유발하는 혼수상태를 두려워하며 코트 안쪽에 "저는 당뇨병 환자입니다. 제가 기절하거든 가방에 든 사탕을 입에 넣어 주세요"라는 글귀를 달고 살았다.

엄습해오는 불안을 아들에게 감춘 채 그녀는 직감이 이끄는 대로 전면에 '자유·평등·박애'를 새긴 이 나라에 대한 신뢰를 줄곧 표명했다.

미망에서 깨어난 어조로 가리는 『새벽의 약속』에서 이렇게 말한다. "1940년 6월 18일, 드골 장군은 항쟁을 계속할 것을 국민에게 호소한다. 역사가들의 일이 꼬이게 할 생각은 없지만, 싸움을 계속하라는 내 어머니의 호소가 6월 15일이나 16일로, 적어도 이틀은 더 빨랐음을 정확히 밝혀두고 싶다."

이래서 우리는 비열한 자들만 남게 될 세상을 체념하고 받아들일 수가 없다. 이곳이든 저곳이든 인간은 언제나 그들 안에 때로는 자기 자신보다 나은 이 생각을 품어왔던 것이다. "투쟁을 계속하자!"

운명에 눈뜨다

마셜타운에서 무질서와 반항적인 행동은 하나같이 비난을 야기했다. 무엇보다 조심스런 태도를 낳았다. 문화적 시도들도 당연히 보수적인 규범들에 부합해야 했다. 40년대에 미국 사회의 토대를 이루는 소시민 계층의 여자아이들이 배우는 건 피아노와 춤이었다. 그러나 결코 극성스럽지는 않았다. 일요일에는 가족끼리 지냈고 레이스 달린 원피스를 입었다. 교회에서 나오면서 사람들은 축하의 말을 주고받았고, 조심스럽게 웃었으며, 비슷한 한 주 한 주가 이어졌다.

따라서 모든 거역은 18세기에 유럽이 수출한 뒤로 미국이 결코 벗어나지 못한 청교도주의에 여전히 헌신하는 중산층의 선량한 관습을 에워싼, 포근하면서도 경직된 분위기에 부딪쳤다.

유럽의 중등교육에 해당하는 '하이스쿨'에서 진은 학업과 스포츠를 병행하려고 애썼다. 미국에서는 스포츠가 피해 갈

수 없는 보충 과목이었다. 음악, 노래, 탭댄스, 연극과 같은 교양 수업들도 선이 악을 이긴다는 조건 아래 학습 프로그램의 일부가 되었다. 그러나 공부만큼 중요한 자리를 차지하지는 않았다.

이즈음 운명은 젊은 날 이곳에서 프랑스어와 발성법을 가르쳤던 배우이자 연출가 캐럴 홀링스워스를 마셜타운으로 돌아오게 만들었다. 연극에 대한 열정과 경험의 결실을 전수하려는 욕망을 품고서 그녀는 이 도시의 청년들에게 무대예술과 뮤지컬을 가르치는 데 몰두했다.

기성 규칙에 대한 이 선생의 반감을 은밀히 음미하면서 학생 세버그는 발성법과 몸의 표현 그리고 텍스트를 존중하라는 선생의 요구를 기꺼이 따랐다. 이렇게 캐럴 곁에서 수업과 개인 교습을 통해 진은 배우가 되는 어려움을 깨닫고, 배우가 되려는 갈망을 품었으며, 정말로 '일이 벌어지는' 뉴욕이나 할리우드 같은, 도무지 있을 법하지 않은 다른 곳과 자신을 갈라놓는 거리도 가늠했다.

이 직업을 탐색해나갈수록 그녀의 정신은 복잡한 세상을 향해 열렸다. 이제 그녀는 인종주의와 차별을 인식하게 되었다. 국가를 구성하는 전부인 양 간주되는 백인 공동체에서 인디언과 흑인이 얼마나 소외되어 살아가는지 깨닫고서 그녀는 미국에 대해, 그리고 자신에 대해 수치심이 들었다. 주변 사람들의 지탄에 점점 더 초연해지면서 흑인 해방 단체의 일원이 되기에 이르렀다.

소녀들의 첫 데이트 기회가 되는 고등학교 축제 때 그녀는 육상에서 메달을 받은 어느 흑인 청년에게 무척이나 끌렸다. 매끈한 근육질에 몸매가 늘씬한 잘생긴 청년이었다. 여학생들은 황홀한 표정을 한 백인 여학생과 춤을 추는 그 청년만 바라보았다. 어쩌면 그가 여학생의 목덜미에 입술을 너무 가까이 댔는지도 모른다. 진은 그 청년의 품에 안겨 그가 파트너의 귀에 속삭이는 말을 듣고 싶었는지도 모른다. 이튿날 그녀는 한 무리의 백인 남학생들이 그 잘생긴 흑인 육상 선수를 야만스럽게 두들겨 팼다는 사실을 알게 되었다.

그녀는 미국 흑인들을 위한 전쟁에서 평생 헤어나지 못한다. 그 일에 자신의 전부를 바친다. 그녀의 활동은 당시 미국 내에서 무장투쟁을 부르짖던 '블랙팬서Black Panthers, 1965년에 결성된 급진적 흑인 결사 단체로 '흑표범단'이라고도 한다(옮긴이)' 활동에 아주 가까이 다가갈 정도로 급진적으로 변해간다. 진의 사회참여는 그녀의 삶에서 큰 자리를 차지해 가족, 영화계와 대립하는 주된 원인이 되고, 그녀 삶의 큰 부분을 황폐하게 만든다.

고등학교에서 역시나 우연히 그녀는 프랑스를 정말 사랑하는 프랑스어 선생을 만난다. 그는 1944년 6월 노르망디상륙작전에 참전한 사람으로 전차 부대와 함께 파리로 들어설 때의 매혹적인 이미지들을 간직하고 있었다. 여름 하늘의 찬란한 햇

볕이 내리쬐던 파리, 그 대로들, 그 골목길들, 웃음 짓던 아가씨들, 되찾은 자유. 프랑스어를 듣고 말하는 즐거움을 위해 프랑스어를 가르치면서 오래도록 떠올릴 만한 추억이었다.

언어를 습득하는 능력이 누구나 평등하지 않은 건 당연하다. 프랑스어에 대한 이 남자의 열광은 이 언어에 심취한 캐럴과 마찬가지로 진에게서 메아리를 듣고, 그 메아리는 그녀의 직업 활동과 심지어 인생의 흐름에 영향을 미칠 정도로 커진다. 이런 우연들이 겹치면서 진 세버그와 프랑스 사이에는 무언의 공모가 생겨나기 시작한다. 그녀가 가장 눈부신 성공을, 사랑을, 큰 행복을 만나게 되는 것도 프랑스에서고, 괴로움을 겪는 것도, 몇 년 후 퇴조를 겪는 것도, 자기 자신과 다시금 화해하는 시기를 겪는 것도, 삶에서 가장 고통스런 순간을 사는 것도 프랑스에서다.

'하이스쿨'은 〈사브리나 페어Sabrina Fair〉를 무대에 올리기로 결정했고, 캐럴은 진 세버그에게 사브리나 역할을 맡겼다. 아주 부유한 기업가 집안 운전사의 예쁘고 매력적인 딸 사브리나는 기업가 집안의 버릇없는 아들 데이비드를 미칠 듯이 사랑한다. 그런데 바람기 많은 그 청년은 그녀에게 전혀 관심이 없다. 이루어질 수 없는 사랑에 빠진 사브리나를 치유하고 일도 마련해주려고 아버지는 그녀를 파리로 보내 요리 공부를 시킨다.

새뮤얼 테일러의 이 극작품은 빌리 와일더가 오드리 헵번, 험프리 보가트, 윌리엄 홀든과 같이 만든 영화 덕에 아주 유명해진 작품이다.

공연은 대성공이었다. 진은 자기 역할을 기막히게 해내어 직업 배우로서 자신감을 얻었다. 공연장에 모인 수백 명의 관객에게는 뜻밖의 발견이었다! 그녀에게도 뜻밖의 발견이었다. 무대 한가운데 당당히 서서 객석에서 전해지는 떨림을 온몸으로 느끼며 대사와 자기 몸을 제어하던 첫 느낌은 결코 잊을 수 없는 것이다.

이날 저녁, 공연이 끝나고 나오는 관객들 사이에서 더없이 열광적인 평가가 들렸다. 사람들의 경직된 생각도 자기 고장 출신 아이의 재능 앞에서는 틈이 갈라져 자부심으로 바뀌었다. 어떤 이들은 그녀가 크게 성공하리라고 앞질러 말했고, 지역 신문들은 찬사 세례를 퍼부었다. 그녀 안에서 끓어오르는 말들에 연극의 재능이 더해져 날아오르고, 변장하고, 사실과 거짓을 동시에 얘기할 기회를 제공해 이미 마셜타운에 스타의 싹이 돋아났다는 것이다.

그 결과 진은 배우가 되겠다고 선언했다. 이 시절 그녀는 〈맨〉에서 말론 브란도를, 〈에덴의 동쪽〉에서 제임스 딘을 발견하고 깊은 감동을 받았다. 자신이 속한 환경과 단절된 이 인물들의 존재 자체에, 이 배우들의 정확한 어조에 그녀는 주눅 들었다. 그럼에도 불구하고 그녀는 '이 일이 아니면 아무 일도 하지 않으리라' 다짐하고 배우라는 직업에 관한 책들을 탐독했다.

진 세버그의 첫사랑들은 정말이지 사랑이랄 것도 없는 것이었다. 기약도 없고 결과도 없는, 스치고 지나가는 연정, 일시적 사랑, 천진함과 호기심 사이의 무엇, 본능적 욕구와 절제, 몸의 울림 같은 것이었다.

진의 관심을 끄는 남학생들은 프랑스에서는 〈삶에 대한 분노〉라는 제목으로 개봉될 〈이유 없는 반항〉에 등장하는 것 같은, 점퍼와 청바지와 티셔츠 차림을 한 잡지 속 청년들을 닮았다. 영화에서는 반항심에 사로잡힌 청년들이 어른들의 세계가 불러일으키는 권태를 이기기 위해 위험한 놀이에 몰두하고, 그런 그들을 어른들은 이해하지 못한다. 엘비스 프레슬리가 텔레비전에서 "개처럼 달려봤자 넌 절대 토끼를 잡지 못해"라는 가사의 〈하운드 독〉을 막 노래하던 때였는데, 그가 엉덩이를 흔드는 것에 충격을 받은 미국의 일부 지역에서는 카메라가 허리띠 아래를 촬영하지 못하도록 금지할 정도였다. 그만큼 보수적이었다…….

끓어오르던 이 경향에 자신도 동조한다는 걸 보여주고 싶었는지 진은 위험하다고 악평이 난 젊은 문학 선생을 만나기 시작했다. 그는 공산주의에 관한 수업으로 학부모와 학교 경영진의 분노를 사서 이웃 도시의 중학교에서 내쫓긴 사람이었다. 그것만으로도 학생 세버그의 관심을 끌기에는 충분했다. 마셜 타운으로 오면서 이 청년은 대중 앞에서 말조심을 하기로 작심하고, 진과 함께 주변의 흑인과 인디언에게 옷가지와 장난감을 가져다주는 것만으로 연민을 표했다. 진은 흑인과 불우한 사람들을 대하는 그의 태도에, 마르크스주의의 더없이 관대한 측면인 나눔과 평등을 암시하는 그의 태도에 반했다. 담장의 한쪽은 언제나 그늘 속에 있기 마련인데, 청년기는 그늘보다는 햇빛 찬란한 쪽을 선호한다. 어쩌면 진은 그와 결혼하기로 결심했는지 모르겠으나 운명은 두 사람의 관계를 마뜩잖은 눈길로 지켜보던 주변 사람들의 손을 들어주었다. 어느 화창한 아침, 청년은 군대의 부름을 받아 이 도시를 떠났고, 그렇게 그녀의 삶에서 지워졌다.

진의 아버지는 딸이 공부를 계속하고 그 도시의 선량한 시민들처럼 가정을 꾸리기를 바랐다. 그녀는 친구들처럼 사는 걸 싫어하면서도 그들과 자신의 접점을 지키려고 애썼다. 어쩌면 그녀가 원한 것은 주변 친구들 곁에 머물면서 그들의 사고방식을 바꾸는 것이었는지도 모른다.

빌노에 유년기를 남겨두고 로맹 가리는 벌써 몇 년 전부터 등을 돌린 채 유대인이라는 자신의 출신과 게토에 대한 기억을, 다시 말해 종교나 피부색의 구별 없이 모든 인간 사회에 속하려는 욕구로 보편성을 좇는 탐색에서 그를 무겁게 짓누를 수 있는 모든 것을 뒤로하고 있었다. 이 전쟁에서 그는 결코 헤어나지 못한다. 이방인이라는 말, 유대인, 프랑스 거류 외국인, 또는 그보다 한층 더 음험한 말들이 그가 살아온 궤적을 영구히 비집고 들기 때문이다.

그의 어머니는 불길에서 아이를 꺼내듯 오직 그를 폴란드에서 멀리 데려갈 생각뿐이었다. 온갖 종류의 장애물에 맞서고, 법령들을 해독하고, 온갖 수단을 동원해서 그녀는 마침내 니스에 도착했다. 기진맥진한 상태로. 아들의 교육을 위해 그녀는 남은 힘을 짜내어 눈을 들고서는 로맹의 눈을 쳐다보며 힘을 불어넣는 일을 단 한 번도 그만두지 않았다. 그러곤 세상에서 최고의 엄마가 되려는 희망을 품고 이런 충고를 했다. "가거라. 그리고 되거라." 니나는 아마도 이런 말을 덧붙이고 싶었을 것이다. "가거라. 달려가거라. 날아서 복수를 하거라." 건강 때문에 이젠 자신을 위한 꿈을 꿀 수 없었기에 그녀는 로맹에게 모든 걸 기대했는데, 그 '모든 것'이란 훌륭한 프랑스인의 수준에 오르는 것으로는 충분하지 않고, 프랑스를 대표하는 인물이 되어야 한다는 의미였다.

　로맹은 열네 살에 니스 고등학교에 입학했다. 그는 좋은 학생이었지만 그 이상은 아니었다. 그곳 친구들 가운데 몇몇은 평생 그의 친구로 남는다. 시를 좋아하는 취향 덕에 그는 장중하면서 두드러지는 목소리를 활용한 발성에서 탁월한 자질을 발휘했다. 니나의 영향이 전혀 없지 않았으리라고 상상할 수 있다. 그가 유혹자로서 거둔 첫 성과로 몇 번의 일시적 사랑이 있었는데, 그가 털어놓은 바로는 기숙사의 마룻바닥을 닦으러 오는 니스 아가씨가 그를 처음 입문시켰다고 한다.

　열정을 감추는 그만의 방식, 어머니 니나가 그의 영혼에 심어준 성공을 향한 집착을 보면 그가 고등학교에서 얼마나 과묵하고 극단적으로 침울한 남학생이었을지 짐작할 수 있다.

그는 대학 입학시험 후 니스에서 학위를 서둘러 취득해 건강이 악화되어가는 어머니를 돕고 싶어 엑상프로방스에 있는 법대에 등록했다.

어려서부터 청소년기에 이르기까지 그는 이미 글을 쓰고 있었다. 독일 점령기 동안 〈그랭구아르〉지가 가장 악착스러운 유대인 배척 잡지가 되기 전, 그러니까 조제프 케셀 같은 작가들이 그 잡지에 협력하던 시절에 로맹 가리는 거기에 단편소설들을 발표했다. 니나는 기쁨에 겨워 시장에서 그 잡지를 나눠주기까지 했다.

그 후 정복 대상은 파리였다. 법대, 이보다 나은 선택이 어디 있겠는가. 라탱 지구, 여전한 글쓰기, 여학생들, 따뜻하고 활기 넘치는 그곳 선술집들. 그가 즐겨 찾던 선술집들 가운데 한둘은 지금도 그대로 남아 있다. 특히 파리의 생제르맹 가에 자리한 브라스리카페와 레스토랑 중간쯤 되는 가벼운 식당(옮긴이) '리프Lipp'는 그가 생애 마지막까지 드나들던 곳이다.

자기 나라 국민을 보호해주지 못하는 나라에서 온 그가 프랑스에 대해 어찌 막연한 생각을, 니나가 품었던 그 생각을 품지 않을 수 있었겠는가. 이 생각은 훗날 드골과 더불어 그의 안에 확실하게 자리 잡고, 권리와 의무라는 말에 더없이 고귀한 의미를 부여하는 위대한 생각이 된다.

이런 세월이 한참 지난 뒤에 세상 반대편에서 진은 〈사브리나 페어〉에서 거둔 성공에 젖어 있었다. 〈우리 읍내〉라는 작품에서 그녀는 다시 한 번 두각을 드러내고 동일한 행복감을 만끽한다.

또 다른 작은 성공들이 이어져 배우가 되겠다는 그녀의 결심에 힘을 실어주었다. 감격한 그녀의 부모는 이 일에 몰두하는 딸을 힘들지만 체념하고 받아들였고, 딸에게 자부심을 느꼈다. 그런 환경의 젊은 여성에게 연극이 미래를 제공해주리라는 생각을 어떻게 할 수 있겠는가. 그들에게 연극은 방탕한 생활과 마약, 섹스에 자신을 노출하는 세계였다. 그래서 그들은 극에 대한 딸의 열정이 젊은 시절의 혈기로, 시간이 흐르면 시들해지리라고 생각하며 위안 삼았다.

여세를 몰아 진은 맥스웰 앤더슨의 〈로렌의 잔 다르크Joan of Lorraine〉 작품의 일부를 심사 위원들 앞에서 멋들어지게 연기해 보였다. 그러자 캐럴은 이 성공을 틈타 진의 부모로부터 진이 케이프코드에서 연극 실습을 받도록 허락을 얻어냈다. 그녀는 그곳의 진짜 배우 학생들 사이에서 마침내 날개를 단 느낌이 들었고, 최고 수준의 학생들에 걸맞게 실력을 발휘하려고 애썼다. 실습을 하면서 그녀는 존을 알게 된다. 그 역시 배우 실습생이었다. 열일곱 살의 그녀는 존과 더불어 행복과 욕망의 번민을 경험했다. 아마 진짜 성관계도 이때 처음 경험했을 것이다.

이 시기 얼마 후 캐럴―이번에도 그녀였다―은 진에게 알리지 않고 오토 프레밍거 감독이 준비하고 있는 영화의 캐스팅 후보에 진을 등록했다. 〈성녀 잔 다르크〉 덕에 진은 드디어 세상과 자기를 가르던 문을 넘어서서 배우이자 여자로서 자신의 운명을 향해 나아갔다. 그녀의 것이 될 신화적 운명을 향해.

짧은 축제

1956년은 로맹 가리에게나 아직은 자기 자신을 잘 알지 못하던 진 세버그에게나 중대한 해였다.

성녀 잔 다르크 역으로 선택된 진 세버그가 뉴욕에서 오토 프레밍거의 변덕스런 기분, 불같은 성미와 갈등을 벌이는 동안 로맹 가리는 볼리비아의 라파스에서 프랑스 대사의 후임자로 부임한다.

파리에서 공쿠르상 심사 위원단이 『하늘의 뿌리』로 로맹 가리에게 상을 주기로 선언했을 때 그는 라파스에서 시차 때문에 아직 자고 있었다. 그 지역의 어느 신문기자가 자기 언론사의 텔레타이프에 찍힌 전언을 자세히 읽지도 않고 프랑스 대사관으로 가장 먼저 달려왔다. 그는 인터뷰를 채 시작하기도 전에 두 팔을 벌리고 달려들며 외쳤다. "대사님, 대사님께서 노벨상을 수상하셨습니다." 가리는 더없이 외교적인 미소로 고마움을 표했다.

가리는 고산지대에서 마치 영원과도 같은 맑은 빛을 받으며, 6000미터가 넘는 눈 덮인 산이 도시를 둘러싼 장엄한 풍광을 응시하며 자기 소설의 성공 소식을 음미했다.

아마도 그는 그의 이전 작품들에 대해 항상 호의적이지만은 않았던 파리의 언론을 입장이 유리해진 지금 어떻게 대할지 생각했을 것이다. 일부 비평가들이 그의 소설 『거대한 옷장 Le grand vestiaire』과 『낮의 빛깔들 Les couleurs du jour』에 대해 쓴 기사는 이 책들이 영어 번역본으로 크게 성공을 거두었기에 더더욱 그의 자존심에 상처를 입혔다.

『하늘의 뿌리』는 자연보호를 다룬 첫 소설로 간주할 수 있다. 처음에 가리는 이 책의 제목을 '아프리카의 교육'이라고 붙였다가 출판사가 꺼리는 바람에 '하늘의 뿌리'로 결정했다.

소설을 통해 종의 멸종 문제에 여론이 관심을 갖게 만드는데 이보다 더 성공한 작가는 아직까지 아무도 없다. 이 멋진 이야기의 주인공인 모렐은 당시 대부분의 동시대인들처럼 '생태학'이라는 말조차 알지 못하지만 코끼리 학살을 멈추려고 다른 무기라곤 없이 자신의 마음과 용기만으로 싸운다. 코끼리는 우리 모두 안에 감추어진 존엄과 자유에 대한 요구를 상징하는데, 모렐에게 이 투쟁은 당연한 것이다. 그러나 그의 외적인 모습은 호전적이거나 정의에 불타는 카우보이의 이미지가 결코 아니다. 약간은 모든 사람을 닮은 그는 홀로 백인과 원주민들을 상대로, 아무거나 허용하는 무관심한 식민지 행정을 상대로 악착스러운 투쟁을 벌인다.

가리는 아프리카에서 체류해보았기에 그곳을 잘 알았다. 후피동물의 삶과 도살당하는 수에 대해 완벽한 정보를 갖고 있었던 그는 몰살이라는 말만 들어도 가슴이 무겁게 짓눌렸다.

이듬해, 자연보호에 대해서도 그렇고, 그것이 지구에 미치는 중요성에 대해서도 관심이 전혀 없는 할리우드가 이 소설의 영화 제작권을 사려고 달려들었다. 역시나 연정이 작용한 것이다. 자연과 코끼리를 보호하려는 사람들이 이 책이 스크린에 옮겨지는 것을 보게 된 건 『하늘의 뿌리』를 아주 좋아한 위대한 여가수 쥘리에트 그레코 덕이었다. 실제로 제작자 데릴 자누크는 그 당시 그레코를 사랑해서 그 유명한 존 휴스턴 감독의 지휘 아래 에롤 플린과 오손 웰스, 트레버 하워드를 끌어모았다.

제작된 영화는 가리의 책 내용을 전혀 반영하지 못했고, 존 휴스턴 감독이 촬영 동안 야생동물을 사냥하는 즐거움에 빠져 코끼리들에게 총을 쏘았다는 사실을 알고 작가가 불같이 격분하면서 그 실망은 더욱 커졌다.

같은 해인 1956년에 미국에서 오토 프레밍거는 버나드 쇼의 작품을 각색한 〈성녀 잔 다르크〉 촬영을 준비하고 있었다. 오스트리아 출신인 이 감독 겸 제작자는 할리우드의 유명 인사였다. 연출자로서 얻은 명성에 뛰어난 홍보 감각까지 갖춘 그는 미국 소비자들에게 미디어가 미치는 힘을 의식하고서 촬영을 시작하기도 전에 과감하게 영화제작 발표부터 했다.

〈성녀 잔 다르크〉의 시나리오와 출자가 확정되자 그는 잔 다르크 역할을 맡을 여성을 선정하기 위해 전례 없는 홍보 캠페인을 벌여 미국 전역에서 캐스팅에 참여하도록 촉구했다.

이 사건에서 막대한 발행 부수와 높은 시청률의 가능성을 본 신문과 일간지, 잡지와 TV가 대가 없이 열광적으로 참여한 데 힘입어, 그는 오늘날 〈누벨 스타〉나 〈스타 아카데미〉 같은 방송 프로그램처럼 참가자들이 한 단계 한 단계 거치는 모습을 미국 대중이 몇 주 동안 숨죽이며 지켜보게 만드는 데 성공했다. 그 결과 예기치 않게 시청자가 늘어나 잔 다르크 역 지원자 수가 예상을 훌쩍 넘겼다. 상상해보라! 믿음, 덕성, 전투에서 보인 용기와 원대하고 심오한 미국의 가치들. 젊은 여성들은 꿈을 꾸었고, 가족들은 매료되었다.

1만8000명가량의 지원자들 중에서 선별을 거친 후 진 세버그는 남은 3000명의 경쟁자들 사이에 끼게 되었다. 그 후 다시 300명에 섞여 그녀는 시카고로 불려 갔다. 끝으로 아직 살아남은 서너 명의 지원자와 함께 최종 선발을 치르고 시험 삼아 영화의 한 대목을 찍기 위해 뉴욕으로 초대받았다.

마침내 각종 신문에 대서특필로 예고된 방송에서 수백만의 미국 시청자들이 지켜보는 가운데 오토 프레밍거는 잔 다르크 역으로 선택된 후보자를 소개했다. 진 세버그였다.

그녀의 가족과 지역 언론은 고향으로 돌아오는 그녀를 공항에서 열렬히 환영했다. 마셜타운은 흥분에 휩싸였다. 그녀의 고등학교 친구들은 줄지어 자동차를 타고 도시의 대로를 돌았다. 그녀의 부모는 다시 한 번 자랑스러움을 감추지 않으면서도 이제 겨우 열여섯을 넘긴 딸이 올라탈 갤리선에 대해 걱정했다. 그들은 공부를 계속하겠다고 한 딸의 약속을 생각하며 위안 삼았다.

축제는 짧았다. 진지한 일이 기다리고 있었다. 부모의 승인을 받아야 하는 계약서에 서명을 하고, 거울 속 자신의 모습을 보고 자기 눈을 직시해야 했으며, 자신의 미래와 배우라는 직업에 대해, 7년 동안 그녀를 할리우드에 묶어둘 이 일에 대해 의문을 제기해보아야 했다. 우선 첫해에 그녀는 주급 250달러 중에서 25달러밖에 못 받았다. 나머지는 아버지가 은행에 묶어두기로 결정했기 때문이다. 게다가 셰퍼튼 스튜디오에서 촬영이 시작되어 영국으로 날아가야만 했다.

이때부터 진은 창조력에서 비롯하는 프레밍거의 신경질을 오래도록 감수하게 된다. 그는 그녀를 스타로 대접했다. 유명 디자이너의 옷, 고급 호텔, 리무진, 기자회견. 다른 한편으로는 그녀를 깎아내리고 아무도 만나지 못하게 했으며, 심지어 가족과도 소통하지 못하게 막았고, 뉴욕이나 런던의 호화 호텔 스위트룸에 가둬두었다.

배역에 맞게 진은 머리를 자르는 데 동의했고, 중서부 지역의 억양을 버리기 위하여 발성법 수업도 받았다. 마찬가지로, 말 타는 법도 배우고 펜싱 수업도 들어야 했다. 연약하고 마음 씨 고운 젊은 아가씨는 이런 지휘를 받으며 성녀 역할을 준비 했다.

촬영이 시작되자 프레밍거는 폭군처럼 행동했다. 변덕을 부 렸고 걸핏하면 화를 냈으며, 무방비 상태인 젊은 여배우의 개 성을 무너뜨려 자기 멋대로 바꾸려고 안달했다. 배우들에게 서 각자의 개성을 잘 끌어내려고 다가가는 연출자들과는 반대 로 프레밍거는 배우들을 정신적으로 가혹하게 다루는 습관이 있었다. 감정을 극단으로 내몰아 배우들에게서 최고의 감정을 끌어내려는 방식이었다. 그는 진에게 역할을 해석할 모든 자유 를 금하고 자신의 연출안을 엄격하게 지키게 했다. 때로는 촬 영장에 모인 배우와 스태프들 앞에서 수모까지 주며 그녀가 기진맥진할 때까지, 눈물을 쏟으며 쓰러질 때까지 장면을 다시 연기하도록 요구했다.

유대인 출신인 오토 프레밍거에게 어떤 이들은 할리우드 무 대 위의 '총통'이라는 별명을 붙였는데, 유명한 감독 겸 제작자 빌리 와일더는 이런 농담을 자주 하곤 했다. "나는 오토에게 잘 보여야 합니다. 독일에 아직 가족이 남아 있거든요."

진은 원한을 품지도 좌절하지도 않았으며, 요구대로 자기 역 할을 완벽하게 수행해내어 요즘 표현으로 "끝내주었다". 그녀와 함께 촬영한 경험 많은 배우들은 감독이 못마땅한 눈길로 쳐 다보는 가운데 그녀에게 지지와 조언을 보냈다.

라파스에서 파리로 돌아왔을 때 신문마다 대서특필로 맞아주자 로맹 가리는 기쁨을 감추지 않았다. 그가 기다려온 순간이었다. 그는 발표할 내용을 다듬고 잡지를 위해 포즈를 취해주면서 미디어에 비칠 자신의 모습을 세심히 만들어가기 시작했다. 사람을 당황하게 만드는 유혹자요, 진실과 전설, 유머와 조롱을 갖고 노는 대가의 모습 말이다.

전쟁 직후인 1945년에 출간된 『유럽의 교육』의 성공은 이미 한참 지난 얘기였다. 이제 공쿠르상과 그것을 수상한 작가를 찬사로 뒤덮으면서 신문들은 그가 해방 훈장 보유자라는 측면을 부각해 자유프랑스 공군에서 훈장을 잔뜩 받은 전투 용사로서 그가 걸어온 여정을 되짚어보는 기사로 지면을 가득 채웠다.

그는 전쟁 전에 그다지 자신은 없지만 법학사를 취득하려고 애쓰면서 소위가 될 생각에 입대 교육을 받은 사실을 잘 기억하고 있었다. 얼마 후 그는 공군에서 군복무를 하라는 부름을 받았다. 받은 교육에 해당하는 학위를 취득하고 250시간의 비행을 채우고서 그는 장교가 되기를 기대했다. 그런데 군 당국의 생각은 좀 달라서 그는 실망을 삼키고 하사 계급에 만족해야만 했다. 기지의 한 상관은 이 차별에 그가 유대인 혈통이라는 점 외에 다른 이유가 없다고 그에게 설명해주었다. 이 말은 그가 런던과 파리에서 훈장을 잔뜩 달고 어깨에 대위 계급이 붙은 군복을 입게 될 때까지 기억 속에 가시처럼 박혔다. 프랑스군이 항복 조약을 맺던 날, 그는 보르도메리냑 기지에서 하사관으로 군복무를 마쳤다.

이 수모를 받아들여야 할까? 그러고 나면 또 무슨 일이 벌어질까?

페탱 원수는 그 자신의 협력과 프랑스의 협력을 나치 독일에게 선물로 바쳤다!

활짝 열린 도시로 선언된 파리에 독일군이 입성했다!

정치인들은 좌파 우파 할 것 없이 고개를 조아렸다!

군대의 반유대주의자들이 목소리를 내기 시작했다! 그의 혈통 때문에 조종사 교육을 받는 내내 그의 진급을 가로막았던 늙은 군인들의 불명예스런 행위에 가담해야 한단 말인가? 게다가 그는 이미 외국 유대인들을 감금한 비시정부가 고려하고 있는 조처들 때문에 위험한 처지가 아닌가?

그래서 1940년 6월 18일 라디오에서 드골 장군의 호소문이 울려 퍼졌을 때 가리는 그야말로 날개가 돋아나는 느낌이었다.

그는 동료 네 명과 함께 연료 탱크가 반쯤 찬 비행기 한 대를 집어 탔다. 그러곤 북아프리카를 향해 날아 알제리에 착륙했다. 그는 탈영병으로 체포될 위험이 있는 알제리의 오랑을 떠나 모로코의 메크네스로 가서 사창가에 몸을 숨겼다. 그러고는 마지막으로 카사블랑카에 도착해 원주민처럼 변장한 채 며칠을 떠돌고 다시 사창가에 숨었다가, 군인들을 지브롤터까지 실어 나르는 영국 화물선에 몰래 올라탔다. 지브롤터에서는 비시정부에 대한 영국인들의 모호한 태도 때문에 겁이 나서 배에서 내렸다. 그러나 화물선이 닻을 풀고 부두에서 멀어지는 걸 보고 물에 뛰어들어 헤엄을 쳐서 배에 올라탔다. 그렇게 영국에 도착한 그는 드골 장군의 명령을 따랐다.

자유프랑스 공군의 로렌 부대에 편입된 그는 먼저 중앙아프리카공화국의 방기로 파견되었고, 그곳에서 그의 비행 중대는 롬멜 장군 부대에 맞서 나이지리아, 에티오피아, 리비아에서 싸우기 전에 훈련을 받아야 했다.

그는 경험이 많지는 않았지만 훈련 작전 동안 남다른 직감을 믿을 수 있었다. 운도 따랐다.

한번은 모래 태풍을 만나 그의 비행기가 나무에 부딪쳐 으스러졌다. 그런데 그와 동료들은 다친 곳 하나 없이 무사했다.

또 한번은 모터가 고장 나는 바람에 비행기가 추락했다. 조종사와 항법사는 죽었는데 그는 살았다.

이집트에서는 장티푸스에 걸려 병원에서 며칠 동안 생사를 헤맸다. 의사들은 가망이 없다고 판단하고서 마지막 도유식을 하려고 그의 머리맡으로 젊은 수녀를 불렀다. 그런데 그는 멀쩡히 나았고, 한 친구는 그가 간호를 맡은 수녀의 뒤꽁무니를 따라다니는 모습까지 보았다.

방기에서 그는 어머니의 사망 소식을 들었다. 엄청난 상처였다. 『새벽의 약속』에서 그는 이렇게 말한다. "어머니의 사랑으로 인생은 새벽에 당신에게 약속을 하지만 결코 그 약속을 지키지는 않는다. 그 후로는 생이 끝날 때까지 식은 음식을 먹어

야만 한다. 그 후론 여자가 당신을 품에 안고 꼭 끌어안아도 조의밖에 되지 않는다."

니나의 죽음과 함께 그의 삶의 한 자락이 뜯겨나갔다. 수년의 세월, 젊은 시절의 사랑들, 그가 너무도 사랑을 나누고 싶어 했으나 떠나간, 붙잡아둘 수 없었기에 영원히 그리워질 아름다운 헝가리 여인 로나. 『밤은 고요하리라』에서 그는 그녀를 "그가 본 여인 중 가장 아름다운 여인이었으며, 우리에게 그럴 능력이 있다면 평생 단 한 번 사랑하듯이 그가 사랑한 여인이었다"라고 말한다. 그는 그녀가 범죄자의 공격, 즉 '정신분열증'에 희생되어 그녀를 잃게 되었다고 말했다.

런던으로 돌아온 그는 자신이 속한 비행 부대와 함께 수십 차례의 임무를 수행했다. 프랑스 상공을 공습하다가 비행기는 DCA^{대항공포}에 맞았다. 조종사는 파편에 눈이 멀었고, 가리는 배에 부상을 입었다. 통신기 덕에 그는 조종사를 인도해 영국까지 300킬로미터를 비행했다. 영국에 도착한 그는 착륙을 지시해 비행기와 팀원의 목숨을 구했다.

1945년 5월 28일, 프랑수아 소메, 피에르 루이 드레퓌스, 피에르 망데스 프랑스 등 예외적인 사람들로 구성되고 푸르케 장군이 지휘한 로렌 대대는 해방 훈장을 받았다. 이 대대는 3000번 이상의 출정으로 2500톤이 넘는 포탄을 퍼부었다. 로렌 대대의 최정예 대원 일흔다섯 명 가운데 네 사람만 살아남았는데, 거기에 로맹 가리가 속했다.

〈성녀 잔 다르크〉 촬영은 온기와 냉기를 번갈아 내뿜으며 배우들은 생각하지 않고 쥐어짜기를 거듭하는 프레밍거의 편집광적인 요구 때문에 독기 어린 분위기 속에서 진행됐다.

　흥분한 군중에 둘러싸인 여배우가 화형대의 기둥에 묶인 채 불에 태워지길 기다리는 잔 다르크의 단죄 장면은 하마터면 비극으로 끝날 뻔했다. 화형대 아래 감춰져 있던 두 개의 가스통에 때아니게 불이 붙었던 것이다. 진은 비명을 지르며 발버둥을 쳤다. 그녀를 도우러 달려온 스태프의 도움 덕에 그녀는 묶였던 사슬에서 마침내 벗어날 수 있었다. 소방관들은 불이 다 꺼진 뒤에 도착했고, 손과 배에 화상을 입은 진은 개인 분장실로 옮겨져 치료를 받았다. 언론이 이 사건을 크게 보도하는 바람에 영화 홍보에는 다시 한 번 득이 되었다.

　수백만 달러의 제작비, 광고 효과, 언론의 공조, 리처드 토드와 리처드 위드마크 같은 유명 배우들의 출연, 프레밍거의 술책과 재능, 진이 겪은 고초, 그녀의 눈물과 화상에도 불구하고 뉴욕에서 열린 시사회의 반응은 좋지 않았다. 첫 시퀀스부터 예의 바른 침묵이 시사회장을 뒤덮었다. 그곳에 자리한 수많은 유명 인사들의 당혹감과, 대화에서 의도된 지적인 섬세함을 좇지 못하는 일반 대중의 실망으로 분위기는 곧 무거워졌다. 웅성거림도 들렸다. 슬며시 밖으로 나가는 사람들도 있었다. 마지막에 예의상 박수갈채가 나와 그나마 모두가 안도했다.

한 달도 채 되지 않아 첫 세계 개봉이 파리에서 이루어졌다. 뉴욕에 설욕을 하고 싶었던 프레밍거는 세심한 사항까지 놓치지 않았다. 신문기자와 사진기자들이 '메이드 인 유에스에이 made in USA'의 눈부시고 숭고한 잔 다르크 주위로 몰려들었다. 영화와 사건을 보도하면서 언론은 무엇보다 진 세버그를 프랑스 대중에 알리는 데 한몫했다. 파리에서 유명인으로 꼽히는 모든 인사가 영화관으로 달려와 이 스타와 그녀를 만든 감독에게 인사를 건넸다. 이 시절 패를 쥔 거물들은 프랑수아 미테랑, 장 콕토, 지나 롤로브리지다, 율 브리너, 제라르 필립, 살바도르 달리와 페르낭델이었다.

파리에서 상영하기 전에 오토 프레밍거는 영화를 다시 손보았다. 몇몇 시퀀스는 없애고, 일부는 가볍게 만들었으며, 뉴욕 상영 때 보인 편집의 허점을 수정했다. 그런데 이번에도 반응은 좋지 않았다. 처음에는 조심스럽던 반응이 당혹감으로 바뀌었고, 사람들은 당황한 얼굴로 말없이 서로를 바라보았다. 영화의 주제가 전혀 의외의 것이 아닌데도 그랬다. 역사도 잔 다르크라는 인물도 누구나 아는 주제였다. 다만 이야기의 맛은 그것을 얘기하는 사람의 재능에 오롯이 달렸는데, 재능도 있고 성공과도 친근한 프레밍거가 그 맛을 살리지 못한 것이다.

관례적인 박수갈채가 나온 뒤 홀에서는 동료들끼리 주고받는 눈짓과 관대한 고갯짓, 공모의 악수가 오갔다. 전화로 얘기하자고.

그러나 그런 건 아무래도 좋았다! 영화는 관객을 설득하지 못했지만 영화가 만들어낸 스타, 이 어린 미국 여배우는 그 매력과 재능, 기품과 신선함으로 온 파리를 사로잡았다. 예술계의 유명 인사들이 그녀에게 찬사를 보냈고 다른 이들도 호감을 표했다. "영화는 음……. 그렇지만 당신은 대단한 재능을 가졌어요!"라는 식이었다. 내일 어떻게 변할지 모르는 이 세계에서는 특히나 조금이라도 유명세를 탈 듯싶으면 찬사를 쏟아낸다. 일종의 투자인 셈이다. 그녀가 스타가 될지도 모를 일 아닌가. 그녀는 굉장한 찬사와 숱한 초대를 받았다. 프랑수아 미테랑도 그녀에게 서둘러 전화번호를 건넸다.

전날 영화에 대해 열광적인 제목의 기사를 쏟아냈던 언론도 이튿날에는 유보적인 태도를 보였다. 괜찮다. 아주 좋다. 영 아니다.

그런데 거리의 사람들은 진의 스타일을, 소녀 같은 그녀의 외모를 아주 좋아했다. 그 말을 그녀에게 직접 했다. 상황은 한쪽 팔로는 우리를 붙잡으면서 종종 다른 팔로는 더 나은 걸 돌려주곤 한다. 잔 다르크라는 인물을 위해 어쩔 수 없이 잘랐던 머리 모양이 이제는 진에게 득이 되었다. 사내 같은 그 머리 모양이 파리에 유행을 불러일으켰다.

한편 진도 잘난 척하지 않고 격식에 얽매이지도 않는, 대체로 무사태평한 파리에 매료되었다. 그녀는 파리가 좋았고, 그 마음을 프랑스어로 말했다. 그러면 파리는 미소로 답했다. 이런 미소에 사람은 마음이 따뜻해지고 자신감을 되찾아 눈이 반짝이며 재치 있는 말을 때맞춰 떠올리는 법이다. 이런 순간들이 이제는 그녀를 떠나지 않았다. 오래전부터 비밀리에 준비되어온 진과 프랑스의 관계는 운명의 모양새를 띠기 시작했다.

도시가 개인을 매료하는 힘이 늘 설명되지는 않는다. 파리에서는 이런 힘이 샘솟듯 흐른다. 그리고 그 힘은 거리에서 몇 걸음 걷다가 끌어안는 연인들의 행복을, 파리의 하늘을 사로잡는 화가의 눈길을, 흘러가는 센 강을 바라보는 어느 고독한 창에서 흘러나오는 노랫말을 포착하면서 세대에서 세대를 거치며 새로워진다.

"파리…… 내가 프랑스인인 것은 오로지…… 세상에서 가장 고귀한 장식인 이 위대한 도시 때문이다"라고 몽테뉴는 말했다. 히틀러로부터 이 도시를 폭격하라는 명령을 받고 자기 목숨을 위험에 빠뜨리면서까지 명령에 불복종한 독일군 장군이 한 말을 모르는 사람이 누가 있을지?

어쩌면 이런 공모의 순간에 진 세버그의 머릿속에는 호르헤 루이스 보르헤스와 유사한 생각이 스쳤는지도 모른다. 소르본에서 있었던 강연회에서 이런 말로 표현한 보르헤스의 생각 말이다. "죽음이 어디에서 나를 덮칠지는 중요치 않습니다. 나는 파리에서 죽을 것입니다."

귀소본능

레슬리에게 니나와 닮은 점이 있었을까? 아마도 그랬으리라. 모든 여자에겐 우리가 사랑한 어머니와 닮은 데가 있다. 한 여자를 사랑한다는 건 어느 정도는 모든 여자를 사랑하는 것이다. 이미 여자를 사랑하는 일에 빠져든 가리는 그 일을 그만둘 생각이 전혀 없었다.

두 가지 사실이 그의 마음에 걸렸는데, 그는 그것을 그의 첫 번째 아내가 될 레슬리에게 그녀의 세 번째 남편이 되기 몇 시간 전에 고백해야 한다고 판단했다. 그가 유대인이라는 사실, 그리고 어떤 경우에도 그가 성적으로 그녀에게만 충실할 수 없을 거라는 사실 말이다.

레슬리 블랜치는 그 말을 듣고 웃었던 모양이다. 영국에 자리 잡은 인습적인 또는 청교도적인 관습만큼이나 인종주의와 관련된 편견도 무시하는 그녀였다. 그래서 그들은 1944년 영국에서 결혼하고, 그 뒤로 많은 시간 동안 행복해하고, 아이는 갖지 않는다.

가리는 런던에서 여자들과의 연애를 숱하게 경험했다. 그가 조제프 케셀과 레몽 아롱, 그 밖의 사람들을 만나던 프랑스인 소클럽에는 젊고 예쁜 여자들이 와서 자유를 위해 싸우러 온 용감한 사내들 곁에 동석하는 걸 좋아했다. 칵테일파티에는 런던의 상류층 여인들과 자유프랑스 전투 대원들이 정기적으로 모였다. 저마다 그곳에서 심취할 거리를 찾았다. 남편이 수도에서 멀리 떨어진 곳에 동원된 여자들은 그곳에서 기분 전환을 했고 때로는 위안을 얻었으며, 집을 멀리 떠나온 전투 대원들도 그곳에서 위로와 행복을, 순정을 만났다. 모두에게 그곳은 통행금지 때문에 안개 속에 잠긴 템스 강과 까맣게 불 꺼진 런던이 주는 압박감을 잊고 저마다 자기 자신을 되찾는 기회였다. 때때로 폭탄이 엄청난 폭음과 함께 도시 위로 쏟아졌다. 그런데도 놀랄 정도로 초연하게 농담까지 얹은 대화가 이어졌다. 손에 잔을 들고 어깨를 곧추세운 신사들은 차려 자세라도 한 것처럼 꼿꼿했다. 숙녀들은 속눈썹을 몇 번 깜빡일 동안 하던 말이 빨간 입술에 잠깐 머물곤 했다. 그리고 경계경보 동안에는 결연하고 위엄 깃든 적막감으로 분위기가 굳어졌다. 마치 처칠과 드골이 그 자리에 있기라도 한 것처럼.

예쁘고 매혹적이고 기지 넘치고 모험을 즐기는 레슬리는 재능 있는 기자에 〈보그〉 편집장이었고, 런던 예술계에서 높이 평가받는 작가였다. 그녀는 가리보다 열한 살이 많았다. 전투 비행대 소속의 잘생긴 대위인 가리는 새카만 머리카락에 매복한 맹수처럼 거짓으로 방심한 표정을 짓고서 뒤로 물러난 듯 서 있었다.

처음 몇 마디를 주고받은 뒤, 그의 러시아 억양과 그늘이 깃들고 광채가 번득이는 파란 눈길에 사로잡힌 레슬리는 그를 더 알고 싶어했다. 그가 막 『유럽의 교육』을 출간한 때였다. 몇 마디를 더 나누자 나머지는 매력이 알아서 했다. 도발적인 웃음과 미소, 취조관 같은 눈길, 상대방을 열광시키는 주술 같은 말이 간간이 박자를 맞추는 구애 작업. 두 사람 모두 이미 항해해본 '사랑'이라는 큰 강의 물가로 두 사람을 이끄는 암시와 합의. 부드러우면서도 강한, 아주 동양적인 관능미를 갖춘 그녀는 부자연스런 남성성으로 치장한 여자들과는 참으로 달라서 오래전부터 그를 기다려왔다는 느낌을 그에게 풍겼다. 가죽점퍼 차림에 언제라도 떠날 태세를 한 가리는 레슬리에게서 분신 같은 나그네의 영혼을 알아보고 춤이라도 추려는 듯 그녀의 손을 잡았다.

그러자 운명의 초대를 피하는 유형이 아닌 두 사람은 독일군의 폭격이 런던의 그날 밤을 찢는 가운데 서로를 사랑하게 되었다. 그들이 함께한 세월은 이날의 메아리를 간직하고, 폭발과 격렬한 다툼 사이사이로 다정함과 공모로 이루어진 일시적 고요의 순간도 갖게 된다.

로맹 가리와 진 세버그의 숨 가쁜 사랑

어쩌면 가리에게는 그녀가 어린 시절에 알았던 어느 매혹적인 인물 같은 구석이 있었는지도 모른다. 그녀가 "여행자"라고 부른 사람, 그녀 부모의 어느 친구, 늘 잠시 들렀다 떠나곤 하던 러시아인. 그 사람은 그녀에게 신기한 이야기를 들려주었고, 여행의 취미를 안겨주었다. 더 나중엔 그녀를 사랑에 입문시키고 사라졌다. 그녀가 막 스무 살이 되던 때였다. 그녀는 그를 찾아 소련을 뒤지고 다녔다. 그 때문에 그녀는 러시아와 코카시아 나라들, 대초원과 사막에 대한 열정을 간직하게 되었고, 탐방 기사를 쓰려고 그곳을 여러 차례 되찾았다.

사실 두 사람은 존재와 사물의 영靈을 제 것으로 삼아 변화시키려는 욕망을 가졌다는 점에서 닮았다. 그렇게 그들은 마치 스스로 무대에 올라 세상을 좀 더 아름답게 바꿔놓으려는 자신들의 욕구에 응하려는 듯했다.

두 사람은 칵테일파티와 저녁 초대에 응했고, 그런 자리에서 그녀는 런던이 예술가로, 연극이나 영화계의 명사로 꼽는 많은 사람을 그에게 소개했다. 개중에는 앞으로 가리의 친구가 될 피터 유스티노프 같은 젊은 작가도 있었다.

레슬리는 그가 그 자신을 알게 하는 데도 분명 기여했다. 연인 사이에서 일어나는 공명 작용을 통해 그 역시 그녀가 최고의 자기 모습을 닮게 만들었다. 때로는 한쪽의 '자아'를, 때로는 상대 쪽의 '나'를 성가셔하며 레슬리와 가리는 미숙하거나 유감스런 행동의 한계를 일러주고 인도해주는 특별한 직감을 갖춘 관계를 몇 년 동안 유지했다. 은밀한 떨림이 적절한 때에 찰각하고 당신을 관용으로, 신중함으로, 사랑으로 이끌어주는 관계 말이다. 레슬리는 그가 영국식 예의범절을 익힐 수 있도록 힘썼고, 그것은 훗날 그가 외교관 직무를 수행할 때 도움이 되었다. 또한 그녀는 타고난 그의 기품에 해가 되는 태도나 표현을 그에게서 벗겨주었다. 그녀 곁에서 그는 영어를 멋지게 배워서 훗날 여러 권의 책과 수많은 기사를 영어로 썼고, 그것으로 미국과 앵글로색슨 세계에서 명성을 얻었다.

전쟁 후 그들은 로맹이 외무부의 외교 담당 직책을 얻을 때까지 기다리며 파리의 호텔과 이곳저곳의 임시 숙소에서 생활했다. 마침내 그는 스탈린주의가 한창이고 음모와 비밀경찰과 암살의 분위기가 팽배하던 불가리아의 소피아 주재 대사 비서로 임명되었다.

레슬리는 그들이 사는 아파트를 알록달록한 색으로 꾸몄다. 그는 『튤립Tulipe』을 썼다. 그의 문체는 한결 자유로워지고 더욱 독특해져 가리 고유의 문체로 자리 잡았다. 이제 그는 비극과 유머 사이를 오가는 상황과 단절하고, 인생의 쓴맛과 사랑의 아름다움을 뺀 모든 것을 비웃고 가치들을 조롱하려는 욕구와도 단절했다.

자유로운 인간에 대한 그의 신념을 소피아에서 드러내 보인다면 혹평을 받을 터였다. 그와 비슷한 사람들을 보긴 했지만 아무리 그래도 안 될 일이었다! 그는 행인들의 눈길에서 두려움을 읽지 못한 것처럼, 관청 통로에서 고문과 살인을 짐작하지 못한 것처럼 행세하며 2년을 보내야 했다. 불가리아 비밀경찰은 그에게서 통찰력을, 남다른 점을 금세 포착하고 그로부터 대사관 금고 속에 잠들어 있는 좋은 정보를 끌어낼 수 있으리라고 믿었다. 그들은 그의 침대에 여자를 집어넣었고, 깨진 유리창 구멍을 통해 온갖 각도로 사진을 찍었다. 됐다! 이제 그를 마음대로 쥐고 흔들 일만 남았다. 그러나 가리는 그런 일에 넘어갈 사람이 아니었다. 그를 찾아와 사진을 내미는 두 명의 비밀경찰에게 그는 침착하게 말했다. "미안합니다. 그날 제가 몸이 좀 안 좋았어요. 기회를 다시 한 번 주세요. 이 방면에서 프랑스의 명성에 누가 안 되는 모습을 보여드리고 싶군요."

외교관 생활은 소피아에서 지루하게 이어졌다. 얼굴을 내비치고 겉치레를 보여야 하는 저녁 모임과 대사관 리셉션이 이어졌다. 얼마나 많은 손에 입을 맞췄고, 보드카 냄새를 풍기는 포옹은 또 얼마나 많았던가. 이 모든 것이 국익과 경제적 이익을 위태롭게 하지 않도록 암호화된 보고서를 작성하기 위해서였다. 누렇게 변한 문서들이 언젠가는 고문당한 남녀들의 이름을 밝혀주겠지만 그때는 너무 때가 늦을 테고, 희생자도 형 집행자도 죽어버려 이 모든 게 아무 소용 없는 일이 되고 말 터였다.

그럼에도 불구하고 그는 소피아에서 체류한 세월에 대해 아주 좋은 기억을 간직했다. 이 기간 동안 그는 레슬리에게 헌정한 소설 『거대한 옷장』을 끝냈다.

이 작품은 인간의 잔혹성을 무대에 올리고 있는데, 더없이 비통한 측면의 잔혹성을 그만의 풍성한 언어와 부조리와 유머로 그로테스크하게 그린다. 전쟁 직후, 열네 살의 소년 뤽은 교사였던 아버지가 항독 지하 단체에서 죽은 이후로 두 명의 다른 소년과 함께, 전쟁 동안 레지스탕스 대원과 유대인들을 고발한 늙은 악당 반데르푸트의 지휘를 받으며 절도와 암거래를 하며 생활한다. 반데르푸트의 아파트에 쌓인 훔친 옷가지와 물건들은 강제수용소에서 발견된 옷더미를 생각나게 한다. 아이들이 자기 생각을 하게 되면서 반데르푸트는 뤽에게 죽임당한다. 요컨대 희생자와 비열한 자들 사이에 있을 수 없는 공모까지도 가능한 것이 인간사라는 얘기다.

비평계는 『거대한 옷장』을 이런 각도로 읽지 않았고, 읽으려고도 하지 않았다. 대체로 언론은 거북한 주제를 피하고 싶어 했고, 프랑스 역사에서 수치스런 기간을 지우려고 이런 종류의 책을 고려하려 들지 않았다. 그러나 이 소설은 영어로 번역되어 미국과 영국에서 성공을 거둔다.

파리로 돌아와 관청의 문서 작성 부서에서 외국에 배속되기를 기다리면서 가리는 지루해했다. 우중충한 아침, 생제르맹데프레의 작은 호텔에서 끝나는 몽롱한 날들, 조급한 만남들. 그리고 언제나 그를 사로잡는, 글에 대한 열정. 이 열정은 그를 충만히 채웠고, 또한 깡그리 비웠다.

1950년 레슬리와 함께 니스와 그 주변 지역을 여행하다가 그는 로크브륀이라는 작은 마을의 골목길에 웅크린 듯 자리한, 다 무너져가는 집 한 채를 보고 열광했다. 자기 소유의 장소를 어딘가에 둔다는 생각과 빛, 태양, 나무, 니스에서 보낸 어린 시절의 향기에 넘어가 그는 그 집을 샀다.

어린 시절 고향을 잃고서 몇 달째 고정된 주거지 없이 지내던 가리와 레슬리 두 사람은 이 집을 그들의 '퀘렌시아*커소본능이 이끄는 장소(옮긴이)*'로, 투우장 속에 마련된 몇 평방미터의 땅, 황소만이 아는 곳, 황소가 죽음을 상대로 한 싸움에서 최상의 힘을 찾고 스스로 불굴의 존재로 느끼는 곳으로 삼는다. 그는 로크브륀에서 어느 곳에 있을 때보다 행복을 느낀다. 그곳에서 가리가 소설 『낮의 빛깔들』을 작업하는 동안 레슬리는 그녀 최고의 책인 『거친 사랑The Wilder Shores of Love』을 쓰는 데 몰두한다. 이 책에서는 그녀처럼 대초원과 사막의 나라에 매료된 모험적이고 사랑에 빠진 여자들에 대한, 그리고 동양에 대한 그녀의 열정을 접할 수 있다.

스위스 베른 대사관의 수석 비서로 임명된 가리는 숨죽이고 부자연스런 분위기 속에서 항시 체면을 차리는 외교관 모임에 잘 적응하려고 애썼다.

그는 될 수 있는 한 그곳을 벗어나 여자들을 만났다. 그런 만남이 없었더라면 그는 삶에 대한 격정과 글에 대한 광적인 열정을 누그러뜨리지 못했을 것이다. 시인 블레즈 상드라르의 딸과 연애도 했다. 시인은 이런 글을 쓰기도 했다. "자네가 사랑을 한다면 떠나게. 아내를 떠나고 친구를 떠나게. 두 가슴 사이에 둥지를 틀지는 말게……."

가리가 불충실하다는 말은 결코 지나친 얘기가 아니겠지만, 그는 단지 정념에만, 그가 재능을 타고난 사랑의 연출에만, 그에게 강렬한 순간을 살게 해주는 사랑의 연출에만 불충했을 뿐이다. 그는 사랑에는 언제나 한결같은 끈기를 보이며 더없이 충실했다. 레슬리를 로나의 기억과 이었던 것처럼 동일한 사랑이 생애 마지막까지 그를 진 세버그에 묶어두었기 때문이다.

레슬리는 언제나 눈길을 끌 만한 자기 방식으로 베른에서 공식 행사들을 치러냈고, 그녀 역시 기회만 되면 도피했다. 기차나 배를 타고 떠나 우연한 만남을 가졌고, 코카시아의 신화들에 취했으며, 그녀가 알거나 상상해온 심오한 러시아의 전설들을 받아들였다. 그런 곳에서 레슬리는 글의 영감을 얻었고, 대초원과 눈 덮인 공간에 맞게 각색된 〈천일야화〉의 인물들로 채워진 자기 작품의 양분을 발견했다. 감동과 고독을 가득 채우고 그녀는 둥지로 돌아오는 제비처럼 충실하게 로크브륀을 거쳐 돌아왔다. 로크브륀에서 그녀는 소피아에서 했던 것처럼 오랫동안 내버려둔 그 벽들에 생기와 색채와 매력을 부여하는 일에 몰두했다.

1955년 파리에서 영화 〈성녀 잔 다르크〉가 개봉되기도 전에 프레밍거는 젊어서 이미 유명해진 프랑수아즈 사강의 소설 『슬픔이여 안녕』이 성공을 거두었다는 소식을 듣고 영화 제작권을 사려고 서둘러 덤벼들었다. 당시 이 책은 엄청난 성공을 거두었다. 프랑스에서나 외국에서나 잡지들은 이 책의 저자를 명성의 최고봉에 올려놓았다. 프레밍거는 의기양양한 어조로 진에게 제작권을 얻어냈다는 사실을 알리면서 사강의 소설로 만들 영화에서 여주인공 세실의 역할을 그녀를 위해 남겨놓겠다고 약속했다.

〈성녀 잔 다르크〉가 미국에서 실망스런 반응을 얻고 프랑스에서도 그다지 열광적이지 않은 반응을 확인한 뒤로 상황은 나빠졌다. 말에서 떨어지면 재빨리 다시 말에 올라야 하는 기사들처럼 프레밍거는 자신의 실패가 얼른 잊히도록 지체 없이 〈슬픔이여 안녕〉 제작에 뛰어들기로 결심했다.

이 작품은 여자들을 정복하는 취미를 가진 홀아비 아버지와 함께 사는 소녀 세실의 이야기다. 그녀는 평탄하고 자유로운 삶을 살아가며 아버지의 숱한 연애를 괴로워하지 않고 받아들인다. 세실이 열일곱 살이 되던 여름, 세실과 아버지 레몽, 아버지의 현재 애인인 엘자는 코트다쥐르 해안으로 휴가를 떠난다. 예전에 아버지의 여자 친구였던 매혹적이고 이지적인 여성 안느가 뜻하지 않게 나타나는 바람에 레몽의 작은 세계의 관습이 흔들린다. 안느는 세실을 옆에 끼고서 개학 시험에 대비해 공부를 시키고, 세실이 남자 친구 시릴을 만나지 못하게한다. 안느의 애인이 된 레몽은 그녀와 결혼할 생각까지 하고 엘자를 이미 돌려보냈다. 세실은 자유를 되찾고자 안느의 영향에서 벗어나기로 결심한다.

영화제작에 관한 얘기를 핑계로 내세워 어렵게 프랑수아즈 사강을 만난 프레밍거는 진에게 한 약속은 무시한 채 그녀에게 여주인공 역할을 맡아달라고 제안했다. 사강은 냉소 어린 미소로 그 제안을 거절하면서 자신은 연기를 하고 싶은 마음도 재능도 없으며, 자신의 소설은 자서전이 아니어서 여주인공과 자신을 동일시하고 싶은 마음이 없다고 설명했다. 그러자 화가 난 프레밍거는 오드리 헵번에게 물었고, 헵번도 세실이라는 인물의 부도덕함 때문에 거절했다. 홍보 망령에 사로잡힌 프레밍거는 그가 잘 다루는 언론을 동원해 세실 역할을 할 젊은 여성을 구한다는 사실을 알렸다. 〈엘르〉지가 재빨리 이 주제를 붙잡아 독자들 가운데 자신이 이 역할에 들어맞는다고 믿는 여자들이 몰려들게 만들었다. 수천 명의 지원자들이 몰려오는 바람에 홍보 전략은 성공했지만 프레밍거는 여전히 머뭇거리다가 진 세버그 쪽으로 돌아오기로 결심한다. 결국 진세버그가 세실이 되고, 데보라 커, 데이비드 니븐, 제프리 혼, 마일린 디멘조가 함께 출연한다.

촬영이 시작되자마자 프레밍거의 본성이 다시 드러났다. 그는 앞선 실패를 잊게 만들어줄 상업적 성공의 필요성과 영감 사이에서 갈팡질팡하며 성마른 기질을 드러냈고, 촬영 내내 만족하는 법이 없었다. 사실 그의 기분은 데이비드 니븐이나 데보라 커처럼 자신감 넘치고, 영국인다운 침착함을 갑옷처럼 두른 배우들에게는 그다지 영향을 미치지 않았다. 반면에 진은 그의 영향력에서 여전히 벗어나지 못했고, 그의 빈정거림이 쏠리는 주된 표적이었다.

생트로페와 그 주변 지역은 이미 많은 사람들이 몰려드는 곳이었다. 그곳 해변은 황금빛 젊음의 모래사장이었고, 카페테라스들은 이 행복의 극에 빠져서는 안 될 단역들인 경탄하는 행인들에게 자신을 보여주고 그런 자신의 모습을 바라보는 진열창이었다.

야외촬영을 하기 위해 프레밍거와 촬영팀은 가장 아름다운 계절에 사강의 소설 속 묘사에 꼭 들어맞는 무사태평하고 화사한 분위기의 생트로페로 갔다.

물론 그곳 사람들은 그들을 두 팔 벌려 맞이했다. 그를 환호한 건 이미 굳은 명성 때문이었고, 진에게 환호한 건 한창 치솟는 명성 때문이었다.

제트족이 모여드는 여느 곳과 마찬가지로 생트로페에는 돈과 예술이 양립했다. 부자는 저녁 식사나 리셉션을 위해 또는 앨범이나 대중 잡지에 실을 사진을 찍기 위해 예술가를 불러 동석하곤 했다. 한편 예술가는 자기 명성을 지키면서 언제나 결핍 상태인 자아를 안심시키기 위해 그 상황을 이용했다. 재능은 전염되는 것이 아니며, 재산도 감기처럼 얻어 걸리는 것이 아니라는 사실을 저들에게 말한들 뭣하겠는가! 누구도 자신의 지속적인 발전을 자신하지 못하기에 사람들은 교제를 하고, 상어가 길을 찾게 도와주는 빨판상어를 음식 찌꺼기를 이용해 달고 다니듯 서로 공생하는 것이다.

진은 매료되었다. 요트, 해변, 고급 호텔, 레스토랑, 리셉션이 그녀를 스타로 맞아주었다. 눈부시게 매혹적이고 눈부시게 아름다운 그녀는 사진작가들의 렌즈를 사로잡았다. 어쩌면 그들에게는 그녀가 새로운 바르도가 아니었을까? 물론 덜 육감적이긴 하지만 젊은이들의 취향과 유행에 맞는, 덜 꾸민 듯한 새로운 관능미를 가진 바르도 말이다. 이 모든 것이 그녀에게는 격려가 되었고, 무엇보다 숨 막힐 듯한 감독의 영향력에서 조금은 벗어나게 해주었다. 더구나 촬영이 문제없이 진행되었기 때문에 감독은 그다지 투덜거릴 거리가 없었다.

그런데 진에게는 어딘지 모르게 슬픔의 기색이 엿보였다. 미국에서 〈성녀 잔 다르크〉 홍보 순회 때 만난 사랑의 기억 때문이었다. 어느 날 저녁, 포틀랜드 극장에서 순회 홍보 주최자들이 기획한 음악회가 열렸다. 색소폰 연주자 폴 데스몬드가 함께한 재즈 4인조 공연이었다. 외관상으로는 전혀 눈에 띄는 점이 없는 남자였지만 그가 색소폰을 불자 마법이 일어났다! 음악회 후에 두 사람은 길에서 만난 두 명의 떠돌이처럼, 두 고독처럼 얘기를 나누었다. 알고 보니 그들은 같은 호텔에 머물고 있었다. 이날 저녁 호텔에서 마주쳤을 때 진은 그에게 미소를 지었다. 그는 그녀에게 술을 한잔 마시자고 청했다. 두 사람 사이에 사랑 이야기가 그려지기 시작했지만 단 몇 줄밖에 쓰이지 못했다. 데스몬드에게는 진이 너무 젊었고, 무엇보다 색소폰이 그의 삶에서 너무 큰 공간을 차지했기 때문이다. 말하자면 진의 생각 속 말고는 내일의 기약이라곤 없는 연애였고, 다행히 진도 촬영팀을 만나러 생트로페로 와야만 했다. 멀리 떨어지자 데스몬드에 대한 생각도 점점 뜸해져 순정적 사랑을 모면하게 되었고, 자유를 되찾은 그녀에겐 이제 날개를 펼칠 일만 남았다.

바로 이즈음 그녀는 첫 남편이 될 사람을 알게 되었다. 프랑수아 모뢰이는 생트로페의 작은 세계에서 자란, 운동을 좋아하고 잘생긴 청년이었다. 국제 변호사인 그는 영화를 좋아했고, 제작자와 감독이 될 야심을 키우고 있었다.

몇 가지 예외만 빼고 프랑스 비평계는 〈슬픔이여 안녕〉에 대해 너그러운 태도를 거의 보이지 않았다. 프랑스 비평계의 말을 따르자면 배우들은 쥘리에트 그레코―노래 한 곡을 부르는 동안 출연했다―만 빼고 모두 앵글로색슨족인데, 이렇게 전형적으로 프랑스 냄새가 나는 스토리와 잘 맞지 않는다는 것이었다. 오직 진 세버그만이 대중과 비평가들의 눈에 들었다. 그녀가 세실의 역할을 탁월하게 연기해냈다는 점에는 모두가 동의했다.

다시 한 번 매료된 프랑스 대중은 여배우와 영화와 감독을 구분할 줄 알았다. 진을 양녀로 받아들여 곁에 두고 싶다는 욕망을 드러냄으로써 프랑스 대중은 그녀의 삶에서 가장 아름다운 페이지가 프랑스에서 쓰이리라는 사실을 예감하게 했다.

로맹 가리의 첫 번째 부인 레슬리 블랜치가 그린 연하장(1961).
할리우드에 있는 레슬리와 파리에 있는 로맹을 묘사하고 있다.

두 번째 삶

만약 우연이 어느 날 이 길이 아니라 저 길로 지나갔더라면 자신의 인생이 어떻게 되었을지 누구나 의문을 품어본다. 생각 없이 극장 문이나 교회당 입구에 들어서는 일, 한 발짝의 걸음이 그렇듯이 한 번의 눈길이, 미소가 인생의 흐름을 바꿔놓을 수도 있다.

어쩌면 진 세버그도 연극을 하지 않고 피아노 수업을 들었더라면, 하이스쿨을 마친 뒤 고향 사람들이 부러워할 만한 삶을 살았더라면 낫지 않았을까 생각해보았는지도 모른다. 결혼을 하고, 두세 명의 아이를 낳고, 신앙을 갖고, 소박한 기쁨을 누리는 삶. 그리고 시간이 흐르면 자기 집 정원의 흔들의자에 앉아 평화롭게 늙어가는 삶. 마음 놓이는, 판에 박힌 예쁜 그림, 가정적인 삶의 평화로움이 풍겨나기에 거의 누구나 좋아하는 그림이다. 그러나 라벤더 향이 나는 선반에 놓을 준비가 된

혼수 꾸러미를 안고 태어나는 여자들이 있고, 먼바다의 세이렌 소리에, 말과 색채의 유혹에, 생각과의 드잡이에, 직접 말하고 싶은 욕구에 귀를 쫑긋 세우고 태어나는 여자들이 있다. 나머지는 우연의 몫이다. 결코 완벽하게 동전의 앞면인 경우도, 동전의 뒷면인 경우도 없다는 사실을 우연은 안다.

"내가 아내에게 어떤 책을 읽으라고 주었는지 보세요. 푸시킨, 도스토옙스키, 발자크, 플로베르"라고 한 가리의 말에 그녀는 덧붙였다. "마셜타운에 남았더라면 난 보바리 부인이 되었을 거예요." 그러니 누구도 자신의 운명에서 벗어나지 못한다고 말해도 무방하다. 왜냐하면 우리에게 닥치는 것이 바로 운명이기 때문이다! 강이 나타나면 흘러내려 가는 사람들이 있는가 하면 거슬러 올라가고 싶어하는 사람들도 있다. 진 세버그는 후자에 속했고, 로맹 가리 역시 그랬다. 두 사람 모두 나름의 방식으로 세상을 바꾸는 사람이었고 황금을 찾는 사람이었는데, 그런 사람들에게는 휴식도 구원도 전혀 없다.

우연에 이미 많이도 휘둘려 유럽 역사의 샛길로 이끌린 가리는 언제나 불가능의 지평선에서 빛나는 별이 있어 손가락으로 더듬어 끝까지 길을 찾을 것이다.

아마도 그랬기에 휴머니스트로서 그의 혈기와 유머, 인간에 대한 집요한 믿음이 그의 프랑스어를 러시아어나 이디시어, 폴란드어나 영어에서 온 생각과 광기와 의지로 풍요롭게 만들었을 것이다. 그는 전 세계의 인간을 위해 글을 썼다. 그 많은 언어를 동시에 말했기에, 왜 프랑스 학술원Académie française이 뒤늦게 모리스 슈만의 목소리를 빌려 가리를 그 유명한 좌석들프랑스 학술원은 40명의 종신회원으로 구성된다(옮긴이) 사이에 끼어 앉아 졸도록 후보로 추천했는지 알 수 있다. 그런데 노벨상은 어떻게 그를 보지 못했을까?

진 세버그는 의문에 사로잡혔다. 프랑스가 그녀에게 찬사와 꽃을 보냈고, 프랑수아 모뢰이가 그녀를 사랑해 청혼을 했다. 그런데…… 그녀도 원하는 것 같았지만 잘 모르겠다. 얼마 전까지만 해도 있었던 자신감이 이젠 확실치 않다. 청혼 때문에 살짝 겁이 난 걸까? 아니면 결혼하기엔 자신이 완전히 성숙하지 못하다고 느낀 걸까? 그러나 어쨌든 이 길이 그녀 부모의 눈에는 행복한 삶을 보장하는 것처럼 보이리라는 건 그녀도 부인하지 못했을 것이다.

직업 차원에서 그녀는 끊임없이 의문을 품었다. 프랑스는 그녀를 좋아하는데 미국은? 선지자도 자기 고향에서는 인정받지 못한다. 선지자를 지지하는 열정 외에도 인내와 시간이 필요한 법이다. 그녀는 자기 나라가 자신을 아직 수준 미달로 보는 이유가 분명히 있을 것이라고 생각했다. 그녀도 내심으론 말론 브란도나 마릴린 먼로 또는 제임스 딘의 연기나 존재 자체에서 뿜어져 나오는 재능의 불꽃을, 오만과 취기가 뒤섞인 듯한 기운을 자신에게서 보지 못했다. 이들이 연기 예술의 대가로 '액터스 스튜디오'를 운영하는 리 스트라스버그에게 배운 건 사실이다. 그의 방식은 배우가 자기감정의 원천과 정서적 기억을 통해 자기 인물을 창조해낼 수 있게 배우 스스로 작업하도록 준비시키는 것이다.

영화계라는 좁은 세계와 스타시스템의 표면에서 겪어본 몇 차례의 촬영으로 그녀는 그 세계의 한계와 자기 자신의 한계를 가늠할 수 있었다. 이제 그녀는 자기 안에서 날개를 파닥이고 있는 여배우와 하나가 되고, 대사에 무한한 힘을 실어줄 그런 감각을 되찾고 싶었다. 그리고 앞으로는 그녀의 참신함이나 잘생긴 소년 같은 머리 모양이나 옷차림에 대한 말은 듣고 싶지 않았다.

성공이 경력을 앞지를 때 일어나는 이런 직업적 '사춘기'를 많은 배우들이 경험했다. 모든 경력은 어느 정도 사기로 시작된다. 타인과 자신을 속이다가 경험이 쌓이면 그때야 아직 배워야 할 게 얼마나 많은지 깨닫게 되는 것이다. 그래서 진은 뉴욕으로 가서 리 스트라스버그를 만나기로 결심했다. 그는 그녀의 얘기를 이미 들었다. 무엇보다 그녀가 프레밍거와 같이 촬영했다는 걸 알고 있었다. 두 사람은 근본적으로 달랐다. 스트라스버그는 연기 예술의 대가였고, 그것은 그의 천직이자 존재 이유였다. 프레밍거는 물론 연출이라는 작업을 잘 알지만 브로드웨이 출신으로 브로드웨이와 할리우드의 작품들에 너무 영향을 많이 받았고, 그의 최우선 관심사는 상업적 성공이었다. 스트라스버그는 이 모든 것을 경계했다. 어쩌면 그래서 진의 요청에 응답하지 않았는지도 모른다.

단지 예쁘고 매혹적이어서 성공한 여배우 무리로 분류되길 거부하면서 그녀가 쓸쓸한 마음이 들지 않았던 건 아니다. 그녀는 유감스런 마음이 들었고, 그러자 부당함에 맞서 싸우려는 욕망이 되살아났다. 검열 심한 청교도의 미국, 약자를 배제하는 돈의 미국, 흑인과 인디언보다 우월하다고 여기는 백인들의 미국, 누가 배우이고 누가 아닌지를 결정하는 할리우드의 수직 서열, 그리고 배우의 미래를 판단하는 권한을 가진 스트라스버그까지.

〈슬픔이여 안녕〉은 실패로 판명이 났다. 미국 관객은 다시 한 번 뉴욕 비평계 쪽에 줄을 섰고, 이 실패에 유보 없이 배우와 연출자를 모두 연계시켰다. 아이오와 신문들은 뉴욕 비평계를 무시할 수 없어 그 소문을 중계했다.

그러나 마셜타운은 그곳 출신 소녀에 대한 믿음을 간직해 그녀가 약혼자를 가족에게 소개하려고 고향으로 돌아왔을 때 잔치를 벌였다. 두 사람은 1958년에 그곳에서 결혼했고, 루터파 교회에서 나오는 두 사람에게 수백 명의 사람들이 라디오와 텔레비전 리포터들 앞에 서서 박수갈채를 보냈다.

그런데 할리우드가 피터 셀러스의 영화 〈약소국 그랜드 펜윅 이야기〉로 그녀에게 손짓을 해왔다. 영화가 개봉되자 〈뉴욕 타임스〉는 진이 앞선 영화들에서보다 한결 좋은 모습을 보였다고 단언했다. 그녀가 배우라는 직업에서 기대한 것이 겨우 이것이었을까? 그녀는 대배우가 되고 싶은데 이 정도 능력밖에 못 가진 걸까? 신인 배우를 사로잡던 열광은 이제 없었다……. 불만족이 자기 경멸로 바뀌기 시작할 때는 누구도 도울 수가 없다.

이 모든 일과 멀리 떨어진 곳에서 로맹 가리는 레슬리와 함께 자기 삶을 살고 있었다. 레슬리가 남편의 지위를 안기고도 사랑과 우연 놀이를 박탈하지 않아 그는 그 놀이에 빠졌다가 다시 아무렇지도 않은 듯 돌아오곤 했다.

그는 외무부에서 알력의 인질이었다. 사람들은 순전히 행정적인 이유를 내세우며 그가 승진하거나 어떤 직책에 배속되는 것에 반대했다. 실제 이유는 페탱주의 이념을 두른 적개심이었을 뿐인데, 그 독은 외무부 구석구석을 오염시키고 있었다. 그를 노리는 족쇄와 계략은 그가 드골에 충성했다는 사실과 그의 출신, 그리고 질투심에서 나온 것이었다. 병역기피자들은 작가를, 유혹자를, 피 끓는 영혼을, 가리처럼 메달을 잔뜩 단 사람을 좋아하지 않았다. 다행히 그는 외무부에서 좋은 성품을 가진 사람들의 우정과 존중심을 얻어 악의 서린 암초들을 피해 갈 수 있었다. 1952년, 계략과 비열한 암투에도 불구하고 그는 유엔 프랑스 대표단의 일원으로 임명되었고, 언론 담당 임무를 맡았다. 직무는 그의 기질과 잘 맞았고, 드골 장군 옆에서 갖게 된 프랑스에 대한 생각과도 잘 맞았다. 게다가 그의 임기응변 감각, 높은 수준의 영어는 프랑스가 흥분의 도가니가 된 식민지들과 충돌해 비난의 표적이 되었을 때 프랑스의 정책을 옹호하는 데 효과적으로 기여했다.

드골 장군이 "거시기"라고 부르길 좋아하던 유엔에 대해 가리는 이렇게 말하곤 했다. "여러 민족의 열망과 그 열망이 유엔에서 언급되어 실현되는 것 사이에서 모든 것은 연설이 되고 단어가 된다. 눈물과 허기와 고통도 수사修辭가 된다."

그는 미국인의 감수성을 자극할 말을 찾아낼 줄 알았다. 신문기자들이 인도차이나 전쟁을 두고 프랑스를 비난할 때 그는 이렇게 대답해 화제를 돌렸다. "우리나라에서는 매시간 이 나라의 어머니가 인도차이나에서 일어난 아들의 죽음 소식을 듣고 있습니다." 사람들은 그 말에 박수갈채를 보냈다.

여러 문화가 뒤섞이고 언어들이 마주치는 뉴욕 생활은 가리의 취향과 잘 맞았다. 유엔이라는 명예로운 기관의 위압적인 건물은 온갖 국적을 가진 젊고 아름다운 여성들이 모인 멋진 보호구역이었다. 그는 명성을 후광처럼 두르고 위풍당당하게 그곳을 돌아다녔다.

이때까지 레슬리의 기질은 부정不貞의 악천후에 무심한 것처럼 보였다. 거의 그래 보였다. 이때까지 남편의 방종에 자연스레 신중한 태도를 보이려고 애써온 그녀가 역정의 징후를 보이기 시작했다. 그녀는 자신의 연애를 조심스럽게 비밀로 감출 줄 알았다. 마치 방랑벽 때문에 집을 멀리 떠나서만 연애 상대를 찾는다는 생각이 들 정도였다. 그러나 로맹은 돌이킬 수 없다는 인상을 풍기는 열정에 뛰어들곤 했는데, 대개 그 열정은 결국 작은 불에 불과한 것으로 밝혀지곤 했다.

그는 기성복처럼 미리 준비된 사랑을 선호하는 것처럼 보였지만 막상 사랑에 빠졌을 때 사태는 그렇게 단순하지 않았다. 그는 『새벽의 약속』에서 로나에 대해 이렇게 털어놓았다. "그녀는 전쟁 직전에 헝가리로 떠났다. 부모에게 우리의 결혼에 대해 말하겠다고 했다. 그러나 나는 그녀가 정말 나와 결혼했으리라고는 생각하지 않는다. 그렇다기엔 그녀는 너무 다정하고 상냥했다."

여전히 자기 방식으로 그는 『밤은 고요하리라』에서 얘기하듯이 열차 칸에서 윈스턴 처칠의 딸인 메리를 사랑하게 되었다. "한 시간 동안 우리는 서로 말을 건네지 않았다. 열차 칸에는 우리밖에 없었는데 나는 영국식 예의범절을 알고 있다는 걸 보여주고 싶었다. 의미심장한 침묵이 한 시간가량 흘렀고, 어린 숙녀는 내게 눈길조차 주지 않고 줄곧 창문 밖을 내다보고 있었는데, 그러지 않았더라면 버텨내지 못했을 것이다. 참으로 아름답고 고결한 태도였다. 나갈 때가 되어 그녀는 내 눈을 똑바로 쳐다보더니 말했다. '전 당신이 프랑스어를 하는 줄 알았어요.'"

뉴욕에서 레슬리는 질투의 징후를 보이기 시작했다. 두 사람의 나이 차는 시간이 흐르면서 한층 두드러지는 것 같았다. 그녀는 연애를 덜 즐기는 반면 그는 여전히 성적으로 열정적이었고, 얼굴에서 조그만 주름이라도 발견하면 시간의 힘과 사랑의 신에 동시에 도전이라도 하듯 한층 더 조급해하는 경향

로맹 가리와 진 세버그의 숨 가쁜 사랑

을 보였다.

그 결과 두 사람의 관계는 새로운 형태로 조정되었다. 예전과 마찬가지로 말은 하지 않았지만 일시적인 평계로 가장한 깊은 유감이 깃들어 있었다. 그러면서도 레슬리는 훌륭한 가정의 여주인으로서 세속적인 의무를 멋들어지게 수행해냈고, 여전히 문학과 영화와 사상과 예술계의 인사들을 맞이했다.

동시에 그녀는 자신의 소설 『거친 사랑』을 작업했고, 가리는 『낮의 빛깔들』을 끝냈다. 이 책은 『거대한 옷장』만큼이나 유보적인 비평을 접했다. 로맹 가리에게 헌정한 『거친 사랑』은 1954년에 출간되어 처음에는 영국에서, 그리고 곧 미국에서 큰 성공을 거두고 상까지 받았으며, 이내 여러 언어로 번역되었다. 메트로 골드윈 메이어^{MGM} 제작사에서 그 판권을 샀다.

가리를 찾아와 "유명한 작가와 결혼해 사니 어떠신가요?"라고 묻는 기자에게 그는 이렇게 대답한다. "제 아내에게 물어보세요. 10년째 유명한 작가와 결혼해 살고 있거든요."

새 직무에 배속되기를 기다리면서 가리는 로크브륀으로 돌아가 『하늘의 뿌리』를 집필했다. 이 책의 성공은 외무부에서 그가 만나는 골치 아픈 일들을 넉넉하게 보상해주었다.

공쿠르상이 언론에서 만장일치를 얻지 못하는 건 드문 일이다. 이 상이 출판계와 언론 모두에 필요한 연간 약속이기 때문이다. 『하늘의 뿌리』에 대해 언론은 대부분 만장일치의 의견을 보였으나, 자칭 문인이고 작가라고 생각하는 비평가들이 써낸, 그다지 영향력 없는 두세 건의 가시 돋친 기사만은 예외였다.

오늘날 그들을 기억하는 사람은 없다.

　공쿠르상을 받으면 시샘하는 사람이 있기 마련이다. 가리 책들의 성공은 종종 좌파와 우파 양쪽 비평가들의 적개심을 동반했다. 공쿠르상을 물고 늘어질 수는 없으므로 그들은 가리의 이어지는 소설들에 복수를 하려고 들었다. 그러기 위해 드골에 대한 작가의 드높은 충성심을 일종의 중대한 결점처럼 매번 부각시켰다.

　가리는 충직한 사람이었고, 프랑스에 대한 '어떤 이념'이 그에게는 곧 세상에 대한 '이념'이 되었다. 그 세상은 드골 장군이 자유프랑스군의 초기 조종사들에게 다음과 같이 선언했을 때 아주 좋지 않은 상황에 처했던 세상이다. "독일군은 패배할 것이다. 그들의 전쟁 무기는 현대적이지만 그들의 정신이 시대에 뒤진 야만에 가깝기 때문이다."

　야만은 패배했고, 미래는 좋아질 것으로 보였다. 그러나 독일군이 프랑스 밖으로 내쫓기자마자 정치 이면공작이 다시 시작되었다. 어떤 이들은 드골이 오직 자기 자신만이 해방된 프랑스의 얼굴을 구현하는 것처럼 행동한 것을 용서하지 않았고, 또 다른 이들은 그가 모리스 토레즈와 함께 공산주의자들을 내각에 끌어들이고, 사회보장제도를 실시하고, 여성 투표권을 인정하게 만든 것을 용서하지 않았다. 어떤 이들은 그가 너무 많은 것을 했다고 하고, 또 어떤 이들은 충분히 하지 않았다고 했다.

　그리하여 모든 선지자가 어느 순간에는 그렇게 되듯이 그는 역경의 시기에 콜롱베레되제글리즈Colombey-les-deux-églises, 드골이 정계에서 물러나 지낸 작은 마을로, 그가 거기서 사망한 뒤 드골주의의 상징적 장소가 되었다(옮긴이)로 물러났다. 가리는 그가 존경하는 위대한 인물이 오트 마른 지역의 납빛 하늘 아래 키 큰 나무들 가운데 고독하게 선 모습을 상상하며 종종 우수에 잠겼다.

역사의 페이지는 계속해서 넘어갔고, 그러는 동안 프랑스의 사상계는 우상 전쟁에 빠졌다. 일종의 모노폴리 게임처럼 아롱을 내주면 사르트르를 얼마나 줄 거냐, 아니면 보부아르를 내주면 말로는 얼마나 줄 거냐는 식이었다. 알제리 출신의 프랑스 작가로 노벨상을 수상한 카뮈는 프랑스와 알제리가 한창 충돌할 때 이렇게 선언해 신망을 잃었다. "정의와 내 어머니 사이에서 선택을 해야 한다면 나는 어머니를 택하겠다." 런던에서 자유프랑스 기관지를 펴냈고 고등사범학교와 국립행정학교 출신의 새 세대들에게 여전히 영향을 미치던 반공산주의자 레몽 아롱의 주가는 하락했는데, 이해할 만했다. 말로의 지도에는 아롱이 중국 혁명과 스페인 전쟁, 레지스탕스에 가담한 사실, 문화에 대한 그의 마법 같은 주문이 모두 지워져버렸다. 그를 이해하고 싶은 사람은 이해하겠지만, 이제 그는 일을 그만둔, 드골을 추종하는 하인에 불과했다. 그런데 『유럽의 교육』, 위태로운 『하늘의 뿌리』, 눈물 흘리는 『서정적인 광대들Les clowns lyriques』을 쓴 가리는 이 모든 것과 무슨 상관이 있었을까? 어쩌면 단지 그가 이 시기에 속하고, 더는 나오지 않는 유형의 인종에 속했기 때문이 아닐까.

프랑수아 모뢰이 덕에 진은 마침내 프레밍거의 속박에서 벗어날 수 있었다. 프레밍거는 콜롬비아 사에 계약을 양보하는 데 동의했다. 그러나 전화는 예전만큼 울리지 않았고, 사진기자들의 렌즈는 다른 얼굴을 찾아갔다. 말하자면 침체기였는데, 그러나 진은 프랑스 영화에 몰려온 누벨바그에 실려 다시 일어선다.

이제 그녀는 자유로웠고 자유로운 것이 좋기도 했지만 나아갈 방향을 잃었다. 프랑수아 트뤼포가 〈카이에 뒤 시네마〉지에서 그녀에 대해 아주 좋게 말한 사실을 기억할 필요가 있다. 진에게 심취했던 젊은이들의 열광이 프랑수아 지루가 1957년 〈렉스프레스〉지에서 영화사에 길이 남을 표현인 '누벨바그'라고 명명한 신참 감독들의 호기심을 일깨웠다. 이들은 프랑수아 트뤼포, 장 뤽 고다르, 클로드 샤브롤, 루이 말, 장 피에르 멜빌 그리고 그 밖의 몇몇 감독들로, 모두가 전통 프랑스 영화와 단절하기로 단단히 마음먹은 이들이었다. 미국에서 일어난 제7예술의 부흥에 영향을 받은 그들은 기꺼이 스튜디오를 나와 거리 촬영을 했고, 영화에 더욱 사실성을 부여하기 위해 트릭을 벗고 즉흥성에 더 큰 자리를 내주었다.

장 폴 벨몽도는 예민하면서도 이완된 몸, 즉흥적인 연기, 자연스런 발성 덕분에 누벨바그를 가장 잘 구현하는 전형적인 배우였다. 장 뤽 고다르가 그의 첫 영화 〈네 멋대로 해라〉의 주인공으로 선택한 배우가 바로 그였다. 벨몽도와 함께할 여배우로 그는 진 세버그를 낙점했다. 애교머리와 세트로 말아 올린

머리 모양을 한 전형적인 미국 여배우들과 달리 보이시한 분위기를 풍기는 그녀가 당시 젊은이들을 대표했기 때문이다.

이 영화에서 벨몽도는 험프리 보가트가 모델인 불량 청년 미셸 푸아카르의 역할을 맡았다. 그는 훔친 자동차를 운전하다 경찰에 쫓기던 중 경찰관 한 명을 죽이게 된다. 돈도 없이 도주하던 중 그는 진 세버그가 연기하는 미국인 여자 친구 파트리시아에게 관심을 쏟는다. 파트리시아는 학생이자 신참 기자로 샹젤리제 거리에서 큰소리로 〈뉴욕 헤럴드 트리뷴〉을 판다. 파트리시아는 그를 자기 집에 숨겨주고, 두 사람은 훔친 물건으로 생활하며 경찰관을 피해 다닌다.

프랑수아 트뤼포가 시나리오를 쓴 이 영화는 진 세버그에게 새로운 출발이 될 뿐 아니라 가장 강력한 의미에서 두 번째 생명의 숨결이 된다.

도화선

"화가는 자기 그림이 제 나이이고, 시인은 자기 시가 제 나이이며, 시나리오 작가는 자기 영화가 제 나이다. 바보들만 자기 동맥이 제 나이다." 앙리 장송이 즐겨 한 말이다. 기자이면서 천재적 시나리오 작가이자 영화 비평가인 그는 1960년 〈네 멋대로 해라〉가 나왔을 때 이런 말로 맞이했다. "나는 〈네 멋대로 해라〉가 좋다. 질투 난다⋯⋯."

영화의 나이가 그 작가들의 나이라는 건 사실이다. 왜냐하면 시나리오 작가인 프랑수아 트뤼포는 겨우 스물일곱 살이었고, 감독인 장 뤽 고다르는 스물아홉 살이었기 때문이다.

반세기가 흘러 할리우드에서 장 폴 벨몽도는 자신이 이 영화를 어떤 무심한 마음으로 받아들였는지 떠올리며 이렇게 말했다. "〈네 멋대로 해라〉 이전에는 주로 작은 영화들을 찍었고, 작은 역할들을 맡았습니다. 어느 날 축구를 하고 있는데 고다르가 절 찾아와서 영화를 같이 찍지 않겠느냐고 묻더군요. 저는 좋다고 했죠. 그는 먼저 단편영화(⟨샤를로트와 쥘Charlotte et Jules⟩, 1958)를 하나 만들고 나서 나중에 큰 영화를 만들겠다고 하더군요. 촬영 준비를 위해 8월 15일 샹젤리제에서 고다르가 저를 전화 부스에 들어가게 했죠. 전 물었습니다. '무슨 말을 하지?' 그가 대답하더군요. '네 마음대로.' 그래서 아무 말이나 했죠." 그리고 이 영화의 상대 여배우에 대해 그는 이렇게 덧붙였다. "진 세버그는 매력적이고 아주 재미난 여배우였습니다. 감독이 요구하는 건 모두 했죠. 그녀는 오토 프레밍거와 영화를 막 찍고 난 참이었는데 전혀 성공적이지 못했죠. 우리는 아주 즐겁게 작업했습니다. 왜냐하면 영화가 절대 개봉되지 않을 거라고들 말했거든요." 따라서 이 작은 세계에는 젊음과 신선함이 있었고, 경험과 학식 때문에 종종 근엄함에 덮여버리는 날카로움이 살아 있었다.

이 시절 프랑스는 식민지들을 내려놓은 상태였다. 아직 알제리는 불 위에 놓여 있었다. 그러나 프랑스는 혈관이 시원하게 뚫리도록 알제리 문제가 해결되기만 바랄 뿐이었다.

정계로 돌아온 드골 장군은 제5공화국의 헌법을 국민투표에 부쳐 승인하게 만들었다. 화폐개혁도 필요해서 프랑은 새 프랑으로 바뀌었다. 파리는 물루지, 조르주 브라상스, 자크 브렐의 노래로 여전히 우정과 사랑을 노래했고, 로맹 가리는 걸작 『새벽의 약속』을 출간하고 즉각 성공을 거두었다.

캘리포니아 주재 프랑스 총영사로 지내던 시절 가리는 미국 서해안의 진주로 불리고 헨리 밀러나 잭 케루악 같은 대작가들을 매혹했던 빅서Big Sur 해안에 자주 머물렀다.

『새벽의 약속』을 시작한 것도 빅서 해변에 누워 살아온 세월을 떠올리면서였다. 특히 러시아에서 그리고 그 후 폴란드에서 보낸 어린 시절, 프랑스의 니스로 온 일, 학생으로, 군인으로 보낸 세월, 런던에서 드골 장군과 함께 활동하며 자유프랑스군의 영웅이 된 일. 그러나 무엇보다 그가 우리에게 들려주는 건 그의 어머니에 대한 얘기였다. 어머니 덕에 그는 지금의 모습이 되었다. 그는 어머니와 함께 불안정하지만 존엄을 지키는 삶을 살아온 어린 시절을 얘기했다. 어머니는 모자와 옷을 팔았다. 어려웠지만 그래도 거의 늘 행복했던 시절이다. 책의 페이지가 늘어날수록 점차 그의 운명에서 어머니가 맡았던 역할이, 하나로 융화되고 서로 활력을 주면서도 독점적인 두 사람의 관계가 그려졌다.

『새벽의 약속』. 제목만으로도 이미 모든 약속이 감추고 있는 기대가, 어쩌면 약속이 우리에게 마련해놓는 환멸의 몫이, 그러나 무엇보다 한 사람의 인생에 젖줄을 댈 수 있는 용기와 야심과 올곧음이 뒤섞인 숨결이 예감된다. 약속된 이 인생은 다정함과 의지로, 용기와 헌신으로 이루어진 더없이 감동적인 사랑의 힘으로 우리를 사로잡는다.

이 책의 2부는 그들이 니스에서 살아온 삶을 얘기한다. 어머니 니나는 메르몽 하숙집 겸 호텔의 관리인으로 일했다. 로맹은 공부에 전념했지만 글에 대한 열망은 이미 그 안에서 타오르고 있었다. 그는 단편들을 썼고, 말로 내뱉지는 않았지만 그의 인생이 그 길로 이어지리라는 걸 잘 알았다. 1938년, 살롱드프로방스 공군사관학교에서 장교 임관을 거부당하자 그는 어머니를 실망시키지 않으려고 거짓말을 지어냈다. 그리고 전쟁이 발발하자 아픈 어머니를 남겨두고 싸우러 떠났다. 어머니는 그가 니스로 돌아오기 3년 전에 사망했다. 전투에 참가한 아들에게 자신의 죽음 소식이 야기할 슬픔과 좌절을 전하지 않으려고 어머니는 한 친구에게 부탁해 죽기 전에 써둔 수백 통의 편지를 아들에게 하나씩 보내어 자신이 아직 살아 있다고 믿게 했다.

이 소설이 성공을 거둔 1960년에 프랑스는 최고로 저명한 작가 가운데 한 사람을 잃는다. 1월 4일, 알베르 카뮈가 마흔일곱의 나이에 자동차 사고로 사망한 것이다. 그를 존경하고 좋아한 가리에게는 끔찍한 고통이었다. 카뮈의 지지와 존중이 그에게 얼마나 힘이 되었는지 그는 결코 잊지 못한다.

언론이 『새벽의 약속』에 경의를 표하고 독자들도 그 매력에 빠져 있을 때 영화계에서는 누벨바그의 첫 영화들, 클로드 샤브롤의 〈미남 세르주〉, 프랑수아 트뤼포의 〈400번의 구타〉, 루이 말의 〈사형대의 엘리베이터〉에 이미 좋은 반응을 보인 관객들이 〈네 멋대로 해라〉에도 갈채를 보냈다. 40만 관객의 흥행과 찬사는 젊은 프랑스 영화의 비상을 확인해주었다.

진이 〈네 멋대로 해라〉 촬영을 위해 샹젤리제에서 〈뉴 헤럴드 트리뷴〉을 외치고 있을 때 로맹 가리는 이미 3년 전부터 로스앤젤레스에 프랑스 총영사로 와 있었다.

영사는 캘리포니아 주라는 거대한 영토를 책임지고 있었다. 그는 얼마 지나지 않아 눈에 띄는 존재가 되었고, 이 도시의 유명 인사들 가운데 한 사람으로 꼽혔으며, 약간은 조심스럽게 정복한 여성의 수를 늘려갔다. 따라서 사람이 가장 많이 모인 리셉션과 프레드 아스테어, 프랭크 시나트라, 게리 쿠퍼, 커크 더글러스, 캐서린 헵번이 집에서 벌이는 저녁 파티에서 사람들에 둘러싸여 사진이 찍힌 그의 모습을 볼 수 있다. 그는 마릴린 먼로, 에바 가드너, 그 밖에 수많은 여성 스타들과 알고 지냈다.

몇 년 전 유엔에서 근무할 때처럼 그는 알제리에 대한 프랑스의 정책을 옹호하기 위해 개인적 신념을 결연히 감추었다. 뿌리 깊이 반식민주의자이면서도 그는 강연회마다 억지로 참석해 탁월한 재능을 활용해서 말재주를 부려 프랑스 정부의 결정을 합리화하고 설명했다. 그를 아는 사람들 가운데 누구도 그를 한물간 식민주의자로 여기지 않았지만 그라는 인물에 대해 거의 알지 못하는 알제리인 활동가들은 그를 죽이겠다고 협박했다.

로스앤젤레스에 체류하는 동안 가리는 고위 정치인들, 예술계 인사들, 영화인들, 배우들, 작가와 기자들로부터 존경받았다. 미국에 잠시 들르거나 아예 정착한 프랑스 사업가와 기업가들도 그들의 영사를 자랑스럽게 여길 수 있었다. 그의 카리스마와 소통 감각 덕에 프랑스와 미국 기업 사이에는 폭넓고 결실 있는 관계가 맺어졌다.

미국은 1억8000만 인구에 평균 나이가 26세로 젊음의 기록을 갱신했다. 5년 전 역사의 고통스런 시기를 지배했던 매카시즘, 즉 '적색공포'에서 벗어난 이 나라는 역사의 한 장을 넘겼다. 수년 동안 을씨년스런 상원의원 매카시가 의장을 맡았던 위원회가 공산주의 활동가나 지지자로 간주되는 사람들을 도청과 감시와 마녀사냥 분위기를 조성하며 추격했다. 본보기 삼아 석학 로젠버그 부부에게는 소비에트 러시아에 국방 기밀을 넘겼다는 이유로 사형선고가 내려졌다. 게리 쿠퍼 같은 배우들은 치욕스런 심문을 받아야만 했다. 찰리 채플린은 차라리 망명을 선택했고 다시는 미국으로 돌아오지 않았다. 이 같은 의심과 밀고의 분위기가 아서 밀러에게 『시련』이라는 작품을 쓰게 만들었다. 이 악몽에서 벗어나면서 새 세대는 매카시즘 추종자들 앞에서 수동적인 태도를 보인 전 세대를 벌하려는 듯 미국적 생활양식의 전통 가치들을 거부하기 시작했다. 전반적으로 미국은 변화를 갈망했고, 몇 달 뒤 희망의 이미지를 지닌 존 피츠제럴드 케네디를 대통령으로 선출할 채비를 갖추고 있었다.

개탄스런 매카시즘의 시기에 운 좋게도 조국을 떠나 있었던 진 세버그가 이제는 새로운 이념들로 부풀어 오르는 사회에서 배제되었다는 느낌을 받았으리라는 건 충분히 상상이 간다. 이 세대에 속한 그녀는 제인 폰다처럼 활동하고 싶어 몸이 달싹였다. 아마도 그녀는 참으로 급속도로 변화된 이 나라를, 영화 때문에 멀리 떨어져 있어 어쩌다 드물게 그녀에게 손짓을 해오는 이 나라를 어디서부터 접근해야 할지 알지 못했는지도 모른다. 프랑스에서 거둔 성공으로 입지도 굳어졌고 남편까지 동반한 그녀가 할리우드에서 새 기회를 잡아 자신의 입지를 세우고 목소리를 낼 때라는 느낌을 가졌는지도 모른다. 프랑스가 너무 작게 느껴졌던 걸까? 권태로웠던 걸까? 파리가 미국 여성으로 여기는 그녀는 이제 미국에서 미국 여성이 되고 싶었다. '평화와 사랑'이라는 운동에 주저 없이 뛰어드는 청년들 사이에 끼고 싶었다.

이 반문화 풍조는 이미 서양 세계와 그 너머까지 널리 퍼졌다. 밥 딜런과 조앤 바에즈의 목소리 덕에 이 풍조는 프랑스에서도 번성해 1968년 5월에는 절정에 달하였다. 미국에서는 여성해방 시위, 베트남전쟁 반대 시위, 대도시의 흑인 폭동 지지 시위 등 온갖 시위가 거리마다 난무했다.

이 동요가 가리는 싫지 않았다. 그는 거기서 자기 소설의 영감이 될 소재를 많이 발견했다. 마음 깊이 프랑스인이라고 느끼면서 그는 여전히 미국과 애정 어린 관계를 유지했다. 그것은 아마도 미국인들이 항상 품고 있는 희망과 깜짝 놀랄 정도로 급격한 변화를 만들어내는 재능 때문이었을 것이다. 그러나 이 끓어오르는 젊음 앞에서 가리는 신중한 태도를 보였다. 군중을 사로잡는 무절제한 이념과 언어를 그는 언제나 경계해

왔다. 그러나 누가 알겠는가! 어쩌면 그는 세상을 바꾸려는 이 광적인 열정이 약간은 부러웠는지도 모른다. 이런 태도가 그가 미국에 대해 품고 있던 생각에 상충하는 것이었을까? 모순되게도 그는 드골에 충실하면서도 동시에 드골주의에 반대할 수도 있었고, 여자를 사랑하면서도 남성 우위론을 옹호할 수도, 페미니즘이 여성을 남성에 맞서도록 일으킨다는 점에서 안티 페미니스트가 될 수도, 자신의 유대인 특성을 믿으면서 모든 형태의 공동체주의에 반대할 수도 있었다. 그에게 이 세기의 가장 멋진 문장은 알베르 카뮈의 것이었다. "나는 절대적으로 옳다고 믿는 모든 사람에 반대한다."

정확히 어떤 일 때문이었는지는 알 수 없지만 1959년 로스앤젤레스에 머무는 동안 프랑수아 모뢰이가 그의 젊고 아름다운 아내 진 세버그를 동반하고 로스앤젤레스의 프랑스 영사관에 나타났다.

며칠 뒤 젊은 부부는 영사와 그의 아내로부터 저녁 초대를 받았다. 진은 키가 작고 금발이었는데, 가리는 그녀의 눈에서 니나의 눈동자 색을 찾으려고 애썼다. 화장기 없이 상냥하고 천진하게 미소 짓는 진의 낯빛과 젊음은 시골스런 미국이자 할리우드의 화장과 가면과 외과적 손질에서 벗어난 젊은 미국이었다.

바게트와 골루아즈 담배와 좋은 포도주, 베레모와 프렌치프라이와 모리스 슈발리에의 샹송으로 채워진 판에 박힌 그림이 진에게는 없었다. 그녀는 모든 점에서 완벽히 미국적이면서 여자 벨몽도처럼 파리풍의 가벼움을 종종 조소로 표현하기에 참으로 프랑스 여자였다. 그녀에게 가리는 가장 미국적인 프랑스인이었다. 가리는 그녀가 좋아하는 프랑스의 모든 것을 가졌다. 성숙한 남자이면서 거침없고, 깊이가 있으면서 유머가 넘쳤다. 그녀가 파리에서 자주 만나던 초짜 배우들과는 완전히 달랐다. 두 사람을 갈라놓을 수도 있을 모든 점이 자석처럼 그들을 끌어당겼다.

레슬리의 눈길처럼 빈틈없는 눈길만이 이날 저녁 진 세버그와 로맹 가리 사이에 흘렀던 전류의 강도를 가늠할 수 있었다. 그러나 그녀는 생각했을 것이다. 또 한 번의 짧은 연애가 되겠지. 머릿속에 별로 든 게 없는 어린 여자가 작가에게 감탄하는 것일 뿐이다. 스타 조무래기와 제작자들만 보다가 색다른 기분이 들었겠지. 그뿐이야.

왜 프랑수아 모뢰이가 파리로 다시 떠나기 전에 가리에게 전화를 걸어 아내를 보살펴달라고 했는지는 모를 일이다.

영사는 너무 잘 보살펴주었다. 진과 그는 처음엔 비밀리에 만나다가 점차 감추지 않더니 멕시코로 밀월여행까지 떠났다. 끝내는 자신들의 상황에 보증이라도 세우려는 듯 그들은 마침 로스앤젤레스를 방문 중이던 시몬 시뇨레를 동반하고 나타나 사진까지 찍었다.

가리는 이 관계에 확신을 가졌던 걸까? 이 남자에게서 가장 놀라운 점은 그가 너무도 자연스럽게 여자들과 연애를 하고 결별을 했다는 점이다. 그는 마치 잃어버린 사랑을 찾고 있었던 것 같다. 만남을 끝내는 데 타고난 재능을 가진 그는 숱한 연애를 서둘러 끝냈다. 순정이 시작되려는 기미가 보이기 무섭게 그는 사랑받고, 소유하고, 주고, 받았다. 그러면서 동시에 모든 걸 끝내려는 조급함을 보였다. 『새벽의 약속』에 그는 이렇게 썼다. "어머니에게 애인이 있었더라면 나는 거듭 샘을 만나면서도 죽을 듯이 갈증에 시달리며 평생을 보내지는 않았을 것이다."

많은 남자들이 부러워했을, 그러면서도 그를 비난하는 여성 독자가 거의 없는 이 정복의 염주는 그의 부적이었다. 그는 그 염주를 한 알 한 알 셀 필요를, 거기에 진주알들을 보탤 필요를 느꼈다. 그런 일은 아무 때고 그에게 일어날 수 있었다. 그것은 마음가짐의 문제였고, 절박한 문제였다. 그렇기에 그는 런던에서 잠시 체류하는 동안 만난 엘리자베스 제인 하워드와의 관계를 단 세 마디와 세 번의 눈길로 불붙게 만든 일도 있었다. 그녀는 유명한 여성 소설가로, 노벨상을 수상한 작가이자 소문난 유혹자인 아서 케스틀러의 애인이었다. 가리는 그녀를 설득해 파리로 자기를 찾아오게 만들었고, 그곳에서 두 사람은 영원히 사랑할 태세였다. 그러나 생제르맹데프레에서 단지 서너 번의 밤을 보낸 뒤 두 사람은 각자 자기 운명을 향해 다시 떠났다.

그가 로스앤젤레스에서 지내던 시절에 역시나 유명 인사였던 베로니카 레이크와의 사이에도 달콤한 순정이 불붙었다가 곧 시들하게 꺼졌다. 아름답고 지적인 그녀는 40년대 팜므 파탈의 전형이었다. 멋진 금발이 치렁치렁하게 늘어져 얼굴의 반을 가리던 그녀의 머리 모양은 미국 여자들에게 엄청난 영향을 미쳐, 전쟁 동안 군수공장에서 일하는 여성들이 좀 더 간편하고 안전한 머리 모양을 하도록 정부가 그녀에게 머리 스타일을 바꿔달라고 부탁할 정도였다.

진은 순수하고 쉽게 믿고 연민 넘치는 면 때문에 그에게 소녀 같다는 인상을 주었다. 그녀는 몸도 마음도 해방되어 자유로워지고 싶어했다. 정말 그럴까? 가리는 주저했다. 그러나 그는 방화범이었고, 두 사람 사이에 이미 불은 붙어버렸다. 이때부터 그는 애정의 함정에 빠진 듯했다. 방황하는 아름답고 젊은 여인이 그에게 사랑과 존경을 고백하며 불시에 그를 사로잡았는데, 그녀에겐 보호가 필요했다. 보호라니, 무엇으로부터? 그는 알지 못했다.

1978년, 기자 카롤린 모네와의 대담에서 그는 이렇게 말했다. "제가 여자들에게서 나의 어머니를 찾는다고 생각하지는 않습니다. 그보다는 차라리 딸을, 제 딸을 찾는 것 같습니다……."(카롤린 모네, 『로맹 가리에게 던진 스무 가지 질문』, 쥘 타일랑디에.)

그러니 이해하려고 애쓰지 마라. 어머니건 딸이건, 열정의 원천이 어디에 있건 그것이 뭐 그리 중요하겠는가! 그는 여자들을 사랑했고, 여자들도 그를 사랑했다.

다른 사람, 같은 사랑

우리는 언제나 누군가에겐 이국적이다. 차이에서 생겨난 끌림은 종종 억누를 수 없이 행복한 충동을 불러일으키기도 하지만, 숱한 이별의 원인이 되기도 한다.

변화에 민감해지도록 만드는 본능이나 상황이 우리를 위대한 발견들로 이끌었고 또한 멀리 떠나게 만들기도 했는데, 그 길에서 많은 이들이 돌아오지 않았다. 크리스토퍼 콜럼버스는 아메리카를 발견한 뒤로 말년이 좋지 못했고, 고갱은 아름다운 마르키즈 섬에서 끝내 돌아오지 않았다. "아주 어려서부터 나는 외국 여인들을 좋아했다"라고 아라공은 엘자를 만나기도 전에 썼다.

이런 의미에서 진 세버그는 로맹 가리나 우리 대부분처럼 청소년기부터 언젠가 다른 곳과 다름에 대한 큰 갈망에 응답할 준비가 되어 있었다.

그러나 나이도, 출신도, 교육도 이 두 존재를 돌이킬 수 없는 지점까지 가깝게 만든 이유가 되지 못했다.

그녀는 극 분야의 권위자인 페이턴 프라이스의 수업을 듣기 위해 로스앤젤레스에 남편보다 먼저 왔다. 그의 방법은 배우의 즉흥성을 끌어내어 타고난 잠재력을 발휘할 수 있게 해주는 것이었다. 그의 수업은 틀림없이 프레밍거의 경직된 방법이 뒤흔들어놓은 진의 자신감을 회복시키는 데 도움이 되었을 것이다.

즉흥성이라면 누구 못지않은 진은 가리 앞에서도 그걸 감추지 않았다.

어쩌면 그녀는 장년기에 대한 끌림을, 장년의 남자가 불러일으킬 수 있는 충일감을 감추었는지도 모른다. 젊은 사람들에게 장년기는 언제나 깊이에 대한 취기 같은, 불에 달려드는 부나방처럼 여럿을 파멸에 빠뜨리는 현기증 같은 매력을 감추고 있다. 24년이 두 사람 사이를 갈라놓고 있었다. 그녀가 태어났을 때 그는 이미 조종사였다. 아주 예외적인 경우는 결코 아니었다. 나이 차가 큰 위대한 사랑은 성서 시절부터 줄곧 인간의 역사를 장식해왔기 때문이다. 커플에서 남자가 여자보다 나이가 많은 경우에는 이러쿵저러쿵 말하는 사람이 별로 없고 심지어 자연스러워 보이기까지 한다. 그런데 가리와 진의 경우는 미국에서도 프랑스에서도 그들을 부러워하는 여자들이나 질투하는 남자들이 트집거리를 찾아냈다. 여성해방과 더불어 사람들의 사고방식은 훨씬 더 관대해졌다. 본능이라는 것이 독불장군이며, 제 기분 내키면 관습도 어긴다는 사실을 고려하게 된 것이다. 젊은 여자들은 이 사실을 잘 알고서 여전히 장년의 남자들을 유혹했고, 때로는 심지어 유통기한이 지난 사람까지 넘봤다.

가리는 그의 소설 가운데 하나에 파리 지하철의 안내판에서 빌려온 문장을 제목으로 붙였다. 『이 경계를 지나면 당신의 승차권은 유효하지 않다 Au-delà de cette limite votre ticket n'est plus valable』. 대체 그는 무슨 생각을 한 걸까? 물론 인간 공동체의 원동력인 아름다움을, 욕망을 생각한 것이다. 그리고 태양보다는 섹스를 중심으로 돌고 있다는 느낌이 자주 드는 지구를 생각한 것이다. 권력 경쟁도 털어놓을 수 없는 성적 환상들에서 기회주의적 행동을 종종 길어 온다.

이 세상의 큰 사람에게나 작은 사람에게나 정치와 돈으로 과시되는 권력은 털어놓을 수 없는 성적 충동을 감추고 있다. 역사가들은 그들의 직무가 요구하는 대로 언제나 시차를 두고 뒤늦게 우리에게 그 성적 충동들의 비열함을, 우스꽝스러움을, 또는 외설스러움을 밝혀준다. 성性과 돈과 권력의 공모, 거대한 허영의 솥에 떨어지고 말 이 모든 것의 공모에 대해서는 도덕가들이 펜이 닳도록 써댔지만 전혀 바꾸지 못했다고 말할 수 있다. 누구나 제 승차권을 가졌고, 누구나 제 경계를 가졌다. 경계에 이르기 전까지는 나이 많은 남자가 주는 행복에 달려들며 '이만하면 이득이야. 50년을 악마에게 쫓기느니 10년을 멋지게 사는 게 낫지'라고 생각하는 아름다운 여인이 한둘이 아니다. 그러지 못할 이유가 있겠는가?

진도 가리도 육욕과 매력을 소유한 존재라는 자신들의 운명을 벗어날 이유가 없었다. 운명이 마술을 부려 사랑의 제1계명, "달려들라. 때가 되면 알게 되리라"를 강력히 부추길 때는 그저 고개를 숙이는 수밖에 없다. 누구도 행복을 거슬러 노를 젓지 못하는 법이다.

정신적 품성이 끌림과 유혹의 요인이 되는 경우도 있는데, 그럴 때 품성에 감성과 매력과 아름다움까지 더해진다면 그 힘은 절정에 이른다. 로맹 가리와 진 세버그는 그 모든 걸 팔고 남을 정도로 가졌으니 그들의 결합은 "행복의 비밀은 엉덩이와 마음에 있다"라고 한 자크 프레베르의 생각에 넉넉히 부합할 만했다.

그러니까 두 사람이 만나던 순간의 진은 레슬리가 이젠 잃어버린 모습이었다. 봄이 욕망을 잔뜩 품은 자신만만한 한 여자의 옷을 벗기는가 하면, 가을은 저녁이 되기 무섭게 다른 여자의 어깨를 두꺼운 모직 숄로 덮는다.

포식자의 후각을 가지고 언제나 경계 태세를 하고 있던 가리는 진에게서 젊음과 기품을, 꾸밈없는 진솔함과 열정을, 다른 인기 배우들과 달리 놀랄 줄 아는 감각을 보고 계산 없이 달려들었다.

프랑수아 모뢰이가 돌아왔을 때는 자기 아내를 총영사의 보살핌에 맡긴 자신의 경솔한 행동이 야기한 참담한 결과를 확인하는 수밖에 없었다. 그는 최대한 상황을 만회해보려고 애썼지만 아무 소용이 없었다. 진은 이제 자기 정념의 목소리밖에 듣지 않았고, 이미 다른 이야기 속에 들어가 있었다. 이 부부는 프랑수아 모뢰이가 파비앙 콜랭과 함께 연출한 영화 〈레크리에이션La récréation〉을 촬영하는 동안엔 대립을 잠시 접어둔다. 크리스티앙 마르캉과 프랑수아즈 프레보와 함께 진은 사랑하는 남자가 자동차로 행인을 죽인 뒤 뺑소니를 쳤다는 사실을 알고서 남자를 떠나는 젊은 여자 역할을 연기한다.

그러기 얼마 전에 그녀는 〈성인들Les grandes personnes〉에서 모리스 로네를 상대로 애인에게 배신당한 뒤 자살을 기도하는 여자 역할을 했다. 그다음엔 프랑수아 페리에, 장 피에르 카셀과 함께 필립 드 브로카의 영화 〈닷새 연인L'amant de cinq jours〉을 촬영했는데, 장 피에르 카셀은 이 영화를 촬영하는 동안 그녀를 사랑하게 되었던 것으로 보인다.

가리-세버그, 유명한 두 부부의 결별과 더불어 생겨난 이 세 번째 커플 관계를 잡지들이 물고 늘어졌다. 로맨스와 동화에 목말라하는 독자를 둔 신문들에도 횡재거리였다. 미국에서도 프랑스에서도 언론은 여성 독자들의 구미를 돋우기 위해 낭만으로 감싼 소문을 퍼뜨리기 시작했다. 얼마 지나지 않아 전면 기사들이 증거로 미소 띤 사진까지 곁들여 이들의 사랑을 백일하에 드러냈다. 언론은 그들 독자가 언제나 사랑의 편이라는 걸 알기에 공모의 어조로 여러 지면을 채우며 이 연인을 뒤쫓았다.

진의 부모는 아직 알지 못했다. 가리는 가까운 지인들에게 자신이 연애에 빠져 있으며, 어떻게 타개해야 할지 모르겠다는 내용의 편지를 썼다. 어찌할 바 모르는 그를 이해할 만했다. 그의 젊은 애인은 모든 걸, 그것도 당장 원했다. 진은 이미 금기의 가면이 벗겨지고 가장 끈질긴 반대자마저 두 손 들게 만들 타고난 대담함으로 이 스캔들을 마주 대하는 단계에 와 있었다. 가장 불행한 사람은 대개 스캔들을 일으키는 당사자가 아니다. 그래서 친구와 가족, 그리고 감성과 이성 사이에서 회의하는 도덕주의자들은 조심스런 태도를 취했다.

진과 프랑수아 모뢰이의 이혼 소식이 사태를 명확하게 만들어주었다.

그러니까 가리는 말하자면 기분 좋은 상황에 놓였다. 젊고 아름다운 스타가 그의 품에 안긴 것이다. 이보다 더 그의 초자아를 기분 좋게 할 일이 있을까? 그러나 언론과 여론이 주의 깊게 지켜보는 상황에서 조금이라도 서툰 행동을 하거나 말을 잘못했다간 시기하는 자들을 기쁘게 해줄 터였다. 그리고 그런 자들은 많았다. 이렇게 당신을 따르려고 막 이혼을 한, 이렇게 젊은 여인의 마음을 가지고 장난을 칠 수는 없는 법이다. 그가 단지 그의 사냥 목록을 채우려고 그녀를 유혹한 건 아닐까? 그런 염려를 할 일은 전혀 없었다. 가리는 신의 있는 사람이었다. 다만 너무도 신선한 이 순정이 시간을 원하고 또 요구하는, 에너지를 소비하고 또 요구하는 사랑의 폭정을 동반하게

로맹 가리와 진 세버그의 숨 가쁜 사랑

되리라고는 예상도 상상도 하지 못했을 뿐이다. 젊음의 특권인 식욕과 군침은 예측 불가능한 것인데, 그는 글을 쓰고 또 쓰기 위해 휴식 시간이 필요했다. 누구든 자신이 택한 "때가 되면 알게 되리라"에 대한 애프터서비스는 보장해야만 한다. 다시 말해 가리는 그의 독자와 숭배자들의 기대에 맞게 글도 써야 했고, 계속해서 지금처럼 위풍당당하게 프랑스 총영사 직책도 수행해야 했다. 진은 스타로서, 여배우로서 자신의 지위를 유지해야 했다. 어쨌든 그 때문에 그들이 만날 수 있었기 때문이다. 두 사람 모두 이 관계에 매달렸지만 마법사 견습생과 마법사가 불확실한 바다 위에서 같은 쪽배를 타고 있는 처지였다.

진은 미래가 그녀의 인생을 위해 마련해둔 불길한 징조처럼 들리는 제목의 영화 〈내 비문을 누구도 쓰지 못하게 하라Let No Man Write My Epitaph〉에 출연했다. 흑인 가족의 삶과 마약 문제를 다룬 영화였다. 엘라 피츠제럴드가 이 영화에서 멋진 노래를 불렀다.

게다가 이해 1960년에는 〈네 멋대로 해라〉가 파리 극장의 관객을 열광시켰고, 『새벽의 약속』은 책방과 독자들을 매혹했다.
모든 것을 원하는 진과 아무것도 놓지 않으려는 레슬리 사이에서 로맹은 사랑하는 여인과 파리의 생루이 섬에 있는 작은 아파트에 은신하면서 조심스런 태도를 취했다. 세상이 생겨난 이후로 속수무책인 상황에 처한 사람들이 흔히 선택해온 방식, 즉 시간을 벌려는 것이었다.

가리의 그늘 아래에서 진은 위대한 러시아 작가들과 프랑스 작가들을 발견해나가기 시작했다. 그녀는 한 번에 두 입씩 삼키듯 성급하게 덤벼들었고, 교양의 공백을 채우기 위해 루브르의 수업을 들었다. 가리와 그가 만나는 사람들과 함께 있을 때면 그녀는 이 공백 때문에 괴로워했다. 바로 그런 이유에서 그녀는 사람들이 모인 자리에서 발언하기를 꺼렸다. 유럽 문화도 그녀에게 낯설었지만 고국에서 끓어오르던 이념들을 접할 때도, 문학을 접할 때도 결코 편치 않았다.

파리의 저녁 모임들에서 그녀는 프랑스에 대해, 세르반테스에 대해, 포크너에 대해, 미시시피나 콩고에 대해, 사마르칸트에 대해 모든 걸 아는 것 같은 사람들을 만났다. 그녀는 생각했다. 저들은 어떻게 저 모든 걸 외우고 있을까?

지적 차원에서 레슬리가 대화에서 드러내는 자신감과 민첩한 정신에 가까워지려면 가야 할 길이 얼마나 까마득한지 그녀는 가늠했다. 레슬리의 작가적 재능과 사람들의 주의를 끄는 능력에 대해서는 말할 것도 없었다.

이제 두 여자 사이에는 경쟁심까지 끼어들었는데, 그것은 소리 없이 진의 자존심을 긁었고 레슬리의 악의를 부추겼으며 가리를 괴롭혔다. 레슬리에게는 신체적 차원에서 불공정한 싸움이었다면, 진에게는 지적 차원에서 똑같이 불공정한 싸움이었다. 요컨대 서로가 상대편은 가졌거나 숙달했는데 자신은 그러지 못한 것을 질투했다. 특히 진이 괴로워했다. 레슬리는 자신도 많은 연인을 가졌고, 누구보다 일탈적이고 모험적인 여행도 했다고 자부하며 스스로 위안 삼을 수 있었다. 또한 그녀는 여자로서 자신이 이젠 스무 살이 아니라는 사실을 받아들일 수 있는 나이였다. 그녀는 젊은 남자가 자기보다 진을 선택한 경우라면 훨씬 관대했을 것이다. 오랜 세월을 함께해온 늙은 부부의 정원에 웬 지각없는 여자가 끼어들어 논 것이라면 훨씬 관대했을 것이다……. 하지만 이 미국 여자의 침입은 레슬리에게 '그 자리에서 비켜. 내가 앉을 테야'를 의미했다.

진은 여행을 하고 싶었다. 그녀는 떠나서 세상을 보고 추억을 담아 오고 싶었다. 단련된 여행자 레슬리처럼. 그러나 사실은 이국적인 것을 만나고 싶은 이 욕망을 채우러 '가리와 함께' 떠나고 싶었던 것이다. 그들은 태국과 인도, 네팔과 홍콩을 여행했다. 여행지에서도 그녀는 레슬리와 달리 미국 여성으로서 그 나라들을 이해했다. 그녀는 위생 시설도 없고 구걸 행위가 난무하며 도무지 예측 불가능할 만큼 밀집한 군중들에 대해, 아이오와나 캘리포니아와 다른 모든 점에 대해 한탄했다. 문화나 삶의 방식 따위는 신경 쓰지 않았다. 그걸 보여주는 온갖 스냅사진들은 그녀의 관심을 즉각 사로잡지 못했다. 하지만 가리 덕에 그 의미를 포착한 순간 그녀는 매료되었다. 일단 몰입하면 그녀는 예민한 감수성 덕에 상세한 설명 없이도 잘 느꼈다. 고통과 불의를 그녀는 완벽하게 지각했지만 사태를 따지

거나 상대화할, 세상을 더 잘 이해하도록 단순화할 도구가 그녀에겐 없었다.

　어쩌면 그 때문에 그녀는 자기 균형을 크게 무너뜨릴 투쟁에 가담하며 극단적인 태도를 취했는지 모른다. 그녀의 삶의 고뇌에는 '타인', 연인, 사상가, 선동가, 극빈자, 약자와(누구인들 어떠리!) 함께 살 필요가 덧붙었다. 채울 수 없는 사랑의 갈증에 양분을 댈 수 있을 무언가와 함께 살 필요 말이다.

초조한 사랑

진은 연약했다. 가리는 당시 일시적 우울 증세를 보이며 무엇에도 만족하지 못했고, 인간 본성에서 비롯한 온갖 일관성 없는 언행에 낙심했다. 그것은 전쟁 때문이었고, 그의 광적인 성생활 때문이었고, 또한 나이 때문이었다. 그러니 그가 진을 길가에 핀 개양귀비처럼 꺾어서 웃옷 주머니에 꽂았을 때는 도대체 무슨 생각을 했던 걸까?

이 모든 것의 배경에는 물론 그의 만성적 무력감도 있었지만 무엇보다 아무것도 양보하지 않기로 작심한 레슬리의 호전적 태도도 있었다. 동양의 한 속담은 말한다. "너의 적을 모욕하느니 차라리 죽여라. 그러지 않으면 그가 너를 죽일 것이다." 레슬리는 그동안의 편력 때문에 약간은 동양적 관습이 몸에 밴 데다, 그 어느 때보다 눈부신 진의 광채에 무척이나 모욕당

했다. 그래서 그녀는 말했다. "이혼을 하느니 차라리 과부가 되겠다."

그녀와 가리는 바로 이런 상황까지 이르렀다. 그들은 평범한 사랑의 운명을 넘어서길 원했고, 충절을 면제받았다고 믿어왔다. 그런 그들이 이제는 무언가가 빠진 상태에서 약속과 헛된 기대를 유지하려고 했다. 그 무언가란 바로 열정이었다. 시간이 거쳐 간 것이다. 모든 것을 거쳐 가고 모든 것을 해체시키는 시간 말이다.

레슬리는 자신의 매력을, 자신의 침착한 불손을, 많은 사람을 자신의 식탁으로 이끄는 모든 점을 질투하는 여자들의 미소를 떠올리고 있었다. 그녀는 공들인 화장과 드레스, 디자이너도 없이 다채롭게 반짝이는 색깔의 숄을 걸치고 대초원에서 곧장 달려온 사람 같은 모습으로, 실크로드 원정을 마치고 온 것 같은 모습으로 서 있기만 해도 주의를 끌기에 충분했다. 앞으로는 어떻게 될까? 양지바른 거실 한구석에서 흔들의자에 앉아 담요로 다리를 덮고 무릎 위에 잡지를 펼친 채 졸며 손님들을 맞이하게 될까?

그녀가 매일 아침 마주 보며 안심하는 거울 같은 존재인 가리, 그녀의 자존심이자 그녀의 작품이기도 한 가리가 이제는 붙들 수 없는 사람이 되었다. 그의 엷은 파란색 눈길은 창문 너머로 그만이 아는 사각의 하늘을 응시하고 있었다. 누가 말을 해도 그는 거의 듣지 않았다. 배신, 배은망덕, 광기, 이성 상실……. 이런 말들이 그녀에게는 훨씬 잔인하고 단순한 현실을 대체하는 것이었다. "그는 더 젊고 더 예쁜 다른 여자를 사랑한다." 이뿐이었다. 원한이 이성을 눌러 그녀는 그들의 결별에 가장 값비싼 대가를 그에게 치르게 하기로 작정했다. 신문에서 진과 가리의 결혼 얘기를 읽을 때마다 그녀는 값을 올렸다.

그녀는 그에게 진을 정부로 두고 결혼은 하지 말라고 제안했다. 그러나 가리는 돌이킬 수 없는 일을 만들지 않고는 달리 레슬리로부터 벗어나지 못하리라는 것을 알았다. 다시 말해 진과 결혼하지 않고는 말이다. 레슬리는 진이 그와 결혼하자고 요구하는 건 진의 청교도적 문화가 그걸 원하기 때문이라는 걸 알았다. 진은 아이를 갖고 싶다는 욕망을 당연히 말할 테고, 이 문제에 대한 가리의 생각을 잘 아는 레슬리는 자신의 바람이 가망 없다는 걸 이미 알았다. 그녀는 이 본능의 절대적 욕구, 자신을 영속하려는 욕구, 멈추지 않고 흐르는 시간에 인간이 맞서는 유일한 방식인 이 욕구에 결코 응할 수도 없었고, 그러길 원하지도 않았다.

하루하루가 흘렀다. 우울증에 빠진 레슬리가 병원 치료와 강장제의 도움을 받을 동안 나이 스물셋의 건강한 진은 〈네 멋대로 해라〉가 가져온 성공의 파도에 올라타 있었다. 게다가 〈어글리 아메리칸〉이라는 영화에서 그녀가 참으로 존경하는 말론 브란도와 함께 촬영할 의향이 있느냐는 물음까지 받았다.

가리는 『탤런트 스카우트The Talent Scout』를 영어로 썼는데, 이 책은 프랑스에서 『별을 먹는 사람들Les mangeurs d'étoiles』이라는 제목으로 번역 출간되었다. 소외 계층에 대한 연민이 많은 젊은 미국 여성이 결국 소외된 사람들의 희생양이 된다는 이야기다. 여주인공이 거의 진 같은 인물인 이 책은 영화로도 만들어졌다. 가리가 직접 영화를 지휘했고 진이 주연 여배우가 되었다.

그러나 〈어글리 아메리칸〉의 경우는 전혀 예상치 못한 순간에 제작사가 진이 맡기로 한 말론 브란도의 상대 역할을 다른 여배우에게 맡기기로 결정했다고 알려왔다. 배우로서 날아오르는 경험을 한 뒤 맛본 참으로 큰 실망이었다! 그녀의 재능을 제대로 가늠하게 해주고 할리우드와 리 스트라스버그를 멋지게 비웃어줄 뜻밖의 기회였는데!

그녀는 벨기에 식민지 거류민으로 자살할 우려가 있는 차가운 여자의 이야기인 〈콩고 비보Congo Vivo〉의 한 역할을 받아들이는 것으로 만족했다. 아프리카는 그녀를 뒤흔들어놓았다. 그녀는 더위와 위생 시설 결핍을 견디지 못했다. 미국 중서부 지역 출신의 젊은 여성에게는 얼마나 낯선 경험이었겠는가! 시장에 몰려든 콩고 사람들, 맹수, 식물상. 그녀는 미국 흑인들의 유래를 발견하며 감격했고, 정치 상황이 참으로 복잡하게 얽힌 벨기에령 콩고 흑인들의 삶의 조건에 분개했다.

촬영팀과 제작팀은 영화를 끝내기 위해 로마로 철수했다.

가리는 이탈리아로 그녀를 만나러 왔다. 그가 그토록 발령

받고 싶었던 베네치아에서 체류할 기회였다. 토마스 만과 연인들의 베네치아. 보티첼리의 영원한 아름다움, 가리가 형제처럼 생각한 대양의 기분 변화에 휘둘리는 참으로 소멸하기 쉬운 아름다움의 수호 여신 베네치아. 모든 가면의 베네치아. 이 모든 말로도 부족한 베네치아.

진과 레슬리 사이에서 번민하면서도 글쓰기와 출간에는 여전히 열정적이었던 그는 영어로 쓴 『레이디 L Lady L』의 프랑스어 번역을 감수했고, 미국의 큰 잡지들에 기사를 썼다. 영국 사회를 잘 아는 드골은 가리의 모든 책 가운데 『레이디 L』을 가장 좋아한다고 말했다.

1959년에 썼고, 프랑스어로는 1963년에 출간된 이 책은 레슬리에게 헌정한 것이다. 이 책은 레슬리를 살짝 닮은 영국 귀족층의 나이 든 귀부인을 무대에 올리고 있다. 이 부인의 주변을 둘러싼 가문의 일원들은 모두가 하나같이 사회적으로 성공한 사람들이다. 그런데 그 모든 건 겉모습이고 눈속임이고 비밀일 뿐이다. 그녀는 자신의 이야기를 하기로 결심한다……. 이 책이 가리에게는 탁월한 재능을 발휘한 멋진 경구들을 우리에게 내놓는 기회가 되었다.

스타일이란 삶에서도 예술에서도 더는 내세울 게 하나도 없는 사람들, 미모가 아직까지 화가에게는 영감을 줄 수 있지만 연인에게는 주지 못하는 사람들의 최후의 피신처에 불과

하다는 사실을 그녀는 너무도 잘 알았다. (…)

시간은 그대를 늙게 만드는 것이 아니라 가면을 받아들이게 만든다. (…)

다스리는 건 집사가 할 일이기에 국민이 자기 하인들을 선택하는 건 당연한 일이다. 어쨌든 그것이 민주주의다. (…)

레이디 L은 민주주의가 옷 입는 한 방식일 뿐이라는 사실을 결코 믿지 않았다.

이 소설은 작가가 영화로 각색해서 1965년에 피터 유스티노프 감독이 레이디 L 역을 맡은 소피아 로렌, 폴 뉴먼, 그리고 데이비드 니븐과 함께 제작했다.

진과 로맹의 결혼 가능성을 두고 떠들어대는 신문들 때문에 긴박감이 유지되면서 계속 모순된 소문이 나돌았다. 때로는 레슬리가 부부의 앞날에 대한 믿음을 간직하고 있다고 주장했고, 때로는 진이 "로맹 가리와 결혼하실 겁니까?"라고 묻는 〈엘르〉지에 신중하게 "모르겠어요"라고 대답하며 회피했다. 어떤 신문은 찰리 채플린이 그들 결혼의 증인이 될 거라고 전했고, 또 어떤 신문은 진과 가리가 결혼을 못 하게 될 경우 함께 자살하기로 약속했다고 단언까지 했다. 연속극처럼 황당한 얘기가 대중 언론에 버젓이 실렸다.

가리는 이혼을 합의하기 위한 협상을 할 수 있는 데까지 계속해나갔다. 레슬리에게는 거의 패배한 게임처럼 보였지만 꼭 그런 것만은 아니었다. 그녀가 가리에게 엄청난 금액을 요구하기 시작했기 때문이다. 어쩌면 그녀는 엄청난 금액을 요구하면서 실제로 이혼을 할 경우에 상당한 금액을 얻을 수 있으리라고 생각했는지도 모른다. 우선 당장은 그것이 가리의 뜻을 단념시키고 최대한 결말을 늦추는 방법이었다. 왜냐하면 과거에 자주 그랬듯이 그러는 사이 로맹이 새롭게 정복한 여자한테 질릴지도 모르기 때문이었다. 게다가 기회가 날 때마다 레슬리는 그에게 결정을 내리기 전에 진과 시험 삼아 몇 달간 함께 살아보라고 권했다.

가리는 레슬리의 조언을 전혀 고려하지 않았을 뿐 아니라 이 일을 서둘러 끝내고 싶어 외교관 직업이 신물 난다며 직업을 버리고 진과 함께 살겠다고 선언까지 했다.

그래서 그는 먼저 생루이 섬의 작은 거처에 진과 함께 비밀리에 자리를 잡았다. 그리고 몇 달 뒤 생제르맹 대로에서 두 발짝 떨어진 박^Bac 거리의 더 넓은 아파트로 이사했다. 그들은 그곳에서 으제니아를 고용했다. 스페인 내란 때 남편이 사망하면서 남겨진 네 명의 자식을 다 키워낸 스페인 아주머니였다.

가리-세버그. 미국 언론은 이들 사건의 전개로 늘어난 발행 부수에 기뻐하면서도 분개했다. 아직 결혼한 상태인 남자와 동거 생활을 하고, 얼마 전에 이혼하고서 저렇게 오랫동안 함께해온 부부까지 갈라놓다니! 마셜타운의 선량한 사람들에게 이 사건은 그저 파렴치한 추문일 뿐이었다. 게다가 이런 마음으로 이 도시와 이 지역은 영화 〈네 멋대로 해라〉를 그저 천박

하다고 평가했다.

　레슬리가 번역을 일부 감수한 『새벽의 약속』은 미국에서 출간되기 무섭게 베스트셀러 목록에 올랐다. 〈뉴욕 타임스〉는 이 책에 대해 "한 어머니가 받고 싶어할 가장 아름다운 사후의 꽃다발"이라고 말했다. 한 권 한 권 책이 출간될 때마다 미국은 프랑스 비평계의 옹색한 사람들에게 프랑스가 위대한 작가 로맹 가리를 가진 것을 의기양양 뽐내도 좋다고 확실하게 단언했다.

　『새벽의 약속』을 둘러싼 이런 홍보도 진의 사건을 해결해주지는 못했다. 사실 진과 가리에 대해서 비판적이었던 마셜타운의 언론은 그녀가 파리에서 살고 있는 삶을 부도덕한 것으로 규정하기 위해 조그만 사건, 조그만 소문에도 촉각을 곤두세웠다. 여성해방 흐름에 함께하면서 진은 가족과 고향 사람들의 의견에도 매우 민감한 반응을 보였다. 그래서 그녀는 소문을 원만히 수습하고 지역 신문의 신랄한 어조를 누그러뜨리기 위해 마셜타운에 체류하기로 결심했다.

　그녀가 예상한 대로 아버지는 딸이 아직 유부남인 사람과 함께 살고 있다는 것이 얼마나 못마땅한지 알렸고, 가리가 자신과 거의 같은 나이라는 사실도 슬쩍 언급했다. 그녀는 아버지의 분노를 가라앉히기 위해 응수했다. 물론 저도 이해는 해요. 그러곤 그녀는 행복에 대한 자신의 생각을 말하며 자신이 행복하며 가리는 아주 특별한 존재라고 단언했다. 그렇게 그녀는 무엇보다 앞으로 닥쳐올 비바람에 대비해 가족들로부터 관용을, 아니 약간의 이해라도 얻어내려고 애썼다. 왜냐하면 당장 진이 해결해야 할 중요한 문제는 악착스러운 잡지나 과격한 청교도 신념을 누그러뜨리는 것만이 아니었기 때문이다. 우선 가장 중요한 것은 그녀의 임신 소식이 퍼지는 것을 막는 일이었다.

진은 임신했다. 아이를 지킬 생각으로 그녀는 가리에게 낙태는 자신의 윤리관에 어긋나는 행동이기 때문에 전혀 고려하지 않는다고 알렸다. 물론 가리도 생명과 자유를 존중하는 자신의 신념에 일치하는 입장을 취했다. 그것은 분명 그가 아이를 갖기를 그토록 원했던 니나의 바람을 들어주려는 그의 비밀스런 갈망과도 일치하는 입장이 아니었겠는가. 복잡한 상황 때문에 그는 임신 사실을 감추는 데 동의했다. 여러 가지 이유로 그런 결정을 내렸다. 그는 아직 이혼하지 않았으므로 진의 부모의 종교적 신념에 상처를 입히지 말아야 했다. 그리고 진의 이혼도 미국에서는 판결이 났지만 아직 프랑스 법정에서는 법적으로 유효성을 인정받지 못한 상태였다. 이 경우 프랑스 법의 관점으로 보면 아이의 아버지는 프랑수아 모뢰이일 수밖에 없었다.

해결이 지체되면서 진의 사기는 생채기를 입기 시작했다. 그녀는 임신했는데 레슬리는 완고했고, 이 소용돌이 앞에서 화

123

도 나고 당혹스럽기도 한 가리는 레슬리를 설득해 이성을 찾아주려고 애쓰는 한편 진을 안심시키려고 노력했다. 로맹의 고집에 자극받은 레슬리는 점점 더 터무니없는 금액을 요구해왔다.

그러자 진은 상황을 견디지 못해 자살을 기도했고, 이 일은 적어도 사태를 흔들어 레슬리의 완고한 태도를 완화시키기는 했다. 아마 그녀는 진이 임신한 사실을 알고서 약간 마음이 흔들렸을 것이다.

그나저나 어떡할 것인가? 가장 시급한 건 눈에 드러나기 시작한 임신을 감추는 일이었다. 박 거리에 있는 그들의 요리사이자 친구 으제니아가 한 가지 해결책을 제시해주었다. 그녀는 바르셀로나에서 40킬로미터 정도 떨어진 곳에 집을 한 채 가지고 있었다. 일이 진행되는 걸 지켜보며 그곳에 은신하기로 결정했다. 두 사람은 그곳에 얼마간 머물다가 얼마 후 바르셀로나의 아파트로 옮겨갔다. 그곳에서 진은 일과도 친구들과도 단절되어 불안해했다. 자주 파리에 가는 가리와 많은 시간 떨어져 지내며 그녀는 이 은둔의 원인인 사건의 징후를 감출 수밖에 없는 처지가 되었다.

진이 임신 말기에 이르렀을 때 가리는 또다시 그녀 곁을 떠나 칸영화제 심사 위원으로 참가해야만 했다. 그곳에서 그는 유명 인사들과 여성 스타들에 둘러싸였다. 진은 끊임없이 그에게 전화를 걸었고, 그가 그녀를 배신하지 않는다는 걸 확인하

기 위해 전화를 걸게 만들었다. 다행히 그는 필요할 때 안심시
킬 줄 알았다.

로버트 패리시 감독의 갑작스런 방문 소식은 스페인에 억지
로 머물러야 하는 무료함을 약간 달래주었다. 진과 가리가 거
주하는 장소를 비밀로 한 이유에 대해서 전혀 알지 못한 패리
시 감독은 그들이 그렇게 조심했는데도 결국 바르셀로나에 있
다는 걸 알아냈고, 어윙 쇼Irwing Shaw의 작품을 토대로 한 그의
영화 〈프렌치 스타일로In the French Style〉에서 크리스티나 제임스
역을 맡아달라고 진에게 제안했다.

미술을 공부하는 여학생으로, 부자 아버지가 그녀를 데려
가려고 찾아오자 남자 친구와 파리에 남을지 아니면 미국으로
돌아갈지 결정을 내려야 하는 젊은 미국 아가씨의 이야기였다.
진은 이 역할을 정말 맡고 싶었다. 그래서 가리와 그녀는 통속
극에 걸맞을 법한 연출을 했다. 진은 다리가 부러졌다고 믿게
하고서 높이 들어 올린 이불 아래 누웠다. 그렇게 누워 커다란
베개에 등을 기댄 채 예쁜 분홍빛 안색에 여전히 눈부신 눈길
로 로버트 패리시를 맞이했다. 감독은 스위스에서 있을 연습
날짜를 정한 뒤 아주 흡족해하며 떠났다.

1962년 7월, 임신 8개월째에 진은 제왕절개수술로 사내아이
알렉상드르를 낳았다. 이 아이를 으제니아는 디에고라 부르
길 좋아했다. 여전히 비밀로 감춘 채 결혼식부터 올리기를 기
다리며 진과 가리는 알렉상드르 디에고의 탄생을 1963년에야

125

알린다.

출산 직후 〈프렌치 스타일로〉의 첫 장면들이 촬영되었고, 진은 아버지에 맞서는 이 젊은 여성의 역할을 어려움 없이 해 냈다.

배우 활동에는 언제나 은혜로운 때가 있어서 진에게는 이 영화 촬영이 감각을 되찾고, 온전히 자기 자신을 고수하면서 동시에 그녀가 구현하는 인물에 가장 근접한 것 같은 도취감 을 다시 맛보는 기회가 되었다. 감독이 이끄는 방식도 전혀 작 용하지 않은 건 아니었다. 그녀와 로버트 패리시 사이에는 진 이 여러 차례나 맛보지 못했던 배우와 감독의 소중한 공모 의 식이 처음부터 기분 좋게 자리 잡았다.

성공은 성공을 부르는 법이어서 그녀는 J. R. 살라만카의 『릴리스Lilith』를 각색한 작품인 다음 영화의 시작을 기분 좋게 고려했다. 릴리스라는 인물은 진을 매우 불안정한 상태로 빠뜨 리는 인물로 밝혀진다. 성서에서 아담과 같은 흙에서 나온 릴 리스는 아담의 여성 짝이다. 유대교 신비철학에 따르면 그녀는 여자이자 악마이고, 사랑을 나눌 때 아담 아래 있기를 거부해 신으로부터 단죄받은 인물이다. 그녀는 이브의 잘못을 부추긴 뱀이기도 하고, 동양의 믿음에 따르면 할례 전 일주일 동안 그 녀와 떨어져 지내야 하는 남자들의 자식들에게 능히 복수하 는 인물이기도 하다. 릴리스는 이 모든 것이어서 더없이 숙련 된 여배우마저도 당황할 만한 인물이었다.

살라만카의 소설에서 한국전쟁 참전 용사인 뱅상은 병원에서 사회 재활을 돕는 재활 치료사가 된다. 그의 일은 상이군인, 신체장애자, 정신질환자를 각자의 능력에 맞는 육체노동을 통해 재교육하는 것이다. 이 일로 그는 수많은 환자들을 사회에 복귀시킨다. 따라서 이야기는 어느 정신병원에서 벌어진다. 뱅상은 릴리스 아서라는, 정신적으로 자기 세계에 갇혀 지내는 여자 환자를 점차 사랑하게 된다. 그런데 이 환자와의 관계가 뱅상을 점차 정신적 파괴로 인도한다.

　　촬영 전에 정신병원의 분위기도 익히고 자신이 구현할 환자의 불안한 성격을 좀 더 잘 파악하기 위해 진은 감독인 로버트 로센과 함께 촬영이 시작될 지역에 있는 정신병원을 방문했다. 이 방문은 릴리스 역에 대한 해석에 영향을 미친 만큼 그녀 자신에게도 깊은 영향을 미쳤다. 몇 달 뒤 스스로 정신병원에 들어갈 정도로 그녀는 자신에게서 이 인물과 닮은 점을 발견하고 "내가 릴리스다"라고 선언해 주변 사람을 놀라게 만들었다.

　　촬영 동안 워런 비티는 그녀에게 직업적인 연대 의식을 그다지 보이지 않았고, 카메라 앞에 자기 얼굴이나 더 보이려는 생각만 앞서서 틈만 나면 그녀를 뒤로 떼밀었다. 피터 폰다는 세심 배려해주었고 우호적으로 대했다. 그러나 릴리스 역할은 진 자신에게도 그렇고 가리에게도 전혀 다른 모습의 진 세버그를 드러냈다. 가리는 그녀에게서 감성적이고 내면적인 면모를 발견하고 감동했다. 진은 이 영화에 대해 자신에게 최고의 역할을 준 영화였다고 말한다. 〈뉴욕 타임스〉는 그녀의 연기가 소름 끼칠 정도로 자연스러웠다고 주저하지 않고 평가한다.

로맹 가리는 영화 촬영 동안 그녀를 따라다녔다. 레슬리와 결혼하면서 질투를 하지 않겠다고 서약을 한 그가 이제는 점차 독점하려는 태도를 보였다. 열정이 항상 좋은 조언자는 못 되며, 두 존재의 결합은 때때로 이쪽이나 저쪽에서 뜻하지 않은 결점들을 드러내는 법이다. 그렇게 그녀는 예전에 그가 연애를 끝내던 방식대로, 기사도적인 존중심을 담은 거침없는 방식으로 가리에게 복수를 했다.

마찬가지로, 루터 교리의 엄격한 환경에서 자라난 그녀는 사랑 문제에서 존재의 가벼움에 대한 자신의 신념을 훨씬 더 관대한 쪽으로 넓혔다.

반면 자유의지를 중시한 가리는 스스로 격렬한 질투와는 거리가 멀다고 생각했는데 소유욕에 휘둘리는 자신을 보고서 자존심이 상해 자기도 모르게 얼굴을 찌푸린 채 자리를 뜨곤 했다. 거기에 속는 사람은 없었다. 그렇게 그는 촬영장에서 오랫동안 자신의 '소유물'을 지켜보았다.

두 사람의 미국 체류는 백악관에 초대받는 기회가 되었다. 존 피츠제럴드 케네디와 재클린은 무거운 격식을 생략한 채 그들을 맞이했고, 그들에게 깊은 관심을 표명했다. 〈네 멋대로 해라〉를 본 대통령은 진과 그 영화 얘기를 했고, 이미 로스앤젤레스에서 만난 적 있는 가리와도 얘기를 나누었다. 가리는 케네디에 대해 이렇게 말했다. "그는 말을 하기보다는 주로 질문을 했다."

이 대화 동안 대통령은 가리에게 이렇게 말했다. "당신의 나라 아이들은 아나톨 프랑스 길, 빅토르 위고 거리, 발레리 대로와 같은 곳에서 살지요. 그래서 아이들은 아주 어려서부터 역사와 문화의 중요성을 느끼기 시작합니다. 우리나라 거리에는 모두 숫자가 붙어 있습니다. 우리도 그 숫자를 대체할 위대한 이름들이 있는데 말입니다. 헤밍웨이 공원, 멜빌 거리. 저는 열두 살 난 사내아이가 집으로 돌아가서 늦었다고 혼내는 어머니에게 이렇게 말하는 걸 보고 싶어요. '윌리엄 포크너 대로에서 야구놀이를 했어요.'"(「케네디와 함께한 저녁」, 〈르 누보 캉디드〉, 135호.)

오늘날 프랑스 어딘가에는 로맹 가리 길도 있지 않겠는가.

균열

진이 출산도 했고, 이제는 결혼 날짜를 정하는 일만 남았다. 그들은 지체하지 않았다. 아무에게도 알리지 않고서 그들은 코르시카의 아작시오 근처의 작은 마을 사롤라 카르코피노 시청에서 결혼식을 올렸다. 최대한 조심했는데도 일간지와 잡지들은 마치 식에 참석한 것처럼 결혼식을 알렸고, 저 유명한 그레이스 켈리와 모나코의 레니에 왕자 커플과 비교까지 했다.

더구나 〈네 멋대로 해라〉에서 〈뉴욕 헤럴드 트리뷴〉을 팔던 아가씨의 보이시한 차림은 이제 끝났다. 결혼하자마자 진은 스타일을 바꾸었다. 가리 부인은 머리를 길렀고, 디자이너 지방시나 디오르의 옷을 입었으며, 재규어를 몰았고, 대중 언론이 그녀에게 기대하는 모습을 닮으려고 애썼다. 품위를 갖춘 이 차림이 가리는 싫지 않았다. 옷차림이 중을 만든다고 하듯이,

때로는 해괴해 보이기도 하고 젊고 예쁜 여배우에게는 자칫 위험할 수도 있는 자유분방한 보헤미안 여인의 모습을 고급 디자이너의 옷이 벗겨주었기 때문이다.

그런 모습으로 그녀는 외교관 부인, 영사 부인 역할을 훨씬 더 잘해낼 것 같았다. 휴직 신청을 했던 가리가 총영사 발령을 기다리고 있었기 때문이다. 아니 어쩌면 마침내 대사 발령이 날지도 몰랐다. 아마도 그의 내면에서 줄곧 울렸을 '넌 프랑스 대사가 될 거야'라는 말이 그가 아들을, 가족을 가진 이즈음 더욱 큰 의미를 갖게 되었으리라고 생각해볼 수 있겠다. 니나의 기억에 대한 빚을 청산하고 자존심을 세우고 당당하게 외무부를 떠나려면 이제 그에게는 외교관 경력에서 이 단계만 남았다.

그의 외교관 경력은 함정과 동맹을 거듭 만나며 지금까지 이어져왔다. 외무부에서는 또다시 술책이 제동을 걸고 나왔다. 비시 정권 시절의 옛 관리들이 여전히 자리를 지키고 있어 드골 장군에 대한 그의 충절을 용서하지 않았다. 게다가 가장 고위직의 '외투걸이'들이 걸치는 모호함과 뻣뻣함, 외투, 중절모자, 우산이 가리의 아주 개방적인 개성과는 잘 맞지 않았다. 작가로 대사가 된 경우는 분명 있었지만, 그래도 사람들은 폴 클로델이 칸영화제에서 탐스런 여배우들에 둘러싸인 모습을 상상하지 못했다.

누구보다 실망한 사람은 진이었다. 그녀는 대사 부인으로서 레슬리처럼 문화계 인사들을 맞이하는 자신의 모습을 애타게 보고 싶었던 것이다. 그랬더라면 마셜타운의 기자들과 할리우드에 멋지게 한 방 날릴 수 있었을 것이다.

　자존심을 달래줄 소식을 기다리며 가리는 글쓰기에 한층 더 몰두했다. 그를 해치려는 악의적 행동들은 그의 호전적 기질과 저주 어린 펜을 자극했다. 결국 이 모든 게 멋진 소설을 한 권 더 낳았고, 그것은 다시금 대중적이거나 문학적인 성공으로 그의 자존심에 힘을 실어주었고, 그것은 또다시 새로운 질투를 낳았고, 다시금 승진에 족쇄가 되었다. 성공은 어떤 근심은 피하게 해주지만 시기하는 사람의 눈길은 결코 피하게 해주지 못하는 법이다.

　그렇게 가리는 누보로망 방식에 반대하고 이데올로기를 벗은 글쓰기를 염두에 둔, 픽션 자체에 관한 글인 『스가나렐을 위하여, 소설과 인물에 관한 연구Pour Sganarelle, Recheche d'un personnage et d'un roman』로 난관에 부닥쳤다. 그의 말에 따르면 이 소설은 전체주의적인 것이 아니라, 어떤 대가를 치르고서라도 비극에 맞서는 "총체적 소설"이고, 자크 프레베르의 멋진 말에 조금이나마 근접한 생각이라는 것이다. "행복하려고 노력해야 한다. 본보기를 보이기 위해서라도."

　이해 여름휴가를 보내기 위해 가리는 지중해의 변화무쌍한 날씨와 바람을 막아주는, 만에 둘러싸인 예쁜 낚시터 푸에르토 안드라이츠 근처의 마요르카 섬에 빌라 한 채를 빌렸다. 가족 전부가 그곳에 모였다. 진은 그곳에 부모를 초대해 아직 탄생을 알리지 못한 아들을 소개할 생각이었다.

세버그 가족은 한참을 거부하다가 초대를 받아들였다. 드디어 도착하던 날 그들이 빌라 현관을 들어설 때 진은 디에고를 품에 안고 그들을 맞이하러 나왔다. "아빠, 엄마, 손자를 소개할게요." 세버그 가족은 기겁하며 격분했지만 치밀어오르는 분노를 최대한 감췄다. 결국엔 감정이 폭발하고 말았고, 원칙과 체면 때문에 그들은 손자가 1964년에 태어난 것으로 알리기로 합의했다.

장 베케르의 〈탈주Échappement libre〉가 막 개봉되었다. 이 영화에서 진은 남자 주인공을 맡은 장 폴 벨몽도 곁에서 여주인공 역할을 맡았다. 그리스에서 촬영된 이 영화는 밀수꾼들의 말에 넘어가 몇 킬로그램의 금이 숨겨진 스포츠카를 타고 레바논 국경을 넘는 일을 맡은 한 리포터의 모험을 얘기한다. 눈부시게 아름다운 젊은 여인 올가는 그를 따라가는 임무를 맡는다. 그런데 가는 길에 그가 그녀에게 반해 금을 팔고 그 돈을 차지할 생각을 한다. 악당들이 그를 쫓는다…….

영화는 바르셀로나, 나폴리, 아테네, 베이루트와 다마스에서 촬영되었다. 가리는 여행을 하며 아내에게 그리스 섬들을 구경시켰고, 진은 미코노스 섬에 홀딱 반해 한 어부의 작은 집 한 채를 샀다.

1965년, MGM 영화사가 〈애정의 순간Moment to Moment〉이라는

추리 영화의 주인공 역할을 진에게 제안했다. 전도유망한 경력을 이제 막 시작한 숀 코너리가 남자 주인공이었다. 원래 촬영이 계획된 생폴드방스의 기상 조건이 나빠지자 로스앤젤레스에서 촬영하기로 결정되었다. 진은 가리와 디에고, 으제니아와 함께 로스앤젤레스로 갔다. 촬영 무대를 지켜보면서 가리는 계속 글을 썼다.

이 부부에게 자신들의 이야기를 되돌아보게 만든 환멸의 첫 징후가 나타난 건 바로 이 몇 주 동안이었다.

그 나이의 모든 젊은 여성들처럼 진은 밖에 나가 카페테라스에서 한잔하며 자신을 드러내고 사람들의 시선 속에서 자신을 느끼길 좋아했다. 가리는 진의 넘치는 에너지에 늘 응할 수 없어서 때로는 짜증을 냈다. 두 사람을 갈라놓는 문화적 차이도 더욱 깊어진 것으로 보였다. 경험 많은 가리는 이런 모임에서 사람들이 표방하는 새로운 생각들을 한 걸음 뒤로 물러나서 마치 이렇게 말하는 듯한 표정으로 지켜보았다. "당신들이 지금 맛보고 있는 그 대추야자 열매들 말이야, 난 그 씨를 가지고 놀았던 사람이야." 가리는 민첩한 정신과 유머 감각의 소유자였지만 정말이지 모임에 활기를 불어넣는 인물은 못 되었다. 그는 자기 책의 등장인물들과 몇 날 며칠을 함께 보내다 보니 그 인물들이 점차 대화 상대가, 주인공이, 희생자가, 그의 분신이 되어버려 그들을 버리고 현실 속의 무사태평한 젊은이들 모임에 아무 때고 주저 없이 뛰어들지 못했다. 활력 넘치는 젊은이들은 작가들이 종종 빠져드는 진지한 표정을 그에게서 보고 그 침묵을 비난으로 받아들였다.

　물론 행복한 작가를 만났다고 말하는 사람도 있었을 것이다.

　〈애정의 순간〉 이후 진은 젊은 스위스 감독 니콜라스 게스너의 연출하에 클로드 리치와 함께 코미디 영화 촬영에 합류했다. 〈당구장의 백만장자Un milliard dans un billard〉에서 당구를 좋아하는 한 은행원은 일상을 권태로워한다. 그의 약혼녀와 친구 역시 멋진 삶을 원한다. 그래서 그는 무장 강도질을 하기로 마음먹고 큰 건수를 계획한다. 세워둔 계획에 따라 일은 성공한다. 마침내 세 사람은 원래의 꿈을 실현한다.

　영화와 책 계획이 두 사람 사이에 끼어들면서 행복한 순간과 침울한 순간들이 이어졌다. 그런데 이런 틈바구니에서 아이는? 아들이 두 사람을 더 가깝게 만들었으리라고 생각할 수 있을 법하지 않은가? 아이는 으제니아 곁에서 하루를 보냈고, 으제니아는 지중해 문화의 영향으로 아이를 사랑하고 애지중지하며 기르는 데 전념했다. 그녀가 아이에게 스페인어로 말했기에 스페인어가 아이의 유년기의 언어가, 아니 평생의 언어가 된다.

　수많은 예술가들과 자기 일로 바쁜 부모들이 그렇듯이 진과 가리는 숲 속을 산책하며 번데기나 개양귀비를 발견하거나 시냇물에서 작은 물고기를 발견하는 일에 동반되는 열광을, 아름다운 이야기처럼 감동을 주는 그 모든 말과 그 모든 것에 동반되는 열광을 그들 안에서 발견하지 못했다.

가리는 조금 더 나중에 가서야, 대화로 교류할 수 있을 때가 되어서야 아들의 교육에 몰두하게 된다. 그는 말을 다루는 사람이 아닌가. 방법은 그 스스로 만들어내야 했다. 그는 아버지를 가져본 적도 없고, 작가로서 가진 관심사 탓에 삶의 우여곡절에 사로잡히거나 삶에 진절머리 난 사람의 세계에 갇혀 지냈기 때문이다. 그는 아직 쓰지 않은, 어쩌면 끝내 쓰지 못할 책을 좇아 달리느라 바빴다. 그는 『스가나렐을 위하여, 소설과 인물에 관한 연구』에서 이 소설에 대해 설명하고 스스로 질문을 던지고 논전을 벌였다.

진은 아직 촬영하지 않은 영화를, 그녀의 기억에 씁쓸한 뒷맛을 남긴 잔 다르크 역할 이후로 언제나 미흡하게 느껴지는 역할을 좇아 달렸다. 잔 다르크의 기억에서 뿜어져 나오는 우수가 그녀에게는 세상의 걱정을 희석시키는 역할을 했다. 그녀는 그 시대 방식으로 자신을 위로했다. 술을 마시고, 춤을 추고, 신경안정제를 먹고, 신경안정제 다음에 흥분제를 복용하고, 섹스를 하고, 아무 도움도 주지 못하는 사회를 파괴하면서 자신을 파괴했다. 시대는 예전처럼 낭만적이지 않았다.

가리는 돈키호테였다. 그는 기사도 시대의 인간이었다. 더구나 그는 세르반테스에 대해 "젊은 스페인 소설가"라고 말하곤 했다. 낭만적 기질과 다정함, 조소 감각, 풍자에 쓰인 인간적 약점들이 뒤섞인 세르반테스의 작품에 가리가 어찌 열광하지 않을 수 있었겠는가. 마치 힘 있는 자들이 그의 펜 아래로 기꺼이 기어들어오는 것만 같고, 제도조차 그의 펜 아래서 스스로를 비웃는 것만 같았다. 가리처럼 세르반테스도 젊어서 전쟁에 참가했고, 레판토 전투에서 한쪽 손을 못 쓰게 되었다. 그러나 가리와 달리 그는 이 "총체적 소설"〈돈키호테〉에서 자기실현을 했다. 세르반테스는 자신이 마란_{중세 후기 가톨릭 신자로 개종당한 스페인과 포르투갈의 유대인(옮긴이)} 출신임을 내세울 수도 없었고 듣기 좋은 얘기를 꾸며낼 수도 없었지만, 돈키호테의 갑옷을 입고 종교재판에 앞장선 스페인에 대해 기막히게 숭고한 풍자를 해낼 줄 알았다. 그는 세상의 부조리와 사랑의 아름다움에 대한 첫 근대소설을, "총체적 소설"을 만들어냈고, 그것으로 그는 모든 시대를 통틀어 가장 위대한 작가 가운데 한 사람이 되었다. 가리는 그의 작품을 채우는 멋진 인물들 속에 자신을 만들어내기 위해 코메디아 델라르테의 가면을 썼지만 그것을 끝까지 완수했다는 느낌을 갖지 못했다. 바로 그래서 그는 글 쓰는 일을 손에서 놓지 못했다. 그가 어떻게 그럴 수 있겠는가. 「여신의 황혼_{Crépuscule de la déesse}」에서 그는 이런 말을 썼다. "해당 주제에 관해 쓴 모든 것을 읽어본들, 또는 당신 스스로 스무 권의 에세이와 소설을 써본들 소용없을 것이다. 브리지트 바르도를 만나는 순간 당신은 아직 자신을 표현하지 않았다는 특별한 감정을 느끼게 될 것이다."

진 또한 자신의 모습을 만들어내기 위해 가면들을 선택했고, 바로 그래서 그녀 역시 연기를 결코 끝내지 못했다.

한 사람에게는 글을 쓰는 일, 다른 한 사람에게는 연기를 하는 일, 두 사람을 결합시켰던 이 일들이 이제는 그들을 갈라놓고 있었다. 그들은 두 사람의 결혼 생활에 일고 있는 폭풍을 의식했다. 숱한 도전, 통보 결과, 비밀, 그리고 승리까지 겪고 난 뒤 식어버린 부부의 결산이었다. 그는 그 세대에서 가장 예쁜 스타를 얻었고, 그녀는 파리와 런던과 할리우드가 신성시하는 작가를 좌대에서 탈취해냈다. 그리고 이제 그들은 식어버린 애정을 제 이름으로 부르지 못한 채 승리의 춤을 추고 있었다. 진은 그가 이미 보여준 대담함이 자기 안에서 싹트는 걸 느꼈다. 이건 분명 세대 문제였다. 가리의 세대, 그가 존경하는 말로^{Malraux} 세대의 사람들은 교양을 통해 자기 조건을 승격시켰다. 진의 세대에게 구원은 어쩌면 대마초와 기타, 까다로운 엄격함으로 가장된 절망, 술, 그리고 체 게바라가 준엄한 눈길로 내려다보고 알베르트 아인슈타인이 그 옆 포스터에서 혀를 내밀고 있는 어지러운 방 안에서 싸움이 아니라 정사를 나눌 때 동반되는 저항 가요 속에 있었다. 그것은 세대 문제이자 모순의 문제였다. 앞선 세대는 곳곳에 죽음을 낳았고 인류에 치욕을 안긴 전쟁을 치렀다. 그래서 다음 세대는 이렇게 생각했다. "마리화나 좀 피우고 사랑을 나누는 게 뭐가 나빠? 방식이 자유분방해도 사랑은 사랑이야. 어쨌든 스탈린그라드나 인도

차이나, 베트남, 한국처럼 서로를 죽이는 것보다는 낫잖아." 젊은이들은 젊음을 원해서 케네디를 선출했고, 그를 암살했다. 젊은이들은 꿈을 원했지만 마틴 루터 킹 목사가 "내겐 꿈이 있습니다"라고 부르짖을 때 그를 암살했다. 베레모를 쓰고 턱수염을 기른, 가슴에 정의를 품은 잘생긴 체 게바라도 암살했다. 그러자 젊은이들은 배를 움켜쥐고 웃었고, 눈물을 흘리며 웃었다. 미치광이처럼 고함을 지르고 물건을 부수었다. 진도 이세대에 속했다. 완전히 패배하지도 완전히 승리하지도 않은, 그저 아무렇게나 휩쓸리도록 내팽개쳐졌을 뿐인 세대에.

그들이 로스앤젤레스로 돌아왔을 때 와츠 지역에서 소요가 있었다. 군이 발포를 했고, 흑인 사망자가 났다. 진은 자기 진영을 선택했다. 좀 더 신중한 데다 훌륭한 외교관으로서 정보도 많은 가리는 성급히 입장을 정하지 않았다. 그러자 그녀가 화를 냈다. 그는 그녀의 투사 같은 열정을 진정시키고 가라앉히려고 애썼다. 말하자면 아버지처럼 굴었다. 젊은 아내의 과격한 혈기를 구속하려고 그런 역할을 자처한 건 아니었다. 아니다. 그는 경험을 말하고 있었다. 온갖 이데올로기를 그는 알았다. 그러나 진은 나이 차이 때문에 그걸 잘못 받아들였다. 모든 충고와 모든 연설에는 언제나 금기가 어느 정도 들어 있기 마련이다. 금기에 대한 기억은 그녀에게 전혀 다른 미국을, 아이오와에 있는 그녀의 아버지를 떠올리게 했다.

소외된 사람들에게 청소년기에 느꼈던 연민이 목까지 차오른 그녀가 그 말을 쏟아냈다. 그는 자신이 평생 그 일밖에, 불의와 소외에 맞서 싸우는 일밖에 하지 않았다고 대답했는지도 모른다. 그러자 그녀는 말했을 것이다. "그런데 흑인들을 위해서는?" 그는 자신이 줄곧 인종차별에 맞서 싸워왔노라고 대답했을 것이다. 그의 모든 책의 주제가 바로 그것이라고. 그녀는 제인 폰다만큼이나 페미니스트가 되고 싶었고, 그 점에 대해 그는 화를 내며 여성과 남성을 갈라놓는 페미니즘의 게토 속에 여성끼리 갇히는 모습을 보기를 거부했다. 여자에 대한 그의 열정은? 그의 모든 책 속에, 그의 모든 투쟁 속에 여자가 있었다. 그렇다. 그는 끌어안고 포옹해야만 했고, 그것이 사랑이었다! 아닌가? 그는 한 여자의 남자가, 하나의 행복을 누리는 남자가 결코 되지 못했다. 하늘의 뿌리, 그곳의 악의 뿌리가 그에게 사랑할 줄은 알되 행복할 줄은 모르게 만든 것이다.

돈 키 호 테

　행복은 때때로 여행의 얼굴을 하지만, 목적지인 경우는 드물다. 60년대 중반부터 진과 가리는 여행을 했다. 프랑스로, 그리스로, 미국으로 다니다가 여름을 보내러 푸에르토 안드라이츠의 마요르카 섬의 그들 집에 정착했다. 로맹과 레슬리에게 로크브륀의 집이 그랬듯이 그곳은 그들에게 귀소본능의 장소였던 셈이다.

　가리가 글쓰기를 좋아했던 이 집에서는 행복한 날들이 이어졌다고 말할 수 있겠다. 그는 바다에서 수영을 하고 마을까지 걸어 이웃이자 친구인 피터 유스티노프를 찾아갔다.

　그즈음 가리와 유스티노프의 딸 파블라 사이에 순정이 싹트는 듯했다. 이제 겨우 청소년기를 벗어난 파블라는 젊은 아가씨들이 그렇듯이 새끼 고양이가 스치거나 강아지가 살짝 깨무는 것처럼 넋을 빼앗는 미소를 지녔다. 여자들은 배울 필요가 없다. 그네들은 태어나면서부터 어떻게 하면 남자들에게 사랑의 전율이 일으키는지를 안다.

가리는 어린 사내가 아니었지만 그래도 별수 없었다. 모든 남자는 평생 어느 정도는 어린 사내로 남는다. 양심의 가책 때문인지 아니면 친구를 생각해서인지 조심하면서도 그는 때로는 격정적이고 때로는 절박한 어린 아가씨의 눈길 속에서 자신을 보는 즐거움은 거부하지 못했다. 정오의 악마가 우리의 목을 낚아채는 데는 따로 정해진 시간이 없다는 걸 그는 잘 알았다. 그렇지만…… 그는 마음을 진정시켰다.

청춘의 환상과 장년기의 환상을 채우는 불륜의 욕망을 서로가 상대에게 반사하는 이 거울 놀이에서 두 사람은 각자 얻을 것을 얻고 있었다. 그들은 연기를 하고 있었다. 그녀는 이브 역을, 그는 악마 역을. 그것은 '잃는 사람이 이기는' 게임이었다. 기다리면서 그는 그를 도발하고, 유혹하고, 우연히 만난 것처럼 꾸미려고 꾀를 부리는 그녀를 보며 좋아했다. 그녀 쪽에서는 그가 마치 할리 데이비슨을 타고 그녀를 납치하려고 문 앞에 불쑥 나타나는 즉흥적이고 매혹적인 청년처럼 행동하는 걸 보고 황홀해했다. 이런 예기치 못한 일들, 이 기대들은 결국 파블라의 나약한 천성에 시련을 주었고, 그녀는 자살을 시도하여 상황을 심각하게 만들었다. 그러자 거리를 둘 필요가 있다고 느낀 가리는 최대한 거리를 유지하려고 애썼다. 그러나 그는 자주 그녀를 생각했고, 시간은 흘러갔다.

로맹 가리와 진 세버그의 숨 가쁜 사랑

열정은 완전히 가라앉지 못한 채 파블라의 마음속에서 동면에 들어갔다. 몇 년 뒤 그녀가 스물셋이 되어 그들이 파리에서 다시 만났을 때 그들은 몇 시간, 며칠 동안 연인으로 지냈을 뿐 그 이상은 아니었다. 성숙한 여인의 나이가 되자 그녀는 이 마법을 끝내고 청소년기의 내밀한 일기를 덮고 싶어했다. 가리는 여전히 그의 내면에서 포효하던 악마로부터 해방되었다. 늙어버린 사자가 숨을 돌리기 위해 수풀 뒤로 숨는 것처럼 악마는 이제 슬그머니 사라질 일밖에 남지 않았다.

세상의 현실로 돌아온 그는 『게리 쿠퍼여 안녕Adieu Gary Cooper』에서 미국 사회에 일어난 변화를 씁쓸하게 확인했다. 그가 좋아하던 게리 쿠퍼의 미국, 카우보이의 미국은 정의로운 이들을 한쪽에 두고 악인들을 다른 쪽에 그릴 줄 알았다. 이 미국은 언제나 그를 매료했다. 왜냐하면 마음 깊이 그는 유럽이 그에게 제공한 유년기 때문에 악인들의 유럽을 결코 용서하지 않았기 때문이다.

그와 같은 출신의 사람이 어떻게 미국인을 부러워하지 않을 수 있었겠는가. 그들의 유년기가, 그들 앞에 놓인 숱한 꿈이, 그들을 맞이할 숱한 공간이 어찌 부럽지 않았겠는가.

한 나라를 사랑하는 데 꼭 그 나라 시민이 될 필요는 없다. 그 나라와 우리 사이에는 다른 곳에서 온 여자나 남자에 대해 우리가 느끼는 끌림과 유사한 끌림이 생겨나기도 한다. 미국은 가리에게 이미 낯선 여인이었고, 진과 더불어 미국은 그의 인생과 인연을 맺었다.

케네디와 몇 차례 만나면서 그는 소년처럼 열광했다. 이 나라가 남성 우월주의와 극도로 수줍어하는 조심성 사이에서, 돈의 힘과 도덕의 요구 사이에서 갈팡질팡하는 걸 자주 보아 온 그는 그런 점을 이 나라의 자유 및 기회 평등 신화와 연결하기 힘들어 종종 당황했다. 새 대통령은 장벽을 무너뜨리고 이 나라를 인종차별주의에서 벗어나게 할 수 있을까?

진 역시 변화를 예고하는 이 만남을 좋아했다. 그녀의 스웨덴 조상들은 다른 지평선에서 온 수많은 다른 이들과 마찬가지로 신세계의 부름을 더욱 정의로운 삶에 대한 약속처럼 이해했다. 그들은 이 땅에 융화되어 뿌리를 내리겠다는 결심을 하고 배에 올랐다. 그녀는 바로 이런 미국의 딸이었고, 그 꿈과 땀과 불평등에서 태어났다. 그녀는 이런 미국이 더욱 아름다워지고 공평해지길 바랐다.

케네디가 암살당한 날, 가리는 울음을 터뜨렸다. 미국은 고아가 되어 어찌할 바를 몰랐다.

유명 디자이너의 드레스를 입은 진도 어찌할 바를 몰랐다. 이 나라의 청년들이 처한 혼란 속에서 이제 그녀는 자기 자신의 모습을 잘 보지 못했다. 사실 세상을 바꾸고 싶어하는 사람들과 그녀를 갈라놓는 건 없었다. 카메라 앞에서 그저 포즈만 잡는 것에 만족하지 않는 예술가와 지식인들 말이다.

그녀는 가리가 사회의 동요를 그의 책 속에 자유롭게 끌어들이는 점이 부러웠다. 그의 마음을 사로잡는 것에 대해 말하는 그의 당당함이, 문학이나 정치에서 그를 비방하는 이들에게 그가 던지는 멸시가 부러웠다. 그녀라고 그렇게 하지 못할게 뭐 있겠는가. 영화와 잡지가 그녀에게 덧씌우는 이미지는 지옥에나 가버려라!

그녀 안에서 전율하는 행동 욕구와 미국 흑인들을 위해 그녀가 자신에게 부과하는 방식 사이에 가리가 끼어들었다. 당장 그는 블랙팬서 모임에서 할리우드 스타들이 앙심 품은 말들을 지지하며 수천 달러의 채찍질을 스스로에게 가하고 백인종이 저지른 온갖 죄악에 대해 용서를 구하고 참회하는 광경을 딱하게 여겼다.

그는 진을 따라다니길 그만두지 않고 그녀 주위에서 웅성거리는 전투적 슬로건들을 그녀가 경계하게 만들고 싶었다. 흑인과 백인 간의 전쟁 선포? 그러고 나면? 그들은 어쩔 수 없이 화해를 할 테고, 수천 명에 달하는 남녀의 죽음은 헛된 것이 될 터였다. 안 될 일이다! 이런 일들이 그의 인생에서 이미 큰 부분을 앗아갔다. 그는 『흰 개Chien blanc』에서 이렇게 썼다. "진 세버그는 열네 살 때부터 권리 평등을 위해 싸우는 모든 단체에 가입했다. 그것이 우리 사이에 심각한 문제를 일으켰다. 나는 열일곱 살에서 서른 살 사이에 내가 걸어야 할 길과 재주넘기를 이미 완수했기에, 그녀와 나 사이에 24년의 차이가 있기에 나는 또다시 이 느린 죽음을 결코 살고 싶지 않았다." 말하자면 그는 진을 보호하면서 자신도 보호하길 바랐지만 이 역할이 그를 압박하고 늙게 만들었던 것이다. 그래서 그는 '두고 보라'고 말하는 듯한 표정으로 거만한 태도를 취했다. 두 사람 사이에 모호한 거북함이 끼어들었다. 그는 책 속에 틀어박혔고, 그녀는 본능이 이끄는 대로 위태롭게 지붕 끝을 걷는 어린 고양이처럼 밖으로 나돌았다. 의문이 간혹 가리의 뇌를 스쳤고, 때로는 의심의 빛을 띠었다. 그녀가 어쩌면 〈탈주〉 촬영 때 장 베케르의 조감독 코스타 가브라스와 했을지도 모르는 연애에 대한 의심.

다행히도 영화 계획들이 그녀를 사로잡았다. 그는 클로드 샤브롤의 〈경계선La ligne de démarcation〉 촬영 때 그녀를 동반했다. 이 영화에서 모리스 로네가 연기한 주인공인 동원 해제된 전쟁 포로는 독일군에 점령당한 고향으로 돌아간다. 그의 가문 소유의 성은 징발되어 사령부로 차려졌다. 그는 체념하고 독일군에 협력하지만 진 세버그가 역할을 맡은 그의 아내는 레지스탕스에 가담한다. 영국 낙하산부대가 도착하고, 그들이 경계선을 넘도록 도와야 할 상황이 되자 그도 결국 가담한다.

세버그-로네 단짝에 다시 한 번 영감을 받은 클로드 샤브롤은 〈코린토스로 가는 길La route de Corinthe〉에 출연해달라고 진에게 제안한다. 그리스의 나토군 레이더가 불가사의한 고장을 일으킨다는 내용의 첩보 영화였다. 고장 이유를 알아낸 비밀 요원이 암살당한다. 진이 연기한 그의 아내는 수사를 이어가기로 결심한다.

진은 샤브롤과 작업하길 좋아했다. 촬영장 분위기가 좋아서 그녀가 위험한 스턴트까지 직접 하겠다고 나설 정도였다.

1966년에 또 한 번의 여행이 있었다. 희열에 찬 여행은 아니었지만 바르샤뱌를 걷는 동안만큼은 두 사람을 완전히 하나로 묶어주기는 했다. 당시 공산주의 체제의 폴란드는 다시금 유대인 배척 운동에 빠져 있었다. 이번에는 정부의 수장인 고무우카가 친히 지휘한 일이었다. 유대인 동포들이 겪은 고통의 기억, 그들 중 많은 이들이 기뻐하거나 무심하게 지켜보았던 고통의 기억도 폴란드인의 문화 속에 뿌리내린 반유대주의를 전혀 바꿔놓지 못했다. 교회가 오래도록 그들 마음에 이 독을 퍼뜨려온 것이다. 이제는 공산주의가 행진 때 노래하던 박애의 노래들과 양립할 수 있는 색조로 지역 색깔의 증오를 각색해 마르크스 신념에 갖다 붙이고는 반유대주의를 노래하는 내일의 약속을 내세우고 있었다.

가리가 어려서 알았던 도시의 거리들은 전혀 또는 거의 남아 있지 않았다. 50만 유대인들이 가축 싣는 화물차에 실려 가스실로 옮겨졌던 게토는 완전히 헐리고 없었다. 남자, 여자, 아이들이 마지막 숨을 거둘 때까지 나치의 야만 행위에 저항했던 게토에 남은 건 단 하나의 포석뿐이었다.

갑자기, 인도 위를 걷던 행인들이 가리의 눈에 유령의 무리처럼 둔갑했다. 바르샤바에서 살해당한 그의 동포들이 디부크

악령. 28쪽 원주 참조로 둔갑하더니 그를 데려갔다. 그들은 이해할 수 없는 주술 같은 말을 이디시어로 크게 외치며 나아갔다. 행렬 한가운데 그의 어린 시절 사람들이 있었다. 그의 어머니, 군복 차림의 아버지, 그 뒤로 긴 그림자가 따랐다. 아이들이 그를 따랐다. 그들은 모두 거기 있었다. 그가 잘 알거나 거의 알지 못하는 이들이 다른 사람들과 함께 그를 뜨거운 눈길로 바라보았다. 그들은 그를 자랑스러워했고, 반짝이는 별이 달린 옷차림을 하고 그와 팔짱을 낀, 참으로 탐나는 젊고 아름다운 여인을 자랑스러워했다. 한편 진은 슬픔에 마비된 듯 굳어 있었다. 가리가 비틀거리고 있고, 고통으로 질식할 지경이며, 나락으로 떨어지기 직전이라는 걸 느낀 것이다.

어쩌면 가리가 바르샤바의 게토 자리에 세워진 기념비 앞에서 정신을 잃고 쓰러진 이 순간보다 두 사람이 서로를 더 가깝게 느낀 적은 없었는지도 모른다. 그는 병원으로 실려 갔다. 그리고 48시간 병원에 머물렀다.

이 바르사뱌 방문에서 『징기스 콘의 춤La danse de Gengis Cohn』이 탄생한다. 이 소설에 대해 그는 이렇게 말했다. "징기스 콘은 나다." 이 인물은 약간은 그의 분신 같다. 익살스럽고, 조소 때문에 파악하기 어렵고, 악마의 웃음처럼 억누를 수 없는, 지구의 밑바닥 깊이에서 어둠의 시간부터 시대를 가로질러 메아리치는 끔찍한 비명처럼 억누를 수 없는 그런 인물이다.

그의 분신인 징기스 콘은 웃음과 빈정거림을 뒤섞어가며 독자를 죽음의 수용소로 안내하고, 자기 자신이 살해당한 이야기부터 가스실, 시체 소각로를 얘기한다. 가리가 '징기스 콘의 춤' '색광녀를 위한 예배곡' '어느 웃긴 유대인을 위한 예배곡' 등 여러 제목을 놓고 망설인 사실은 이 소설이 출간되었을 때 그가 이런 말을 한 심정을 설명해준다. "그때 이후로 제가 예전 같지 않다는 느낌이 듭니다……."

이 소설에 충격을 받은 일부 독자들은 그를 신성모독자로 여겼다. 그럼에도 불구하고 미국과 이스라엘 사람들은 최고로 환대했고, 앙드레 말로는 이렇게 말했다. "『징기스 콘의 춤』은 위대한 희극 문학에 우리 시대가 바친 매우 보기 드문 공헌이다." 그의 소설 『서정적인 광대들』의 소개글에서 가리는 이렇게 말했다. "희극이 불안과 맺는 관계는 베르그송, 프로이트, 채플린 이후로 알려졌다. 버스터 키튼, W. C. 필즈, 막스 형제, 그리고 그 밖의 사람들 이후로 오늘날엔 우디 앨런이 본보기를 제시하고 있다. 익살은 보존 본능의 마지막 대피소가 되었다."

그즈음 진은 〈카리브식 찜 요리Estouffade à la Caraïbe〉라는 영화를 촬영하고 있었다. 그녀가 연기한 예쁜 여주인공과 웬 깡패 사이에 실랑이가 벌어진다. 옛 금고털이범으로 손을 털고 카리브 해에 정착한 뒤 억만장자들에게 황새치 낚시를 준비해주며 살아가는 남자가 여자를 구해준다. 여자는 고맙다며 자기 요트에서 남자에게 술을 한잔 권한다. 남자는 자기도 모르게 마약에 취하고, 깨어나 보니 바다 한가운데다. 그제야 여자는 갱스터인 그녀의 아버지에게 도움이 필요하다는 사실을 알린다…….

이 영화를 계기로 가리는 진을 따라다니며 콜롬비아에서 가장 예쁜 도시 가운데 하나로 예전에 유명한 해적들의 항구였던 카르타헤나를 돌아보았다. 진은 다시 한 번 위생 조건에 대해, 파리와 뱀, 사회적 빈곤에 대해 불평했다. 그녀는 가리에게 말했다. "내가 남아메리카에 살았더라면 체 게바라 편에서 싸웠을 거예요."

파리로 돌아온 가리는 영화와 텔레비전을 위한 고문 자격으로 정보국에 들어갔다. 반골 기질 때문에 그로선 모든 권력에 필수적인 도구, 즉 정보를 감시하는 일을 담당하는 국가기관에서 일하기가 쉽지 않았다. 그 기관은 풍기도 검열했지만 '정치적으로 올바른지'도 살폈다. 그는 사건에 개입해야 하는 업무와 그가 가장 잘하는 일인 글쓰기로 사건에 의미를 부여하는 일 사이에서 번민하며 그 자리에 오래 머물지 않았다.

『별을 먹는 사람들』에서 발췌한 「새들은 페루에 가서 죽는다」를 그가 직접 제작하려는 계획이 드디어 구체화되면서 그는 진을 중심으로 명망 높은 배우들을 끌어모으고 싶어했다. 그렇게 그는 그녀의 배우 경력에 다시 한 번 도약의 기회를 주고 싶었던 것이다. 그것은 그녀가 겪게 되리라고 그가 예감한 앞날의 함정으로부터 그녀를 보호하는 방법이었다. 제임스 메이슨, 모리스 로네, 피에르 브라쇠르, 다니엘 다리외가 그녀와 함께 처음엔 비앙쿠르 스튜디오에서, 그 후엔 스페인의 우엘바에서 촬영을 했다.

촬영은 험난했다. 진은 〈콩고 비보〉에서 그랬듯이 또다시 불감증인 여자 역할을 맡게 되었다. 이번에는 가리의 지휘 아래 아드리아나를 연기했다. 그녀는 해변에서 한 무리의 남자들에게 자신을 내맡기는 예쁜 여자다. 에로틱한 장면들, 파트너를 계속 바꿔가며 오르가즘에 도달하려고 애쓰는 여자의 필사적인 노력들. 그녀의 남편이 그녀를 찾아 나선다. 그는 불감증이자 색광증 환자인 아내를 죽이기로 결심한다. 연기하기가 어려운 시퀀스들을 거듭 촬영해야 했다. 가리가 참으로 까다롭게 구는 바람에 그녀는 배우의 직감적 에너지가 바닥날 지경이었다.

두 사람이 가까워질 수도 있었을 이 경험은 부부 사이에 새로운 대립을 낳았을 뿐이다.

〈새들은 페루에 가서 죽는다〉가 만들어졌을 때 불감증이 자살로 내몬 이 여자의 본보기를 탐탁지 않게 여긴 검열 기관이 영화가 나쁜 교훈을 준다고 비난했다.

영화가 여성의 불감증에 대한 그의 생각을 충분히 명확하게 밝히지 못했는지 몰라도 그는 그것이 남성 우월주의 시대의 결과물이라고 생각했다. "어떤 사람을 두고 '여자들의 남자'라고 말하면 모두가 미소 짓습니다. 그건 듣기 좋은 소리니까요. 그러나 '남자들의 여자'라고 말하면 그건 색광녀를 뜻합니다. 이 어휘들은 절대적으로 남성 지배의 어휘들이죠. (…) 성적 욕망을 어떻게 충족할지 알지 못해 계속해서 그걸 좇는 이 젊은 여성은 여성의 감각에 대한 거세와 억압의 시대가 낳은 전형적인 희생자입니다."(로맹 가리, 「사랑」, Asa 프레스.)

영화 개봉 허가를 얻어내기 위해 그는 관청을 찾아가 힘겨운 교섭을 해야만 했다. 마침내 18세 이하 관람 금지 딱지와 함께 허가를 얻어냈다.

그러나 영화는 비평가도 관객도 설득하지 못했다.

1968년 4월 4일, 진과 가리는 워싱턴의 어느 호텔로 가는 길에 택시 안에서 마틴 루터 킹 목사가 백인 극단주의자에게 살해당했다는 소식을 들었다.

킹 목사는 흑인들의 시민권을 위해 평화적인 투쟁을 이어왔다. 1963년 8월 28일 워싱턴의 링컨 기념관 앞에서 20세기를 통틀어 최고의 연설로 꼽히는 '내겐 꿈이 있습니다'라는 연설을 한 이후로 아주 유명해진 그는 흑인과 백인이 평등하고 조화롭게 살아가는 모습을 보고 싶어한 미국의 상징적 지도자가 되었다.

그러나 미국은 그로부터 40년이 지나서야 흑인 대통령을 선출한다.

킹 목사의 죽음으로 미국은 오랫동안 경험하지 못했던 폭력과 억압의 시기에 접어들었다. 이날 살해당한 마흔 명의 흑인 외에도 인종차별적 폭동에서 시민들에 살해당한 흑인 희생자의 수도 많았다. 케네디 암살, 국민 대다수가 끝나는 걸 보고 싶어한 베트남전쟁에 이어 이 살인은 미국이 스스로에 대해 깊은 의문을 품게 했고, 많은 사람들을 큰 슬픔에 빠뜨렸다.

이 모든 것이 진의 내면에서 잠자고 있던 저항 의식을 일깨웠다. 그녀는 이미 2년 전에 블랙팬서당에 가입했다. 말론 브란도, 바브라 스트라이샌드, 시드니 포이티어 등 많은 영화계 인사들이 그녀처럼 미국 흑인의 시민권을 위한 투쟁을 지지했다. 그녀는 몇 년 전 파리에서 만난 적 있는 해리 벨라폰테도 그곳에서 만났고, 〈릴리스〉에서 자신에게 혹독하게 굴었던 워런 비티도 만났다.

킹 목사의 암살과 더불어 진의 연민은 과격한 성향을 띠게 되었다. 이제는 원칙을 주장하거나 길거리에서 만난 다리 저는 강아지를 돕거나 도시 빈민 지역에 갇혀 지내는 흑인 아이들에게 장난감을 가져다주는 정도가 아니었다. 이제 그녀는 온갖 모임에 참석하고, 후원금을 보내고, 선물을 나누어주고, 유명 인사들에게 재정적 후원을 요청했다.

언론은 그녀의 빌라에서 온갖 모임이 이루어진다는 사실을 즉각 폭로했고, 한 흑인 행동주의자와 그 가족을 그녀가 유숙시키고 있다는 사실도 슬쩍 흘렸다. 흑인 행동주의자들은 이 사건이 야기한 동요를 이용해 목소리를 내기 시작했다. 이젠 공존도 평등도 있을 수 없다, 흑인들은 무기를 들어야 한다. 이런 연설은 이미 드러난 인종차별주의자와 잠재된 인종차별주의자들을 자극해, 오로지 싸우기만을 바라는 백인 극단주의자들의 움직임을 오히려 부추겼다. 오래된 악마들이 다시 등장하는 걸 보고 온 나라가 질겁했다.

가리는 불안하고 난감한 심정으로 이 소요를 지켜보았다. 그러나 에드거 후버의 냉혹한 눈은 이미 단 1초도 진에게서 떠나지 않았다. 에드거 후버에게는 이런 일이 처음이 아니었다. FBI의 국장으로 그는 48년 동안 미국 사회와 최고 지도자들을 공포에 떨게 만들었다. 이제 그의 부서들은 '적'으로 드러난 여러 정치조직 가운데 하나인 블랙팬서당을 파괴하고 그 여세를 몰아 진 세버그의 삶까지도 파괴할 준비를 했다.

가리가 불안해할 만했다. 진이 내민 한쪽 팔을 문 톱니바퀴 때문에 이미 그는 쉴 여유가 없었다. 흑인 시민권을 위한 운동 조직 내부에서도 상황은 급박하게 돌아갔다. 가짜 후원금 모금원들이 나타났고, 지도자들은 서로를 증오했으며, 협박과 폭력을 써가며 서로 죽도록 치고받았다. 이 혼란 속에서 진은 제일선에 서 있었다. 지도자들 또는 자칭 우두머리들한테 간청과 아첨과 협박까지 받았다. 결국 그녀는 비행기 여행 도중 알게 된 하킴 압둘라 자말에게 걸려들고 말았다.

가리는 뜨거운 이타심 때문에 빨려든 수렁에서 그녀를 꺼낼 생각뿐이었다. 그는 바닥으로 가차 없이 빨아들이는 모래 수렁 속에서 발버둥 치는 그녀를, 수긍한 죄수요 순교자인 그녀의 모습을 이미 보고 있었다.

다정함과 너그러움과 말로써가 아니면 달리 어떻게 다가가

겠는가. 그러나 안타깝게도 그의 말은 언제나 훈계처럼 받아들여졌다. 진의 방탕한 행동 앞에서, 그녀가 미심쩍은 인물로 평판이 난 하킴 자말과 맺고 있는 관계에 격분한 가족과 친구들에게 무슨 말을 해야 할지 모른 채 가리는 그래도 돈키호테식으로 칼을 빼들고 흑인 행동주의자 부대를 공격하러 풍차를 향해 달려갔다.

결별

〈페인트 유어 웨건〉에서 진 세버그는 광부들을 상대로 돈을 벌기 위해 매춘부들을 구하는 한 모험가와 금 찾는 사람이 한 모르몬 교인에게서 사들이는 예쁜 여자 역을 연기했다. 그런데 모험가가 그녀를 사랑하게 된다. 그리고 삼각관계가 형성된다. 진 세버그는 리 마빈과 클린트 이스트우드 사이에서 갈팡질팡하고 광맥은 바닥을 드러낸다…….

무대와 인생을 가르는 경계는 참으로 허술해서 배우들은 종종 허구와 현실 사이에서 갈피를 잡지 못하고 사랑 이야기에 얽혀든다. 프랑스에서는 〈서부의 축제〉라는 제목으로 나올 〈페인트 유어 웨건〉을 촬영하는 동안 진 세버그와 클린트 이스트우드는 애정 관계의 무대에서 거울 너머 현실 세계로 건너갔다. 진 세버그 안에서 한쪽 눈만 감고 잠자고 있던 낭만적 기질이 성난 듯 일어서더니 모든 걸 터뜨리고 애인과 남편 모두에게 결단을 촉구하라고 단호히 몰아세웠다. 어쨌든 만약 운명이나 상황이 허락했더라면 진과 클린트는 두 사람의 배경인 심오한 미국의 취향에 맞는 거의 이상적인 부부가 되었을지도 모른다. 초가집이나 텔레비전에서 볼 수 있는 아름다운 사랑 이야기에, 사반세기 가까이 그녀보다 나이가 많은 데다 종교도 알 수 없고, 가정을 깨는 유혹자로 이름난 로맹 가리와의 결혼이라는 잘못된 길로 들어선 진을 구출한다는 명목까지 덤으로 얹은 멋진 이야기가 되었을 것이다. 주간지들은 대문에서 집 지키는 개보다 더 귀를 쫑긋 세운 원칙주의자들의 무료함을 달래줄 기삿거리를 건져낼 수 있었을 것이다. 용감한 개척자들의 후손인 이 젊고 잘생긴 부부의 행복을 예쁜 사진이 보여주었을 것이다. 활짝 웃는 그들의 사진은 부엌의 장 위에 놓였을 것이다.

진은 사랑의 열정에 사로잡힌 자기 자신의 이야기에서 문득 떠올린 천진한 그림에 심취해서 자신은 클린트 이스트우드를 사랑하며 남편을 떠날 생각이라고 공개적으로 선언했다. 남편 나이가 쉰다섯이라는 사실까지 덧붙였다. 이미 결혼한 처지에 아내와 헤어질 생각도 없고 진을 정말 사랑하는 것도 아닌 클린트 이스트우드는 영화 촬영이 진행되던 오레곤의 연예지들에 기삿거리를 제공할 이 추문에 끼어들지 않으려고 몸을 사렸다.

이 모든 것을 상상조차 못한 채 가리는 1968년 5월, 혁명의 함성이 소리 없이 시작된 파리에서 도착했다. 무엇보다 먼저 그는 미국에서 큰 성공을 거두게 될 『징기스 콘의 춤』의 출간에 몰두해야만 했다.

학생 항거가 확대되면서 결국 드골 장군의 살아 있는 동상이 뿌리째 뽑히자 이 혁명이 가리의 기질에 거슬렸다. 그 전까지는 그의 저항적 기질이 그를 관리들과 금고와 새침데기들의 사회에 맞서 일어선 학생들 편에 서게 했다. 그런데 동업조합과 노조가 이 움직임에 뛰어들면서 불어난 군중이 방향을 잃고 자신의 지휘 아래 질서정연한 프랑스를 자랑스러워하던 드골 장군을 공격해 좌대에서 끌어내린 순간부터 가리는 그의 안에 남아 있던 소수자의 오한을 느꼈다.

결단력을 잃어 있으나 마나 한 정부, 머뭇거리는 야당, 파벌로 내분되어 일부는 웃는 마오쩌둥의 초상화를 흔들고 다른 일부는 트로츠키를 지지하는 플래카드를 흔들어대는 좌파, 시간마저 당혹해하는 듯한 이런 광경을 이미 여러 번 경험한 파리는 은밀히 웃고 있는 것 같았다.

라탱 지구 한복판에서 축제 분위기 속에 보도블록과 최루탄이 날았다. 점령당한 소르본 대학, 광적인 연설과 박애를 부르짖는 노래가 울려 퍼지는 대강당에서는 세상의 운명이 좌지우지되는 것 같았다. 모두가 모든 것에 반대하는 복도에는 "보도블록 아래 해변을" "오직 행복만을" "상상의 힘" "금지를 금지한다" 등의 예쁜 슬로건들이 피어났다. 이 모든 것에서 남는 건 알려는 갈망과 세상에 자신을 알리려는 욕망뿐이었는데, 그건 이미 허용된 것이었다.

기회주의자들, 모든 종류의 이념과 운동을 줍는 자들이 서둘러 학생들을 도우러 달려갔고, 최고의 일자리와 명성과 안락한 내일을 제공해줄 '역사적 사진'을 남기기 위해 제일선에 자리했다. 격분한 드골은 얼마간 시간을 두고 지켜보다가 이 모든 것이 그저 난장판일 뿐이라고 경멸을 담아 선언하고는 프랑스 군대가 주둔하고 있는 바덴바덴으로 달려갔다. 만일의 경우 군대를 끌어들일지를 두고 마쉬 장군과 상의하기 위해서였다. 아마도 전설적인 그의 베레모가 마쉬 장군의 머리 위에서 떨렸으리라. 인도차이나에서, 알제리에서, 그리고 그 밖의 다른 전선에서 낙하산부대원들과 함께 싸웠던 그가 아무리 그래도 소르본의 운동장에서 이미 가진 것 이상을 요구하지 않는, 아빠의 금고에서 젖을 빨아온 자신들을 후회하는 어린 학생들과 드잡이를 할 수는 없었다. 그는 군 동원을 거부했다.

게다가 축제도 이제 숨을 헐떡이기 시작했다. 나폴레옹은 말했다. "혁명에는 두 종류의 사람이 있다. 혁명을 일으키는 사람과 혁명을 이용하는 사람이다." 전자들은 혁명에 진절머리를 쳤고, 편승자들은 자리를 차지했다. 그러자 드골파들이 목소리를 낼 순간이 왔다고 판단했다. 드골주의의 거물들, 장군의 충실한 지지자들, 자유프랑스에 소속되었던 옛 군인들 가운데서 남은 최후의 부대가 어깨동무를 하고 샹젤리제 거리를 내려왔고, 분별 있다고 자처한 백만 명 이상의 사람들이 그 뒤를 따랐다. '자유프랑스의 최후 부대'에 합류하라는 친구의 전화를 받고 가리도 달려갔다. 그러나 복수심에 불타는 엄청난 인파를 보고서 그의 '단독자' 기질이 되살아나 발걸음을 돌렸다. 운집한 군중을 보면 그는 소름이 돋았다. 그가 말하듯이 즉각 그는 '아니다' 싶은 느낌이 들었다. 소수자, 이것이 그의 천성이었다. 드골 장군에 대한 충절을 한 번도 저버린 적 없는 그가 '6일 전쟁' 직후 장군이 던진, 명백히 상처를 주는 말에 대해서는 씁쓸함과 조소를 담아 격분한 적이 있다. "유대 민족은 선민의식을 가진 민족이며, 자만하고 지배하려는 성향이 있다……."

『밤은 고요하리라』에서 가리는 '잡다한 용무'를 내세워 드골 장군을 보러 가서 이렇게 말한 일을 얘기한다.

"'장군님, 옛날에 카멜레온 한 마리가 살았습니다. 사람들이 그놈을 초록색 위에 올렸더니 녀석은 초록색으로 변했습니다. 파란색 위에 놓으니 파란색이 되었고, 초콜릿 위에 얹었더니 초콜릿색으로 변했습니다. 그래서 스코틀랜드 담요 위에 얹어보았더니 카멜레온은 터져버렸습니다. 그러니 장군님께서 유대 민족이라고 하신 말의 의미를 분명히 밝혀달라고 요청드려도 괜찮겠습니까? 그 말이 우리와 다른 민족에 속하는 프랑스 유대인을 뜻하는 건지요?' 드골 장군은 하늘로 두 팔을 들며 이렇게 말했다. '이보게, 로맹 가리. 우리가 유대 민족이라고 할 때는 늘 성경 속의 유대 민족을 말하는 걸세.' 그는 여우였다."

로맹 가리와 진 세버그의 숨 가쁜 사랑

이날 〈라 마르세예즈〉를 부르며 샹젤리제 거리에 몰려든 드골 지지자들의 물결에 등을 돌린 가리는 멀리서 야성적인 군인들의 고함이 아니라 한 시대를 궁지로 모는 사냥꾼들의 함성을 들었을 것이다.

몇 달 뒤 드골 장군은 다시 콜롱베레되제글리즈로 물러났다. 이 일로 앙드레 말로는 『베어지는 참나무들Les chênes qu'on abat』이라는 책을 썼고, 가리는 프랑스 역사에서 가장 아름다운 페이지의 단 몇 줄에 갇혀버린, 빌노의 어린 유대인 소년에 관한 책을 떠올렸다.

가리는 로스앤젤레스로 돌아와 〈페인트 유어 웨건〉를 촬영하고 있는 베이커에 들렀다가 진이 공개적으로 클린트 이스트우드와 연애한 사실을 알았다. 즉각 싸울 태세가 되어 있던 그는 어느 날 아침 그의 경쟁자에게 결투를 신청하기 위해 촬영장으로 달려갔다. 완벽하게 존중받는 카우보이 이미지를 손상시킬 난타전을 염려한 클린트 이스트우드는 '그들의 이야기'에 자신은 아무 상관이 없다는 말을 남기고 자리를 피했다. 신문들은 기사도적이고 흥미진진한 이 사건에 달려들었고, 가리는 인터뷰에서 아내와 헤어질 생각이며 이혼을 요구하겠다는 의도까지 밝혔다.

진은 실망한 데다 자존심까지 상했는데, 클린트는 속내를 드러내지 않고 관망만 했다. 두 사람은 더는 말을 나누지 않고 촬영을 끝냈다. 분개한 가리는 새 책의 등장인물들과 푸에르토 안드라이츠에 틀어박혔다.

두 사람 사이는 돌이킬 수 없는 지경에 이르렀다. 진이 가리에게 용서해달라고 청하는 편지를 썼지만 이미 끝난 게임이었다. 후회가 상처를 되돌리지는 못하는 법이다. 그녀가 파리로 돌아왔을 때 그들은 이혼에 합의했다. 아이 양육은 그녀가 맡기로 했다. 박 거리의 아파트는 두 부분으로 나누어, 한쪽은 로맹이, 다른 쪽은 진과 디에고와 으제니아가 차지하게 된다. 앞으로 가리는 그녀에게 딸에 대한 아버지의 관심 정도밖에는 갖지 않기로 한다. 이런 마음으로 그들은 1968년 말, 아들과 함께 연말을 보내려고 모였다.

지키지 못한 남편과, 애인으로 남길 원하지 않은 애인 사이에서 진은 돌연 공허감을 느꼈다. 가부좌를 틀고 나무 아래 앉아 지평선이나 바라보는 건 그녀의 천성이 아니었다. 싸우고 무언가를 이겨내려는 욕구가 어린 시절부터 그녀 안에 깃든 정의에 대한 갈망에 불을 붙였다. 그녀의 결심은 다시금 미국 흑인들에게로 옮겨갔다. 이 대의가 아무리 고귀하다 해도 가리는 그것에서 취약성과 복잡성을 확실히 보았다. 많은 부분이 자전적인 그의 소설 『흰 개』에서 그는 길에서 발견하고 데려온 셰퍼드 개 바트카 이야기를 한다. 그 개는 '흰 개', 다시 말해 흑인을 공격하도록 훈련받은 개로 밝혀진다. 주사로 안락사를 시키거나 총을 쏘아 죽이는 대신 가리는 유색인들과 친해지도록 그 개를 흑인 조련사에게 맡기기로 결심한다. 그러나 이 조련사는 개를 재교육시키는 대신 기를 써서 그 개를 변질시키려고 든다. 결국 개는 백인을 공격하는 '검은 개'가 되어버린다. 이 이야기는 인종문제로 야기된 혼란과 폭동에 사로잡힌 미국 캘리포니아에서 벌어진다.

인종주의라면 가리는 너무도 잘 알았다. 어린 시절부터 프랑스에서, 군대에서, 심지어 런던에서도 그것은 그를 따라다녔다. 런던에서 드골 장군 주위로 몰려든 고위 장교들과 프랑스 정치인들은 장군의 집무실을 '게토'라고 부르며 조소했다. 왜냐하면 그와 가까운 협력자들 대부분이 유대인이었기 때문이다.

그의 책들을 낳은 휴머니즘이 배척에 대한 강박적인 고발이기에, 그의 책들은 일부에게 페탱주의자들의 욕구와 순수한 피를 가진 프랑스, '우리 밭을 적시는 불순한 피'를 뺀 순수한 프랑스에 대한 향수를 일깨웠다.

가리는 혼자였다. 혼자이지만 '형제'였다. 이 말은 그의 소설들에 종종 등장해서 『형제 대양Frère océan』이라는 책의 제목이 되기도 했다. 일부 동포들에 대한 경멸을 표현할 때도 그는 이 말을 썼다. 형제, 그것은 멋진 일을 할 수도 있고 비열한 짓을 할 수도 있는 인간이다. 가리는 그것을 모든 사람의 운명과 연결시키려고 애썼다. 그는 프랑스와 유럽의 기억장애를 잘 알았다. 그가 차마 말로 표현할 수 없는 것을 유머로 다루는 것도 형제들에게 뉘우침의 책무를 면제해주기 위해서였다. 그들에게 이렇게 말함으로써 말이다. "적어도 말은 좀 합시다. 내 광대

짓을 통해서라도. 그러나 우리 가운데 악인들이 있다는 건, 우애를 배신한 자들이 있다는 건 인정합시다. 그들은 백인이고, 흑인이고, 황인입니다. 형제끼리 진실도 기억도 말하지 않고 슬쩍 넘어갈 수는 없지요."

가리의 모든 책 가운데 『흰 개』는 미국의 인종주의에 대해 가장 잘 얘기했을 뿐 아니라 인종주의를 더없이 당혹스럽고 더없이 부조리한 여러 각도에서 접근한 책이기도 하다. 인종주의에 대한 모든 콤플렉스를 벗고서 그는 그것의 가장 내밀하고 추악한 측면들을 보여주려고 했다. 이 작품에서 그는 정체성을 바꿔놓는 천재적인 감각으로 인물들을 차례차례 희생자의 역할에서 살인자의 역할로 옮겨놓았다. 흑인을 공격하도록 훈련시킨 개를 통해 드러나는 백인 인종주의의 논리. 마찬가지로 같은 개가 백인을 물어뜯게 훈련시키는 흑인 인종주의의 논리. '형제 인류'의 논리, 백인의 죄의식 논리, 백인의 보기 딱한 자기만족과 흑인이라면 현혹되는 심리, 백인 여자와 정사를 나눌 때조차도 복수의 욕망을 버리지 못하는 흑인의 논리 등을 이 작품은 보여준다.

진 세버그는 청소년기부터 인종주의를 경험했다. 선입견이 그녀를 금기로 구속하고 죄의식을 심었다. 할리우드 스타라는 죄의식까지 심었는데, 스타들이 집 앞에 세워진 그들 자식들의 번쩍이는 페라리를 볼 때 그들 양심에 이는 가벼운 오한을 기부와 자선으로도 치유하지 못했다.

또한 그녀는 다른 인종주의도 보았다. 그녀는 자신을 백인 창녀라고, 흑인들의 창녀라고 말하는 소리를 들었다. 어느 순간 우리가 처한 입장에 따라 우리는 백인 창녀 또는 흑인 창녀일 뿐이었다. 우리를 선택하지 않은 진영에는 영원한 창녀인 것이다.

1968년 말, 가족끼리 축제를 보내고 며칠 뒤 진은 흑인 행동주의자 하킴 압둘라 자말을 자기 집에 맞이했다. 말장난이 아니라 말 그대로 그는 가리의 음화 같은 인물이었다. 하킴 자말은 무리의 가장 까다로운 우두머리조차 매료할 수 있는 이력의 소유자였다. 그는 '와츠' 사건 이후에 백인들의 죄의식을 충분히 활용하지 못한 점이 한 가지 있다는 걸 알았다. 와츠는 로스앤젤레스에서 가장 가난한 지역으로 흑인 가족들이 밀집해 사는 곳이었다. 마약, 폭력, 매춘, 빈곤이 할리우드에서 겨우 3, 4마일 정도 떨어진 곳, 로스앤젤레스의 불빛 위로 할리우드라는 글자가 번쩍이는 곳에서 별들과 대결하고 있었다. 부와 리무진과 금발의 여배우, 잘생기고 강한 금발의 남자 배우 등으로 이루어진 성공의 등불 할리우드. 가난과 차별이 넘쳐나는 와츠에서 미니버스를 탄 흑인 가족이 운전을 조금 이상하게 했다는 이유로 고속도로에서 경찰 순찰대에 체포된 사건에 분개해서 폭동이 일어났다.

이 지역에서 격렬한 폭동이 일어나 서른네 명의 사망자와

1000명 이상의 부상자가 났고, 수천 명이 체포되었다. 방화와 약탈도 있었다. 길가에 사는 주민들은 남자, 여자, 아이 할 것 없이 큰 상점들에 난입했다. 그야말로 진짜 셀프서비스였다. 군대가 개입해야만 했다. 수십 명의 흑인 사망자가 났다. 이 일은 가난이 인종차별을 어떻게 감추는지 설명해준다.

신문과 텔레비전은 시위자를 향해 총을 쏘는 군인들을 촬영했듯이 약탈 장면도 촬영했다.

그러자 사람들의 눈길이 할리우드를 향했다. 마치 이렇게 말하는 듯했다. "뭐야? 더없이 멋진 미소와 더없이 아름다운 금발로 거의 완벽한 행복을 누리면서 당신네 수영장에서 두 발짝 떨어진 곳에서 벌어지는 저 고통을 보고도 아무렇지도 않아?" 그러자 그때까지 정부의 소관이었던 문제가 자기 이미지를 지키려고 고심하는 할리우드의 문제로 바뀌었다. 남녀 배우들 가운데 예민한 사람은 직업의 명예를 구하기 위해 헌신했다. 여기에서 깊은 죄의식의 광맥을 무궁무진하게 캐낼 수 있다는 사실을 재빨리 간파한 백인 또는 흑인 기회주의자들의 목소리가 이미 높아진 사람들의 목소리에 곧 합세했다. 다시 한 번 말하지만 혁명을 일으키는 사람이 있고, 혁명을 이용하는 사람이 있다.

청소년기부터 헤로인에 몸을 바친 하킴 압둘라 자말은 마약 복용 때문에 군대에서 쫓겨났다. 얼마 후 맬컴 X의 설교를 들고 그는 이슬람으로 개종하면 속죄와 더불어 군인의 지위까지 얻을 것이며, 그가 달고 다니던 딱지도 감출 수 있고, 그의 범죄 기록도 그럴듯해지리라는 걸 깨달았다. 그래서 그는 매사추세츠에서 태어났을 때 얻은 진짜 이름인 앨런 도널드슨과 작별하고 새롭게 태어났다. 그리고 맬컴 X의 동료 또는 경호원으로 '블랙모슬렘'의 일원이 되었다. 블랙모슬렘 운동은 미국 흑인과 아프리카 흑인들을 동일한 정치의식으로 모으려는 생각을 실행에 옮겼다. 1965년 뉴욕에서 있었던 한 행사에서 한창 연설 중에 일어난 맬컴 X 암살은 역사의 흐름과 자말의 운명을 바꿔놓았다. 그러자 살해당한 지도자의 누이가 그의 뒤를 이었다. 얼마 후 지도자의 먼 친척인 도로시와 결혼한 하킴 압둘라 자말은 맬컴 X에 대한 회고의 관리자인 양 주장하고 나섰다.

그렇게 해서 FBI가 주의 깊게 감시하는 인물이 된 그는 여배우 진 세버그가 그에게 20만 달러 정도의 수표를 후원했다는 사실을 알게 되었다.

그와 진의 만남은 첩보 영화처럼 이루어졌다. 그는 우연히 비행기에 탔는데, 그녀가 흑인들을 도우려는 마음을 얼마나 품고 있는지도 알고, 와츠 폭동 이후로 다른 유명인들과 더불어 블랙팬서에 가담해 활동하고 있다는 것도 알기에 그녀를 쉽게 알아보았다. 이 남자의 외모도 나쁘지 않았다. 그는 키도 크고 늘씬했으며 귓불에 둥근 귀고리를 걸고 있었다. 그는 그녀 곁으로 가서 앉았다. 인정 많고, 열정적으로 도우며, 다정하고 감수성 예민하기로 유명한 이 스타가 그에겐 횡재였다. 진에게도 횡재이긴 마찬가지였다! 흑인 지도자가 오직 그녀만을 위한 트로피처럼 주어졌으니 말이다. 그는 말을 잘했고, 다른 사람들과 달랐다. 그는 맬컴 X와 비슷했고, 많은 계획이 있었지만 우선 아주 어린 흑인 아이들을 위한 몬테소리 학교부터 세우려고 했다.

두 사람이 다시 만났을 때는 투사적인 열광과 더불어 하나가 될 기회만 기다리던 그들 사이에 모호하지 않은 끌림이 생겨났다.

진의 헌신은 곧 시험대에 올랐다. 자말의 부인인 도로시가 그의 남편이 하고 있는 일 때문에 죽음의 위협을 받고 있으니 서둘러 은신처를 찾아야 한다고 진에게 알려온 것이다. 진은 잔뜩 흥분해서 친구들에게 전화를 걸었고, 프랭크 시나트라, 딘 마틴과 더불어 쇼 비즈니스계에서 유명한 흑인인 새미 데이비스 주니어의 후원을 얻어냈다. 그는 자동차 사고로 한쪽 눈을 잃었고 유대교로 개종했는데, 농담 삼아 이런 말로 자신을 소개하길 즐겼다. "저는 흑인에 애꾸이고 유대인입니다." 그는 금발의 스웨덴 여배우 메이 브리트와 결혼한 뒤로 협박 편지까지 받았다고 자랑하듯 말하곤 했다. 당시에는 미국의 서른한 개 주에서 다인종 결혼이 금지되어 있었다. 새미 데이비스 주니어의 도움으로 진은 자말이 로스앤젤레스를 비밀리에 떠나도록 도왔고, 얼마 후 네바다로 그를 찾아가면서 이 일에 '사랑

작전'이라는 이름을 붙였다.

사랑! 크게 실망한 가리는 진에게 이런 '장르 혼합'을 조심하라고 경계시켰고, 『흰 개』의 등장인물들 가운데 한 사람에게 똑같은 말을 하게 한다. "당신이 이걸 사랑과 뒤섞는다면 모든 건 끝장이야⋯⋯."

하킴 자말에 대해 "말은 흑인처럼 하지만 잠은 백인과 잔다"라고 말한 행동주의자 친구들은 자말이 진 세버그를 사냥 목록에 올렸다는 사실을 알고서 그에게 이렇게 말했다. "우리가 네 좆을 이용할 수 있겠네." 많은 흑인과 백인들처럼 그들은 백인들의 성기에 비해 흑인들의 성기가 크기에서 천부적으로 우위에 있다고 믿었다. 성적인 영역에서 인종주의는 늘 누구나 자신의 성적 환상을 충족할 수 있는 진짜 섹스숍이었다. 그렇기에 흑인 여자에 대한 백인 남자들의 끌림, 백인 여자들에 대한 흑인 남자들의 끌림은 성적 일탈일 뿐이었다. 인종차별을 하는 백인들은 백인 여자가 흑인 남자와 데이트를 하는 건 흑인 남자가 장비를 제대로 갖추고 있기 때문일 뿐 다른 이유는 없다고 주장한다. 백인 남자들이 그렇게 말하니 흑인들도 그렇게 좋은 패를 버릴 이유가 어디 있겠느냐고 말한다.

로맹 가리는 『흰 개』에서 이런 터무니없는 소리를 자주 듣다 보니 그가 캘리포니아 총영사로 있을 때 이 주제에 관해 여론조사까지 하게 됐다고 얘기한다. 그 지역 한 여론조사 기관은 백인과 흑인을 구분하지 않고 120명이 넘는 로스앤젤레스 콜걸들에게 문의한 결과 다음의 결론에 도달했다. "백인 콜걸들 대부분이 다음 질문에 긍정적으로 대답했다. '당신은 흑인 파트너가 백인 파트너보다 더 〈크다〉고 느낀 경험이 있습니까?' 그러나 흑인 여성 대부분은 흑인이나 백인 남자에게서 특별히 눈에 띄는 점을 발견하지 못했다고 대답했다. 이들 말에 따르면 개인에 따라 차이가 난다는 것이다."

그야말로 흑인과 백인 쌍방 모두 멍청함을 겨루는 장기판에 올라선 꼴이었다.

당시 흑인과 백인은 흑인을 위한 운동을 지지하는 백인 여배우들을 창녀로 취급했다. 진의 경우도 누구나 그녀가 자말과 동침한다고 생각했다. 왜냐하면 그가 흑인이고, 흑인들은…… 그렇고 그렇기 때문이다. 바로 이런 이유에서 그녀는 이런 익명의 전화를 받았다. "우리 일에 끼어들지 마. 넌 백인 창녀야." 누가 이런 전화를 기획하고, 그녀의 자동차 바퀴에서 나사를 빼놓고, 그녀의 고양이들에게 독을 먹였는지는 알 수 없다. 흑인 행동주의자들? 자말의 부인? 대간첩 활동인 '코인텔프로 Cointelpro' 작전으로 그녀를 죽이기로 결정한 FBI? 아마 이 셋 모두일 것이다.

다시 말하지만 매혹적인 하킴 압둘라 자말은 1969년 1월, 박 거리에 위치한 로맹 가리의 집으로 왔다.

자말이 넋을 잃은 진 앞에서 백인들을 모조리 죽여야 한다고 하는 말을 들었을 때 가리는 그를 잘게 토막 내고 싶은 마음이 간절했다. 그러나 이혼과 결별과 자유를 택한 이상 그는 진에게 『흰 개』에서 하게 될 말을 반복하는 수밖에 없었다. "아무리 직업 작가라도 1700만의 미국 흑인들을 집에 들일 수는 없어. 이 일에 내가 내놓을 수 있는 건 또 한 권의 책뿐이야. 나는 이미 전쟁과 점령, 나의 어머니, 아프리카의 자유, 폭탄을 가지고 문학을 했어. 미국 흑인들을 가지고 문학을 하는 건 절대 거부하겠어."

가리는 기적이 일어나 이 작자로부터 그의 가족이 해방되기를 바라면서 화를 삼켰다. 그러나 기적은 한참 후에나 일어났다. 왜냐하면 하킴 자말은 1973년이 되어서야 지구에서 사라졌기 때문이다.

안녕, 니나 하르트 가리

시달림으로 심신이 허약해진 진 세버그는 자주 술과 신경안정제의 도움을 받았다. 여자로서 그리고 활동가로서 자신의 감정이 뒤섞인 방식이 그녀로선 그다지 자랑스럽지 않았을 것이다. 그러나 자신의 두 부분 중 어느 한쪽인들 어찌 거부하겠는가. 자존심 때문에, 자신의 신념에 대한 충정 때문에 그녀는 FBI가 대표하는 다수 쪽에 설 수가 없었다. FBI의 음모가 그녀의 약점들에 혁명적 신념을 입히고 그녀 내면에 깃든 순교자의 열정을 자극했다.

FBI는 그 본질에 맞게 가짜 활동가들을 이용하고, 전화를 도청하고, 은행계좌를 샅샅이 뒤졌다. FBI는 행동주의자들이 어디 있는지 잘 알았고 그들의 활동에 대해 모르는 게 없었다. 심지어 그런 사람들을 잠입시켜 조직의 수를 늘리기까지 했다. 한 조직을 통제하는 가장 좋은 방법은 조직을 만드는 것인데,

FBI는 그런 일도 마다하지 않고 교묘하게 기획한 경쟁 구도로 조직들을 대립시켰다. 그렇게 한쪽으로는 자유롭게 내버려두면서 다른 한쪽으로는 목을 졸랐다. 하여간 블랙팬서와 블랙모슬렘이 한 나라 안에서 무장투쟁을 주장했으니 대단한 전쟁이었다. 각 조직이 제각기 합법적이라고 주장했기에 그들이 어디까지 멀리 갈지는 누구도 알지 못했다.

1970년에 딘 마틴, 버트 랭커스터 그리고 그 밖의 몇몇 스타와 함께한 〈에어포트〉 촬영이 진에게는 활동가로서 벌인 경솔한 활동을 조금은 잊게 해주었을 것이다. 사실 이렇게 유명한 배우들이 곁에 있다는 것 자체가 그녀에게는 미국 대중에게 비친 자신의 손상된 이미지를 회복할 가능성을 제공해주지 않았겠는가. 더욱이 이 영화는 그녀에게 할리우드를 공략할 두 번째 기회를 건네어 그녀가 지금껏 받아보지 못한 배우 인증까지 해주었다.

이 영화는 비행기에서 느끼는 공포감을 활용하게 될 수많은 영화, 〈에어플레인〉 같은 영화들의 조상인 셈이다. 이야기는 시카고 공항에서 벌어진다. 폭설로 주 활주로가 막혀 비행기 한 대가 옴짝달싹 못 하게 된다. 관제탑장이 전문가를 불러 구호 팀을 지휘한다. 그러는 사이 한 조종사가 로마행 보잉 비행기의 이륙을 서두른다. 그는 이 여행에 숨겨진 위험을 아직 알지 못한다…….

진은 촬영장에서도 뭐라 형용할 수 없는 쓸쓸한 감정을 되새기느라 넋이 나간 사람처럼 보였다. 그녀는 자기 역할을 완벽하게 해내면서도 그 역에 그다지 관심 없는 사람 같은 인상을 풍겼다. 그녀가 배우 직업에서 좋아했던 점, 그녀를 전율하게 했던 점이 이제는 갑갑하게만 느껴지는 듯했다.

그녀가 영화에 뿌루퉁해 있을 때 영화는 그녀에게 전보다 더 많은 제안을 하고 관심을 보였다. 넬로 리지는 영화 〈여름의 죽음Dead of Summer〉에서 나이 많은 남편을 살해하는 여자 정신분열증 환자 역할을 제안했다.

FBI는 촬영이 있는 파리로, 모로코로, 아가디르로 끊임없이 그녀를 뒤쫓으며 그녀가 어느 이탈리아 기자와 연애한 사실도 놓치지 않았다.

영화 촬영은 외과 수술을 받아야 했던 진의 요청으로 잠시 중단되었다가 나중에 로마에서 다시 시작되었다. 그곳에서는 젊은 흑인 무용수와의 새로운 순정이 그녀를 기다리고 있었다.

그즈음 또 다른 영화 〈마초 칼라한Macho Callahan〉이 제안되었고, 거기서 그녀는 남북전쟁 때 남부 연합군 장교의 아내 역할을 맡았다. 마초 칼라한은 군사 감옥에서 탈출해 그를 가둔 자를 찾아가는 길에 남부 연합군 장교를 죽이게 되는데, 그 장교의 아름다운 미망인인 진 세버그는 그를 찾아주는 사람에게 100만 달러를 포상금으로 제시한다.

영화에서 연애로 희열 없는 날들이 이어졌다. 진은 언제나 달아나는 행복의 그림자 뒤를 좇아 달렸다. 가리는 어쩌면 행복을 만났는지 몰라도 붙잡을 줄은 몰랐다.

눈에 보이지 않는 끈이 그들을 계속 붙들어 매고 있었다. 끝이라는 말을 내뱉길 거부하는 애정의 끈이었다. 멋지게 자란 아들이 있어 두 사람은 제각기 자기 방식으로 그리고 동시에 아들을 사랑했다.

진은 사랑이 아닌 사랑에 빠졌다. 출구 없는 투쟁을, 잃어버린 행복을 잊기 위해서였다. 그녀는 자포자기라도 한 듯 도발적으로 드러내놓고 정념에 빠졌다. 약간, 많이, 미친 듯이. 그리고 전혀.

그러면 가리는? 그는 현명하게 행동했을까? 사람들의 이목을 끄는 사랑을 정복해온 그가 이제는 "불행해지려면 숨어서 살자"를 좌우명으로 삼은 것 같아 보였다. 형형색색의 구슬을 그의 정복 염주에 꿰었지만 아주 젊은 여자들과의 순정은 최대한 피하며 그런 여성들을 대개 저지했다. "뱀에 물린 사람은 밧줄도 조심한다"라는 마그레브 지역의 격언처럼.

수많은 부부가 헤어져서 새로운 가정을 꾸리고 살아가듯이 이 두 사람이 각자 자기 인생을 다시 꾸리는 걸 가로막는 게 무엇이었는지는 알 수 없다. 새로운 인생을 살기 위해서는 먼저 헤어져야 하는데, 그들은 어느 보름날 저녁 로스앤젤레스에서 운명이 어쩌면 장난삼아 묶은 끈을 풀지 못했다.

로맹이 아들에게 바친 『게리 쿠퍼여 안녕』을 프랑스에서 출간했을 때 진은 멕시코를 향해 날아갔다.

소설에서 미국인 청년 레니는 베트남전쟁에 참가하지 않기 위해 조국을 떠난다. 절대적인 무언가를 찾는 인물로 '스키 붐 스Ski Bums' 공동체에 합류하지만, 관심은 오직 스키뿐이었다. 그들은 사회에서 단절된 채 스위스 알프스 어딘가에서 생활한다. 돈이 필요해진 레니는 문명을 다시 찾을 수밖에 없게 되면서 금괴 밀수 사건에 연루된다. 미국인 외교관의 딸인 제스와의 사랑 이야기가 그의 인생의 흐름을 바꿔놓는다.

가리는 미국을 사로잡은 취기에 한때 매료되었다. 소비사회를 거부하고, 고아Goa나 탕헤르 해변에 은둔하고, 주기적으로 찾아와서는 인간을 의심하게 만들어 사회 균열을 낳는 그런 영적 추구에 빠져 마리화나를 피우고, 전쟁을 거부하고 사랑만 받아들이려는 욕망에 사로잡힌 히피족과 비트족의 취기에.

같은 해인 1969년에 진은 멕시코 작가 카를로스 푸엔테스를 알게 되었다. 그들은 얼마 후 〈페인트 유어 웨건〉의 마지막 촬영지인 멕시코 도시 두랑고에서 재회했다.

카를로스 푸엔테스는 진이 불안해했고 밤에 일어나 혼잣말을 했다고 전한다.

작가로서 그는 아주 짧았던 두 사람의 관계를 소설로 써냈다. 『다이애나 또는 고독한 사냥의 여신Diane ou la chasseresse solitaire』. 이 소설에서 카를로스 푸엔테스는 어떤 열정이나 이

상이 인간 존재를 자기 자신의 파괴로까지 몰아가는지 문제 삼았다. 이 소설은 작가가 다이애나 소렌이라고 이름 붙인 여배우의 파란 많은 삶에 대한 성찰이다. 이 여배우에 대해 그는 아름다운 만큼 고독하고, 강한 만큼 취약하며, "깊은 눈매가 인물 전체를 감싸 보는 사람을 매료시키는 인물"이라고 표현했다. 이 열정 속에서 우리는 60년대 젊은이들을 도취시켰던 이상들이 펼쳐지는 걸 볼 수 있다. 다이애나는 진에게 작열하는 순간을, 지옥의 문을 지키는 영원성을 찾아 나서도록 이끄는 모호성을 반영한 인물이다.

푸엔테스는 그녀보다 열 살이 많았다. 그녀가 방에 클린트 이스트우드의 사진을 여전히 간직하고 있었다고 그는 말했다. 어느 날 아침 푸엔테스는 그를 부르는 소리를 들었다. "당신은 벌써 2주째 당신이 좋아하는 일을 하고 있는데, 내 즐거움은 언제쯤 생각해줄 건가요?" 카를로스 푸엔테스는 이런 말로 자기 명예를 만회하려고 애썼다. "내가 그녀의 연인이 된 건 멕시코에서 그녀의 블랙팬서 애인을 들여보내주지 않았기 때문이다." 그리고 언젠가 그녀가 그에게 이렇게 말했던 것 같다고 덧붙였다. "당신은 글을 쓰지만 행동은 하지 않는군요."

그녀는 이런 말을 하면서 가리도 염두에 두었을까? 이제 그녀는 작가들을 원망하는 걸까? 그토록 글 쓰는 일을 꿈꿨던 그녀가? 그녀는 작가들이 자기 세계에 갇혀 정치적 행동 앞에서 머뭇거린다고 원망했다. 그녀가 보기엔 장년의 나이가 되면서 그들은 가부장적으로 변했고, 젊은 사람들에게 겉으로는 호의를 베풀지만 사실은 이를 갈고 있음을 감추고 있었다.

이것이 그녀가 카를로스 푸엔테스와 헤어지고, 대신 젊은 멕시코 행동가를 선택함으로써 하려던 말이다. 일명 '엘 가토(고양이)'라 불리는 카를로스 나바라는 자신을 혁명가로 소개하고 학생 시위를 이끌고 있다고 주장했다. 또한 두란고 주의 주지사를 암살할 계획이라고도 했다. 이런 열의에 진은 무심하지 못했다.

결국 여배우의 모든 움직임을 뒤쫓던 FBI로부터 정보를 받은 주지사는 암살당하지 않았다. 진과 카를로스 나바라 사이의 순정은 흥분이 지속된 며칠밖에 가지 못했다. 그 정도면 꽤 오래간 셈이었다. 심지어 너무 길었다고도 할 수 있다. 왜냐하면 멕시코에서 돌아오면서 진은 자신이 임신한 사실을 알게 되었기 때문이다.

이해, 가리는 모리스 섬, 레위니옹, 소말리아, 지부티, 예멘으로 긴 여행을 했다. 이 여행에서 그는 많은 이야기를 가져왔고, 처음에 하나씩 〈프랑스 수아르〉에 신다가 『홍해의 보물들Les trésors de la mer Rouge』이라는 제목의 책으로 출간했다.

이 보물들, 가리가 지칠 줄 모르고 여행을 하는 건 오직 세상을 가로지르며 이런 보물들을 찾기 위해서였다. 마치 이런 식이었다. 저곳에 가서 그곳에도 내가 있는지 봐야겠어. 그렇게 가진 우연한 만남들, 우연히 접한 사람들은 그를 너무도 닮아 곧 그의 소설 속으로 들어갔다. 나중에 그들은 한 소설에서 나와 다른 소설로 들어갔다. 여행 중 만난 인물들은 가리 안에서 되살아났고, 가리 또한 그들 안에서 되살아났다. 그들 중 홍해 기슭의 몇몇은 피부색도 고통도 짙고 자존심도 세서 세상을 거부하고 삶에 집착하며 신에 미치듯이 프랑스에 미쳐 있었다. 소말리아 어딘가에 칩거한 대위—그에게는 시간이 디엔비엔푸 전투 때로 멈춰버렸다—, 고통을 못 이겨 붉은 게가 득실거리는 섬으로 망명한 프랑스 총독, 낙타를 타고 다니는 유목민들, 사막의 모래 속에 묻힌 식민지 부대 군인 유령들.

이러는 동안 FBI는 분쇄기를 준비했다. 진은 어느 흑인 활동가와 전화 통화를 하던 중 자신이 임신한 사실을 그에게 알리면서 휴이트 마사이라는 흑인 행동주의자에 대한 농담을 했다. 늘 불임이라고 주장하더니 사방에 아이를 심었다고 말한 것이다. FBI는 즉각 진이 휴이트의 아이를 가졌다고 여기고, 드디어 개입할 때가 되었다고 판단했다. 먼저 인물란을 맡고 있는 기자들에게 익명으로 편지를 보내 여배우가 블랙팬서 지도자의 아이를 가졌다고 알렸다.

〈로스앤젤레스 타임스〉가 가장 먼저 반응해 조심스런 기사를 실었다. 그 기사에 진 세버그의 이름을 언급하지는 않았지만 "해당 여배우"가 흑인 행동주의자 휴이트 마사이의 아이를 가졌다고 밝혔으니 누구라도 그녀의 얘기라는 걸 짐작할 수 있었다. 며칠 뒤 〈리포터〉지는 한층 더 대담하게 받아쳤다. "진 세버그의 친구들은 그녀가 얼마 동안 이 비밀을 간직할 수 있을지 걱정하고 있다." 같은 〈리포터〉지는 며칠 뒤 한술 더 떠서 그녀가 흑인 활동가의 아이를 가졌다고 보도했다. 이 추악한 소문은 곧 블랙팬서에 반향을 일으켜, 일부 활동가들은 상황을 이용해 진에게서 또다시 돈을 뜯어내려고 들었다.

이렇게 그녀가 사방에서 공격받는 걸 보고서 가리는 온 가족을 푸에르토 안드라이츠로 피신시켰다. 진은 그곳에서 출산할 계획이었다.

그들의 뒤를 쫓던 FBI 요원들은 주변 사람을 통해 로맹이 아이를 자기 아이로 받아들이려 한다는 사실을 알게 되었다.

마음 깊이 상처를 입은 진은 약을 삼키고 자살을 기도했다. 그녀의 비서가 빌라 입구에 쓰러져 있는 그녀를 발견해 병원으로 긴급히 후송했다. 신문기자들이 달려와 병원 입구에서 끈질기게 대기했다. 겨우 회복한 진은 자기 병실에서 기자들을 맞이해 이혼을 선언하기 직전에 남편과 화해했다고 알렸다.

FBI는 그쯤에서 그치지 않았다. 그들의 반격은 〈뉴스위크〉를 통해 이루어졌다. "아이오와의 작은 마을 출신 소녀가 파리에서 행복을 찾을 수 있을까? 비록 결혼 생활은 평탄치 못했지만 가능할 것 같아 보인다. 임신으로 우여곡절을 겪고 요양을 하고 있는 마요르카 병원으로 찾아간 리포터에게 여배우 진 세버그는 웃으며 말했다. '정말 기뻐요.' 56세 프랑스 작가 로맹 가리와 여배우의 재결합 소식에 대한 대답이었다. 문제의 여배우 진이 가진 아이가 다른 남자, 그녀가 캘리포니아에서 만난 흑인 행동주의자의 아이였음에도 말이다."

이런 기사가 그녀의 부모에게, 그들의 신념과 애정에 얼마나 상처가 될 수 있는지 잘 알기에 그것은 그녀의 건강에도 영향을 미쳤다. 안정을 안겨주어야 할 결혼 인증이 오히려 배 속에 품은 아이의 목숨을 위태롭게 만들고 있다고 생각하고서 그녀는 낙심하고 괴로워했다. 그녀가 쇠약해지는 걸 보고서 가리는 비행기를 전세 내어 그녀를 스위스 병원으로 이송했다.

FBI가 확실하게 퍼뜨린 소문은 이제 뉴욕, 파리, 로스앤젤레스까지 자리 잡았고, 진은 점점 더 우울증에 빠져들었다. 건강 상태가 너무 나빠져 그녀는 예정일보다 두 달 빨리 제왕절개를 해야만 했다. 딸아이가 태어났고, 니나 하르트 가리라는 이름을 갖게 되었다. 니나는 모두 알다시피 가리 어머니의 이름을 딴 것이고, 하르트는 미국 독립선언문의 서명자들 가운데 한 사람인 진의 조상을 가리키며, 필요할 때마다 곁을 지켜주는 가리 이름까지 넣었다.

인큐베이터에 들어간 아이는 몇 시간밖에 살지 못했다.

딸아이의 죽음에도 불구하고 FBI는 코인텔프로 작전으로 여전히 진을 추적했다. 〈할리우드 리포터〉와 〈뉴스위크〉의 기사들, 마셜타운에서 아주 가까운 디모인 시의 지역지인 〈레지스터〉는 그녀에게 큰 상처를 입혔다. 분개한 가리는 「큰 칼」이라는 제목으로 〈프랑스 수아르〉에 아이의 죽음에 대한 책임이

〈뉴스위크〉에 있다고 비난하는 기사를 썼다.

진은 니나를 마셜타운의 무덤에 묻기로 결정했다. 그녀의 마음은 어린 시절을 보낸 마을을 결코 떠나지 못했다. 그녀는 그 마을을 상처처럼, 완고함을 사라지게 해서 아버지의 품이 그녀를 받아줄 기적을 바라는 희망을 감춘 회한처럼 간직했다.

마셜타운에 도착한 아이의 시신은 영안실에 안치되었다. 호기심 많은 마을 주민들이 아이의 피부색을 확인하려고 그곳을 찾았다. 마침내 장례식이 있던 날, 진은 위엄과 품위를 잃지 않은 모습으로 다시 한 번 사람들을 놀라게 만들었다. 옛 우정을 그대로 간직한 그녀는 아이오와의 인디언 대표들을 초대했다. 다시 떠나기 전에 그녀는 자신의 신념에 충실하겠다는 결의를 보여주려고 주변의 농장 하나와 시내에 2층짜리 건물 하나를 구매해 마셜타운 중학교의 흑인 운동선수들에게 쓰라고 내주었다.(모리스 기샤르, 『진 세버그, 프랑스의 초상』, 자콥 뒤베르네.) 관리를 하지 않아 건물은 얼마 지나지 않아 황폐해갔다.

마셜타운을 떠나기 전에 진은 무척 힘들어했지만 제시 잭슨 목사의 초대에 응했다. 잭슨 목사는 블랙팬서와 거리를 두려고 애쓰는 '남부 기독교 지도자 회의'라는 자칭 평화운동의 지도자로 꼽히는 인물이었다. 이 모임에 참석하기 위해 진은 마셜타운의 흑인 지도자들의 여행 경비까지 대며 함께 갔다.

마침내 파리로 돌아온 그녀는 어느 때보다 나약해지고 육체적으로 쇠약해져서 병원에 입원했다.

서둘러 그녀를 찾아온 하킴 압둘라 자말은 새 여자 친구 게일 벤슨을 데리고 나타났다. 어떤 새로운 활동을 내세웠는지는 모르겠지만 진이 여전히 자신의 신념에 매달리고 있다는 걸 알고서 그는 그녀의 쇠약한 상태를 이용해 한 줌의 달러를 갈취해낸 뒤 불길한 운명을 향해 다시 떠났다. 그 후 그는 런던에서 바네사 레드그레이브의 집에 은신해 그의 인생에서 가장 추악한 페이지, '하킴 압둘라 자말의 최후'라고 제목 붙일 수 있을 페이지를 쓰기 시작했다.

진과의 관계는 끝났고, 당시 그는 스물여섯 살의 영국인 이혼녀 게일 벤슨과의 관계를 막 시작한 상태였는데, 그녀의 아버지는 영국의 전직 보수당 국회의원이었다. 게일 벤슨과 함께 런던에 정착한 그는 그녀를 이슬람으로 개종시켰고, 두 사람의 이름을 철자만 바꾸어서 만든, 아프리카 울림이 나는 '헤일 킴가'라는 이름을 갖도록 부추겼다. 두 사람은 결국 런던을 떠나 트리니다드로 가서 '마이클 X'라는 이름으로 알려진 흑인 민족주의자 마이클 압둘 말리크와 합류했다. 1971년 말, 하킴 압둘라 자말은 말리크에게 헤일 킴가가 지겨워지기 시작했다고 털어놓았다. 마이클 X는 떼어버리라고 충고했고, 그러기 위해 믿을 수 있는 미국인 흑인 친구를 불러들였다.

며칠 뒤 그들은 게일 벤슨을 유인해 미리 파둔 구멍에 야만적으로 밀어 넣었다. 그녀가 심하게 발버둥을 치자 그들은 셋 모두 무덤 속에 뛰어들어 힘을 합해 그녀를 끝장냈다. 그들 중 한 사람은 칼로 그녀를 찢기만 했다. 다른 한 사람은 마무리

짓기 위해 그의 손에서 단도를 빼앗아 희생자의 목 아래에 침착하게 꽂았다. 그는 오른손으로 세차게 단도 손잡이를 쳐서 20센티미터 깊이까지 칼날을 쑤셔 박았다. 게일 벤슨은 쓰러지고도 여전히 움직였는데 살인자들은 그녀를 산 채로 묻어버렸다. 트리니다드 경찰이 시신을 찾아냈다. 살인자들 가운데 한 사람이 체포되었다. 하킴 압둘라 자말은 트리니다드를 떠나 미국으로 가서 백인 여자와 결혼했다.

이번만큼은 이 결혼이 흑인 민족주의자들에게 도발로 받아들여졌다. 그들은 흑인 아내와 자식들을 버리고 백인 여자와 팔짱을 끼고 로스앤젤레스 대로를 활보하는 그를 용서하지 않았다. 1973년 5월 초, 하킴이 아내와 아들과 조용히 밥을 먹고 있던 아파트에 총을 든 괴한들이 들이닥쳐 그를 향해 자동소총 탄창을 비웠다.

로맹을 향한 편지

하킴 압둘라 자말이 죽고 나서야 마침내 그 인물에 들러붙었던 저주와 유황 냄새가 멀어졌다. 그의 흉책들, 그리고 그의 투쟁 동지들마저 고맙게 생각한 암살이 진의 활동 열정을 가라앉혔다.

출간되기 전에 읽은 『흰 개』, 거의 자전적인 이 책에 피력된 인종주의에 대한 가리의 성찰이 진을 취기에서 깨웠고, 흑인의 이익을 위해 봉사하는 행복과 그 문제를 피부 깊이 자기 문제로 느끼는 착각을 구분하게 해주었다.

이따금 그녀의 표정이 어두워지긴 했지만, 곧 그런 어둠의 그림자가 지나고 나면 그녀의 눈과 미소에는 햇살이 넘쳐나 그녀만이 아는 환영을 뒤쫓는 이런 광적인 내달림에 빠지지 않으리라고 생각되었다. 가리는 그녀에게 계속 따뜻한 애정과 관심을 아낌없이 쏟았다. 그러면서 그의 표현에 따르면 아들을 유대인 어머니의 방식으로 보살폈는데, 유대 유머에 자주 나오는 이 교육 방식은 아이에게 엄청날 정도로 불안을 안기며 성공의 선교사로 키워내는 기술이다. 그 기술이라면 가리는 차고 넘칠 정도로 갖고 있었다. 유대인 어머니의 본보기대로라면 그도 아들이 변호사나 경제학자나 고위 공무원이 되는 걸 보고 싶었을 테지 작가는 아니었을 것이다. 그런데 미래가 내린 결정은 달라서, 그의 아들은 결국 글 쪽으로 이끌린다.

이러는 동안에도 FBI는 무장해제를 하지 않았다. 물기를 참는 건 전갈의 천성이 아니다. 전갈의 임무는 준비된 행동을 완수하는 것이고, 적으로 추정되는 존재를 앞질러 제거하는 것이다.

그래서 FBI는 계속해서 진을 감시했고, 그녀가 회복기 병상에 있을 때 카를로스 나바라가 다시 나타난 것도 놓치지 않았다. 이 혁명가는 상황을 이용할 생각이었지만 그의 작전만큼이나 보잘것없는 액수밖에 얻어내지 못했다. 그걸로 그는 호텔에서 며칠 밤을 보낸 뒤 멕시코의 어느 조그만 읍내 거리에 바람을 일으키러 다시 떠났다.

진은 기운을 조금 회복했다. 술을 끊기로 결심하고 힘을 내 운동을 했고, 미모와 품위를 되찾으려고 애썼다. 새로운 연민이나 사랑의 악마가 다시 나타날까 겁낼 수도 있었지만, 그런 악마가 오는 걸 어떻게 볼 수 있겠는가. 가리는 금지하기를 스스로 금했다. 그녀는 자유로웠다. 아이가 다친다고 놀지 못하게 할 수도 없고, 남자나 여자가 사랑 놀음을 못 하게 막을 수도 없는 일이다. 그렇다면 할 수 있는 건 상처가 나면 달려가서 돌봐주는 것뿐인데, 가리는 자존심을 최대한 지켜주며 그렇게 했다.

우선 당장 그는 무엇보다 마약에 관한 영화, 우리 사이에 살고 있지만 누구도 걱정하지 않는 살인자들에 관한 영화를 만들고 싶어했다. 그래서 마약 밀매상에 대한 자신의 증오를 표현하기 위해 〈킬Kill〉 제작에 뛰어들었다. 이걸 기회로 진이 배우 직업에 몰두하길 그는 바랐다. 진을 지켜주고 싶었던 것이다.

그녀와 같이 연기할 사람으로 그는 대배우들의 참여 동의를 얻어냈다. 스티븐 보이드, 쿠르트 위르겐, 그리고 주인공 역을 맡은 그의 친구 제임스 메이슨. 영화는 국제 마약 밀매 조직이 곧 모여들 중동 지역에서 두 명의 인터폴 요원이 임무를 수행하다가 시체가 나뒹구는 연이은 모험에 휘말린다는 내용이다. 어쩌면 지나치게 폭력적인지 모르겠지만 무엇보다 마약을 규탄하는 영화였다. 이 영화를 제작하기 위해 그는 재능 있는 촬영기사와 몇몇 조감독 외에 진이 마드리드의 어느 카페에서 만난 연출 견습생 한 사람을 고용했다. 그녀는 이 청년의 추한 외모에 매료되었다고 훗날 얘기한다. 그녀가 그동안 관계 맺어온 남편과 애인들이 모두 잘생기고 매력적이었으며 그들 중 대부분이 유명 인사였으니 틀림없이 색다른 느낌이 들긴 했을 것이다. 두 사람이 서로를 알게 되었을 무렵 스물세 살이던 리카르도 프랑코에게는 재능이 있었다. 그는 스페인에서 훗날 많은 영화를 제작하면서 재능을 발휘했다. 그는 1998년에 마지막 영화 〈검은 눈물Lagrimas negras〉을 촬영하던 중 뇌경색으로 사망한다. 그것은 진 세버그와 그의 관계를 떠올리게 하는 영화였다. 그는 그녀를 결코 잊지 못했다. 열정과 애정, 광기가 덮쳤을 때의 고통과 불가능을 보여주는 이 영화 속에는 그녀가 자리하고 있는 것만 같다. 이 영화가 스페인에서 개봉되었을 때 비평가와 관객 모두 열광적인 반응을 보였다.

가리의 영화 〈킬〉은 1972년에 개봉되자마자 바로 주저앉았다. 영화 비평가들은 작가인 그에게는 다시금 감탄했지만 감독인 그에게는 말을 아꼈다. 앙리 샤피에는 거의 만장일치의 실망을 〈콩바〉지에 공개편지로 써서 이렇게 요약했다. "시인으로서 선생께서 만들어낸 이미지들과 시나리오 작가로서 선생께서 분할한 장면들에는 분명히 잘못된 음표가 단 하나도 없습니다. 잘못은 선생께서 부득이하게 언어를 바꾸고, 펜을 카메라의 파인더로 바꾸면서 시작됩니다."

이 영화가 앙리 샤피에의 고결한 의도에는 완전히 미치지 못했을지 몰라도, 젊은이를 보호하는 일에 공권력이 보이는 무능함, 민주주의를 등에 업고 도덕을 짓밟는 출세 지상주의 사회의 몸짓들은 제대로 고발했다.

이 영화가 나온 지 40년 가까이 지난 오늘날에도 고등학교 정문에서 마약이 팔리고 있다. 마약은 수백만의 삶을 타락시키고, 은행은 출처를 알 수 없는 돈으로 배를 채우고, 경찰은 소위 치외법권 지대에는, 세상의 미래가 달렸다고 떠들어대는 대도시 한복판일지라도 코를 들이밀 생각조차 하지 않는다. 마약 밀매상들을 위해서라면 가리는 특별히 사형 제도라도 복원시키려고 들었을 것이다. 그는 언제나 제 시대보다 한참 앞서 있었다. 우리 시대보다도.

영화는 작가가 추구한 목표에 도달하지 못했지만 가리가 그것을 제작하려고 한 모든 이유를 잘 아는 진은 그에게 이런 편지를 썼다.(미리암 아니시모프, 『로맹 가리』, 드노엘.)

내 사랑 로맹

영화와 관련해서 터무니없는 소리를 해대거나 성공을 운운하는 비평에 대해 당신이 잊은 게 있어요. 하지만 난 잊지 않았어요……. 주변에서 전혀 도와주지 않는데도 당신이 영화를 만들려고 한 데는 내 목숨을 구하려는 목적이 있었죠. 문자 그대로 목숨을 구한다는 의미 말이에요. 누구도— 특히 내가 더했죠— 내가 다시 일할 수 있으리라고 생각하지 않았고, 정신적 능력과 육체적 힘을 찾을 수 있으리라고 생각하지 않았죠. 그런데 다시 일할 힘과 규율을 찾는 것이 내게는 생존의 문제라는 걸 당신은 알았어요. 그때 당신이 이 영화를 만들지 않았더라면 불가능했을 거예요. 그건 사랑에서 나온 행위였어요. 그 밖에 나머지, 영화가 성공했는지 아닌지, 성공하고 있는지 아닌지는 중요하지 않아요. 이런 사랑의 행위를 위해 싸워야 하고, 그것을 앞으로도 계속해야 해요. 그러나 내 사랑 당신, 제발 부탁인데 요즘의 상황을…… 이 추락을…… 이 공포를, 이 분노를, 이 요구를 잊지 말아요. 영화는 결점이 있어도 온전히 존재해요. 왜냐하면 정말 고귀한 이유를 염두에 둔 시도였기 때문이죠……. 나는 그걸 결코 잊지 않을 거예요. 그리고 당신도 그래야 해요.

진

〈테러L'attentat〉라는 영화를 준비하던 이브 부아세가 그녀에게 한 역할을 제안했다. 납치범들이 1965년 파리의 생제르맹 거리에서 모로코 사회주의 야당 지도자 벤 바르카를 납치해 남부 외곽의 외딴 집으로 데려가 암살한 사건에서 영감을 얻은 영화였다. 프랑스 정보기관 요원과 정보원들이 연루되어 드골 장군의 분노를 샀던 사건이다.

진은 이 주제가 마음에 들었다. 이 일로 진은 연기하는 기쁨과 더불어 명망 높은 배우들 곁에 다시 선다는 생각을 하게 되었다. 장 루이 트랭티냥, 미셸 피콜리, 잔 마리아 볼론테, 미셸 부케. 이런 배우들과 함께하면서 그녀는 술과 약을 끊기로 자신과 약속했는데, 단 한 번만 빼고 촬영 동안 약속을 지켰다. 촬영은 좋은 분위기로 끝났다. 영화는 관객의 환대로 보상받았고, 박스오피스 꼭대기에 올랐다.

로맹은 끝없는 길 위의 순례자처럼 사랑의 탐색을 이어갔다. 진은 술과 신경안정제와 만남으로 자신을 채우려 했지만 그녀 주위엔 공허만 깊어갔다.

진은 리카르도 프랑코와 함께 파리의 나이트클럽에서 데니스 베리를 알게 되었다. 그는 진보다 대여섯 살이 젊었다. 데니스는 아직 영화를 많이 만들지는 않았지만 매력도 있었고 아직 드러나지 않은 재능도 있었다. 진은 그가 자기를 웃게 만들 줄 안다고 말했다. 그것만 해도 이미 재능이었다. 그들은 다시 만났고, 며칠 뒤 그녀는 가리와 함께 저녁 식사를 하자고 데니스를 집으로 초대했다. 가리는 진의 감정 변화가 여전히 못 미더웠다. 이번에는 연애가 제대로 되어가는 것 같아 보였다. 몇 주 뒤 그들이 라스베이거스에서 결혼을 했기 때문이다. 1972년 3월의 일이다.

데니스는 미국의 배우이자 영화인으로 매카시즘에 내몰려 미국을 떠나 1950년에 프랑스에 정착한 존 베리의 아들이었다. 배우로서의 재능과 능통한 영어와 프랑스어 실력으로 존 베리는 수년 동안 프랑스 관객을 위한 영화에서 리 마빈의 프랑스어 목소리와 앵글로색슨 시장에서 장 가뱅의 미국 목소리를 도맡았다.

뉴욕에서 태어난 데니스는 배우이자 시나리오 작가이고 감독인 아버지를 닮았다. 그와 함께 진은 행복의 맛을 되찾았고, 오랫동안 그녀를 떠났던 무사태평함이 깃든 다른 방식의 삶을 맛보았다. 그녀는 디자이너의 옷들을 벽장에 집어넣고 다시 청바지와 티셔츠를 입었고, 마음껏 활짝 웃었으며, 때때로 자신을 억누르는 것 같은 가리와 떨어져서 새 남편과 그의 친구들과 함께 즐겼다. 이런저런 계획들을 내놓는 떠돌이 예술가들과 어울리며 제작자들을 찾고, 젊은 시나리오 작가들과 배우 견습생들 사이에서 아마도 명성과 경험을 만끽하며 진은 기존 체제에 대한 60년대 저항 정신을 가진 젊은이들과 더불어 행복한 한때를 보냈다. 그들 사이에서 그녀는 행복했던 〈네 멋대로 해라〉 시절의 정신을 살짝 맛보았다. 넘쳐나는 아이디어로 토론하는 것도 즐겼고, 시나리오까지 써보기도 했다.

행복의 감정은 종종 행운과도 공범이 되는 법이어서, 파스쿠알레 스쿠이티에리 감독이 레이몽 펠레그랭, 파비오 테스티, 샤를 바넬과 함께 만든 〈청부 살인자들Les tueurs à gages〉과 더불어 영화가 다시 그녀에게 손짓을 해왔다. 그녀의 이타성이 만족을 찾을 수 있을 법한, 소외된 사람들의 세계를 그린 영화였다. 영화에서는 출옥한 한 청년이 범죄의 온상이 되어버린 자기 동네의 정신적·물질적 빈곤에서 벗어나지 못한다. 갱단 두목 하나가 그를 범죄 계획에 끌어들인다.

연이어 또 다른 영화 한 편을 제안받았다. 스페인에서 촬영한 크리스 밀러의 〈부패The Corruption〉는 뉴욕에서 더없이 고무적인 비평을 받았다. 이 영화에서 진은 성공 가도를 달리는 디자이너 역할을 맡았다.

얼마 후, 새 남편을 부모님에게 소개하고 그녀가 되찾은 삶의 의욕을 그들과 조금이나마 나누려는 생각에 들떠서 진은 데니스와 함께 고향으로 갔다. 세버그 가족의 접대는 애매모호했다. 데니스는 그들의 기준에 전혀 적합한 사람이 아니었다. 그들은 딸과 행복한 순간을 함께 나눌 생각이 전혀 없었다. 그녀가 그런 시련을 겪고 난 뒤에는 더더욱 그랬다. 이제 그녀는 블랙팬서와 거리를 두고서 자기 삶을 다시 꾸려가고 있었기에 그들로부터 마음에서 우러나는 열의까지는 아니더라도 적어도 화해 비슷한 것은 기대했을 것이다. 사실 그들의 얼굴에 절망적일 정도로 씌워진 엄격함의 가면은 그 무엇으로도 벗겨낼 수 없었다. 데니스의 웃음이 그들 눈에는 깊이 없어 보였고, 심지어 저속해 보였는지도 모른다. 즐겁게 살아가려는 그의 태도도 경망스럽게만 보였을 뿐이다.

훗날 그녀의 아버지는 진에 대해 이런 글을 썼다. "딸애는 우리가 사는 세상의 사람들이 저를 이해할 수 없다고 말하는 순간까지도 제 신념대로 살았습니다. 그래서 결국 포기한 겁니다."(모리스 기샤르, 『진 세버그, 프랑스의 초상』, 자콥 뒤베르네.) 자기 딸에 대한 아버지의 이런 생각을 비장하다 해야 할까 아니면 그저 병적이라 해야 할까.

어쩌면 그는 많은 사람들처럼 자기 세계와 다른 세계를 이해할 능력이 없었던 건지도, 딸이나 아들에게 두 번째 기회를 줄 줄 몰랐던 건지도 모른다. 진의 가족이 이따금 슬퍼하는 모습을 보고서 사람들은 악어의 눈물에도 새끼를 위한 애정은 숨어 있나 보다고 생각했을 것이다.

가리는 진의 새 삶을 멀리서 지켜보며 아들에게 전념했고, 여전히 성난 듯 글쓰기에 전념했다. 1973년, 갈리마르 출판사에서 『마법사들Les enchanteurs』을 출간했다. 소설은 평단에서 좋은 반응을 얻지만 작가의 입맛에는 충분하지 않았던지 그는 푸에르토 안드라이츠로 물러나 『밤은 고요하리라』에 몰두한다. 이 책은 얼마 후 그의 어린 시절 친구인 프랑수아 봉디와 함께한 대담 형태로 출간되었다. 여러 질문들이 제기돼 가리가 관망하는 태도에서 벗어나 우리가 그에 대해 알고 싶어하는 주제들에 대해서도 얘기하도록 이끌었다. 이 책에서 그는 그의 것이기도 하고 약간은 우리의 것이기도 한 불안에 평온의 옷을 입혔다. 우리와 마찬가지로 그는 밤이 두렵다는 사실을 받아들이길 거부했지만 그것 자체가 평온의 약속이었다. 짧은 기사와 성찰로 이루어진 그의 책 『인간의 문제L'affaire homme』에서처럼 이 책에서도 우리는 인간이 되어가는 존재이며 인간이길 기다리는 동안 웃을 수 있다는 생각에 충실한 가리를 다시 볼 수 있다. 비평가들의 의견은 갈렸다. 열광적인 비평도 많았지만 실망스럽고 가혹한 비평도 있었다. 자기 얘기를 떠들어대기 위해 가리의 책이 나오기를 기다리는 자들은 언제나 한결같았다.

『밤은 고요하리라』와 동시에 그는 또 한 권의 소설을 샤탄 보가트라는 가명으로 출간했다. 『스테파니의 머리들Les têtes de Stéphanie』은 재미도 있고, 일부 미국 탐정소설 방식으로 신경을 자극하는 첩보 소설이다.

그사이 진과 데니스 부부는 환멸의 파도 속을 힘껏 노 저어 가고 있었다. 재정적 어려움까지 더해져 이 취약한 결합을 시험에 빠뜨렸다. 가리가 그들을 돕기 위해 손을 호주머니에 집어넣지만…….

다행히 영화 한 편이 진에게 제안이 들어왔고, 이 영화는 세계적으로 성공을 거두었다. 〈고양이와 쥐Cat and Mouse〉는 그녀 곁에 커크 더글러스와 존 버넌을 끌어모았다. 커크 더글러스가 그녀에게 쏟은 관심은 대니얼 페트리 감독의 관심과 마찬가지로 그녀에게 큰 위안을 주었다.

그녀는 데니스와 영화를 제작할 생각에 들떠 한결 자신감에 찬 모습으로 파리로 돌아왔다. 시작 삼아 그녀는 두 사람의 친구인 한 젊은 감독과 〈강력한 고독Les hautes solitudes〉을 제작했다. 이 영화에서 그녀는 실제로 그녀가 자기 삶을 끝낼 거라고 사람들이 믿을 정도로 촬영장에서 자살 장면을 확실히 연기했다. 영화의 침울한 분위기에 덧붙여진 이 자살 장면은 이어진 상업적 실패와 함께 진의 감정을 다시 한 번 흔들어놓았다. 그녀는 좌절해서 다시 술을 마시기 시작했고, 동맥을 끊고 진짜 자살 기도를 했다.

병원에 입원해야 했다. 그녀는 직접 영화를 제작하려는 계획에 부풀어 병원에서 나왔다.

주위 사람들은 그녀가 살려는 욕망과 파괴 망상에 내맡기려는 욕망을 잇는 팽팽한 끈 위에 여전히 서 있다는 걸 잘 알았다. 며칠 동안의 휴식 후에 그녀는 〈빌리 더 키드를 위한 발라드Ballad for Billy the Kid〉 제작에 뛰어들었다. 굉장히 민감한 데다 그녀의 정서적 균형을 위협할 정도로 암시적인 주제를 담은 이 영화에서 그녀는 아기와 가상의 관계를 맺는 성숙한 여인을 연기했다.

영화는 결국 실패하고 말았다. 사람들이 염려한 대로 그녀는 또다시 우울증을 향해 표류하기 시작했다. 다시 말해 무엇보다 그녀가 다시 술을 마시기 시작했고, 신경안정제와 흥분제를 번갈아가며 섭취했고, 어떤 슬픔이나 불의를 찾으려고 기웃거리는 모습을 보였다는 얘기다.

영화계는 〈여름의 백마White Horses of Summer〉로 다시 그녀에게 손을 내밀었다. 그러나 운명이 악착스럽게 추격하는 건지 이 영화에도 그녀의 취약점을 건드려 시련에 빠뜨리는 장면들이 들어 있었다. 한 아이가 바위 위로 떨어진다. 병원으로 옮겨진 아이는 사경을 헤맨다. 아이를 잃은 그녀의 슬픈 기억을 연상시키는 장면이었다.

그동안 가리는 여행과 열정 없는 정념에 몰두했다. 그래 봤자 그의 그림자에 들러붙은 연인 역을 떨어내지 못한 채 내달릴 뿐이었다.

진은 자주 병원을 들락거렸다.

로맹 가리와 진 세버그의 숨 가쁜 사랑

데니스 베리는 〈대착란Le grand délire〉 제작을 시작했다. 이 영화에서는 한 청년이 부유한 집안의 두 친구 존과 소냐의 도움을 받아 자기 주차장에다 나이트클럽을 연다. 그는 매혹적인 여인인 친구의 고모를 알게 된다. 그러다가 그들의 거주지를 갈봇집으로 만들 생각이 떠오른다.

그녀에게 없는 에너지를 영화가 요구하자 진은 자기 역할에 맞는 모습을 보이려고 흥분제 같은 약들을 먹었다.

마침내 영화가 완성돼 개봉되었지만 기대했던 만큼 성공을 거두지 못했고, 그 때문에 그녀와 데니스의 관계도 나빠졌다.

가리는 푸에르토 안드라이츠의 집을 팔고 박 거리와 비행기를 오가며, 언제나 사람들의 얼굴과 풍경을 찾으며 관광객보다는 한가롭게 빈둥거리는 사람처럼 그리스나 과테말라의 카페테라스에 앉아 다른 곳이나 어떤 장면을 꿈꾸며, 마치 정확한 목적지 없이 늙은 개를 산책시키듯 자신의 고독을 끌고 다녔다.

진은 데니스와 함께 아직 이름을 붙일 수 없는 또 하나의 영화를 좇았다. 그들은 영감을 찾아 북아프리카를 여행했고, 그리스의 미코노스로 가 몇 년 전에 그녀가 사둔 어부의 집에 머물렀다. 여행은 일몰 장면 하나로, 또는 작은 항구로 배가 돌아오고 꼬마 여자애가 서너 마리의 염소를 소박한 울타리로 몰아넣는 등 소박한 사람들의 몇몇 일상 장면들로 우리에게 낯선 느낌을 준다. 그러나 밤이 내리면 저마다의 근심에 다시 집으로 돌아갈 두려움이 얹힌다.

　파리로 돌아온 데니스는 극예술 작업실을 열고자 했다. 그는 그 작업실이 무엇보다 젊은 배우들과 연출가들이 새로운 생각을 나누는 교류의 장소가 되기를 원했다. 진과 데니스가 걸어온 길이 다르듯이 현격하게 다른 두 사람의 성격이 일을 어렵게 만들었다. 그들은 직업적 접근 방식에서 대립하기 시작했다. 어쩌면 단지 식어버린 애정에 대한 핑계였는지도 모른다. 작업실 계획은 포기되었다.

　가리는 두 사람의 불화에 신중하게 거리를 유지하면서도 진에게 한쪽 눈을 떼지 않고 기회가 되면 위로와 재정적 도움을 주려고 애썼다.

　아침에 그는 어느 때보다 장황하게 비서에게 다음 책의 몇 페이지를 받아쓰게 했다. 그러나 오후에는 경이롭고 파란만장한 운명을 살 그의 분신 에밀 아자르의 왕성한 문체로 다른 소설 집필에 몰두했다.

　이 가명으로 그는 먼저 『그로칼랭』을 출간하고 곧이어 『자기 앞의 생』을 출간한다. 그는 로자 부인과 모모의 이야기가 펼쳐지는 동네의 이름 '황금 방울'을 이 책의 제목으로 붙이고 싶어 했다.

　저녁에는 생제르맹데프레 지역을 쏘다녔다. 그곳 거리들은 진과 그를 위해 기 베아르의 노래를 흥얼거렸다.

로맹 가리와 진 세버그의 숨 가쁜 사랑

이후는 이제 없어요
생제르맹데프레에는
이젠 모레도
오후도 없어요

그는 혼자서, 때로는 젊은 여인의 팔짱을 끼고 그의 향수와
추억을 산책시키곤 했는데, 훗날 『솔로몬 왕의 고뇌』에서 그의
분신의 가명으로 우리가 만나게 될 가리 왕의 고뇌를 그렇게
다독였다.

가면의 생

가리는 뱅글뱅글 맴을 돌듯이 세상을 돌아 박 거리로 돌아왔고, 자신의 세계였던 이 세계 속에 그가 여전히 있으며 그의 아들도 그곳에서 자라 남자가 되었다는 사실을 확인했다. 그는 아들이 어서 사내가 되길 기다렸다.

진은 낙서와 섬광 번득이는 문장들, 깨진 삶의 조각들, 절망적인 침묵들, 헛된 예언들로 가득 채워진 페이지들처럼 밤들이 줄지어 지나가는 걸 보았다. 그녀는 반쯤 어두워진 고요한 거리를 걸어 영국풍으로 동 장식이 된 바의 간판이 보이는 희끄무레한 빛까지 갔다. 잃어버린 환상 뒤로 살포시 문이 다시 닫히면 담배와 술 냄새 속에 고독한 의자 위로 재즈 곡조가 조용히 떠다녔다. 이 상상의 뱃머리 아래로 바닷소리만 들린다면 마치 여행을 떠나는 것 같은 느낌이 들었을 것이다.

얼마 후 한 낯선 사내가 그녀 곁에 와서 앉아 아무 말이나 인간적인 상처를 얘기하더니 진의 어깨 또는 허리에 팔을 두르고 여느 새벽과 똑같은 새벽의 안개 속으로 다시 떠난다.

지치고 초췌한 꼴로 그녀는 그녀의 갤리선이 정박해 있는 박 거리로 돌아온다. 영혼은 흐릿한 행복의 기억을 장전한 채 남은 날을 대하고 이어질 밤을 맞이할 준비를 한다.

이 깊은 고통에 가리가 무엇을 할 수 있었겠는가. 얼마나 많은 애정을 쏟아야 했을까. 그의 말은 인내와 관용과 근엄함을 모두 쓰고 술수까지 쓰다 지쳐버린 아버지의 말이었다. 그녀는 그가 진실을 말한다는 걸 잘 알았지만, 사는 것이 고통스러운데 어떻게 이성을 지킬 수 있겠는가. 그녀는 사람들이 자기 자신보다 가치 있는 무언가를 감추고 있다는 생각에 매달렸고, 끝까지 그 생각을 믿었다. 그러지 않으면? 그들과 모든 관계를 거부할 텐가? 가리의 생각도 다르지 않았다. 그는 말했다. "세버그의 영향으로 나는 순수함을 약간 되찾을 때가 있었다. 손해 본다는 걸 알면서도 순수해야 한다. 이 말은 인간을 계속 믿어야 한다는 뜻이다. 그들에게 실망하고 배반당하고 조롱당하는 것보다는 그들을 계속 믿고 신뢰하는 것이 더 중요하기 때문이다."

그라면 그런 말을 할 만했다. 인간이 가져온 최악과 최선을 매우 일찍이 경험했기 때문이다. 그는 참으로 잘못 사는 많은 사람들을 보았고, 존엄과 자유라는 생각 하나만을 위해 죽는 사람들도 많이 보았다. 그러나 매우 일찍 그들의 모순과 한계, 그들의 취약점도 보았고, 그 모든 점들은 어느 정도 그의 것이기도 했다. 이 점에서도 그의 『유럽의 교육』은 청교도 이상의 천진함과 진이 품었던 기대에 맞섰다. 그녀가 연민과 맺은 모든 약속이 깨졌지만 그래도 그녀는 여전히 믿고 있었고, 어둠 속을 더듬으면서도 만남이라는 희미한 불빛에 매달리고 있었다.

결국 그들은 닮았다. 다만 같은 인생 학교를 다니지 않았을 뿐이다. 어린 시절부터 여행자였던 그는 도망자의 반사 신경을 갖고 있어 암초를 피해 다닐 수 있었다. 그녀는 약속의 땅에 내린 이주민들로 구성된, 신세계가 되길 원하는 세계에서 왔다. 그 땅의 개개인은 저마다 자기 십자가나 자기 별에 충실하며 오직 한 가지 생각에 하나로 뭉쳤다. '모든 것을 지우고 다시 시작한다'는 생각. 그래서 그녀는 어느 정도 지우고 대략 다시 시작했고, 반면에 가리는 인간을 찾아, 자신의 가족과 자신의 패거리를 찾아 인물들의 회랑 속으로 피신했다.

그의 인물들 가운데 하나가 그의 상상 속에서 오래전부터 꿈틀대더니 이제 조바심을 내기 시작했다. 이 인물은 허구로 만족하지 못했다. 가리가 코메디아 델라르테의 무대 위에 세우려는 건 뼈와 살로 된 그의 분신이었다. 그가 보기에 출판계는 그림자와 술수로 이루어진 연극이 되어버렸던 것이다. 그는 소설을 한 권 써서 그 책을 텔레비전과 라디오에 자기 대신 소개

할 사람의 이름으로 서명하기로 결심한다. 그자는 언론에 인터
뷰를 하고, 서점에서 사인회를 하고, 요컨대 그가 결코 나타나
지 않고서 원격 조정만 할 분신이 되는 것이다.

그는 이런 식으로 몇몇 신문이나 잡지의 비평가들에 대해,
그리고 조금은 자기 자신에 대해 오래된 복수를 하려 했다. 그
럼에도 불구하고 이 충동, 이 새로운 도전이 익살스런 그의 상
상에서 젊음이 터져 나온 결과인지, 복수의 욕망인지, 아니면
둘 다인지를 말하기란 어렵다. 어쩌면 그저 휴머니스트의 가
면에서 마법사의 가면으로, 수훈자의 가면에서 서정적 광대의
가면으로 넘어감으로써 흔적을 없애려는 그의 강박증이 다시
도진 건지도 모른다.
이 책들은 그의 기대만큼 많이 읽히지도 많이 팔리지도 않
았다. 따라서 그는 더 자유롭고 작가 가리에 덜 매인, 그의 성
공이 야기하고 그라는 인물이 야기하는 논쟁을 벗은 다른 책
들을 썼다. 그는 사람들이 기대하지 않는 곳에 나타나고 싶었
던 것이다.

몇몇 사람들에 대한 그의 원한은 멀리까지 거슬러 올라간
다. 그의 책이 한 권 나왔을 때 경쾌하게 한 손을 내밀고, 다음
책이 나오면 발톱을 세운 손을 내민 비평가들, 동료 작가들, 기
자들. 특히 지독한 두세 명은 그의 소설이 나오기만을 기다렸
다가 원한을 쏟아냈다. 그의 친구이자 약간은 롤모델이기도 한

알베르 카뮈가 반사작용이 성찰을 대체한 사람들을 언급했을 때는 바로 이 사람들 또는 이들과 비슷한 사람들을 생각했을 것이다. 이런저런 사람들이 하나의 체제를 세웠고, 그 체제 안에서 그들은 한 책의 생명을, 젊은 작가의 미래를 결정했다. 그들이 어조를 정하기만 하면 되었다. 라디오와 텔레비전은 그저 따랐다. 거대 출판사들도 개입하는 비평가들이나 심사 위원들을 내세워 전쟁을 벌이며 이득을 보았다. 문학의 신학기가 시작되기 전에 그들은 결국 한 책의 운명에 대해 합의를 보았다. 이번엔 네가 먹고 다음엔 내가 먹는다. 출판이라는 소우주는 이렇게 굴러갔고, 이런 타협에 속는 사람은 아무도 없었다. 작가, 비평가, 출판업자, 광고업자 모두가 문학이라는 거대한 한 솥의 밥을 먹고 있었다. 경쟁자를 위해 분주히 궁리하는 비평가들을 누구나 알았고, 누구도 게임의 법칙을 어기지 않았다. 라디오나 텔레비전의 문학 관련 프로그램의 진행자들, 비평가들은 동일한 거대 출판사의 총서 편집위원 자리를 꿰차고 있었다. 그들은 서로 알고 서로 축하했다. 가리 또한 이 작은 세계에 속했기에 자기 자신을 비웃었다. 자기라고 어찌 봐주겠는가. 그는 의혹을 완전히 해소할 수는 없지만 일부 비평가들이 성실히 자기 일을 수행해내고, 사람들이 그들에게 갖는 두려움과 파리풍의 전람회 초대나 저녁 모임에서 인지도를 그 대가로 지불받는다는 사실도 알았다. 또한 그에 대해 늘 가혹했던 비평가들에게도 그는 화가 났다. 이제 이 모든 것을 비웃어줄 때가 되었다.

로맹 가리와 진 세버그의 숨 가쁜 사랑

출판사와 미디어 사이의 결탁이 도를 넘어 가리는 자신의 아바타를 늪에 던지기로 결심했다.

그는 자신의 삶에서 빈자리를, 친구와 사랑의 부재를 채우기 위해 비단뱀에 열정을 쏟는 쿠쟁 씨의 이야기인 『그로칼랭』으로 시작했다. 비단뱀보다 더 따뜻하게 감싸주는 것이 있을까? 비단뱀은 자기 몸을 돌돌 말아 쿠쟁을 얼싸안고 그를 위해 존재한다는 느낌을 준다. 그러나 이런 생활이 쉽지만은 않다. 어떻게 파리에서 파충류를 사랑하며 지낼 수 있겠는가. 이런 생활은 어떤 이들에게는 호기심을 불러일으키고 정신분석을 받아야 할 관계로 보인다. 또 어떤 이들에게는 이 거대한 뱀이 공포와 혐오감을 불러일으킨다. 결국 쿠쟁에게 위안을 주는 '그로칼랭'이 그가 사랑을 찾는 것을 어렵게 만드는 요인이기도 하다는 사실이 밝혀진다. 말하자면 세계는 우리를 고립된 개인으로 살아갈 수밖에 없게 만들고, 우리에게 개별성을 전혀 허용하지 않는다는 것이다. 이런 말이 하고 싶어진다. "그렇다면 사창가에서 애정을 찾아야 할까?"

그래서 이 책은 에밀 아자르라는 이름으로 서명된다. 가리가 자기 분신을 위해 고른 이름이었다.

이 작전에는 네 사람만이 가담했다. 그의 젊은 여비서 마르틴 카레, 조카 폴 파블로비치, 친구이자 발행인 로베르 갈리마르, 그리고 물론 진 세버그. 진과 그 사이의 신뢰는 두 사람을 잇는 애정과 맞먹는 것이었다. 진은 그를 속이고 부정不貞을 저지를 수 있었지만 결코 배반하지는 않았다. 그들의 아들 알렉상드르 디에고는 개별적으로 아버지를 통해 알게 되었다.

원고를 갈리마르의 자회사인 메르퀴르드프랑스로 보내는 일만 남았다. 출판사에서는 책임자에서 담당자에 이르기까지 누구도 전혀 의심하지 않았다. 로베르 갈리마르가 사소한 문제까지 지켜보았다.

폴 파블로비치는 그의 조카다. 가리는 그를 돕고 보호해왔다. 폴은 그를 존경했고 무척 좋아했으며, 그의 모든 책을 읽었고, 그가 말하는 방식도 완벽하게 알았다. 직업 차원에서 볼 때 그는 외모도 괜찮았고, 그 시대가 나쁘게 평가하지 않는 주변인으로 반체제적 성향을 가진 온건한 청년상에 해당하며 거기에 걸맞은 언어를 가졌기에 더없이 적합했다. 게다가 그는 출판계라는 작은 세계를 알았다. 가리가 그를 위해 갈리마르에서 교정자와 대필 작가로 할 일을 구해주었던 것이다. 결국 그가 에밀 아자르 역을 맡고, 『그로칼랭』 원고를 출판사에 보내고, 신비의 인물이 되고, 까다로운 인물—그렇게 보이려고 애쓸 필요도 없을 것이다—처럼 굴고, 계약을 하고, 인터뷰를 하기로 했다. 자취를 흐리기 위해 가리는 그에게 브라질에 거주하는 것처럼, 그리고 나중에는 덴마크에 거주하는 것처럼 말하게 했다.

『자기 앞의 생』의 경이로운 성공 후에 출간된 『가면의 생』을 통해 우리는 『그로칼랭』 원고를 받은 메르퀴르드프랑스의 여자 주간이 〈르 몽드〉 신문 여기자를 대동하고 얼마나 한껏 부풀어서 에밀 아자르를 만나려고 코펜하겐까지 갔는지 안다. 에밀 아자르라는 가명 뒤에는 폴 파블로비치가 숨어 있었고, 그 역시 로맹 가리를 감추고 있었다.

비평가들과 독자들이 에밀 아자르라는 참으로 독특한 재능을 가진 새 작가에 열광하는 동안 로맹 가리는 『이 경계를 지나면 당신의 승차권은 유효하지 않다』를 출간했다. 오래전부터 가리를 따라다니던 노화에 대한 공포, 그리고 그보다 훨씬 젊은 진이 그의 인생에 들어온 뒤로 자리를 잡고 불안한 시기에 되살아나곤 하던 "이제 예전 같을 수는 없다"는 공포를 얘기하는 책이었다. 이 책의 주인공은 예순을 조금 넘긴 인물로 스물다섯 살의 젊은 브라질 여인을 사랑한다. 그는 옛 레지스탕스 활동가로 훈장도 받고 존경도 받고 부유한 인물이지만 늘 피곤해하고, 레지스탕스에 가담해 받은 훈장과 수표책에서 얻던 자신감만큼이나 자신만만했던 기력도 예전 같지 않다. 이 모든 것이 이제는 무미건조해졌고, 그는 성적 차원에서 앞으로 존재 가치가 없어지리라는 공포에 사로잡힌다. 이미 횟수가 전만 못하기 때문이다. 이 소설에는 이름이 언급되지는 않지만 가리와 세버그의 사랑이 그려진다. 그러나 "예전처럼"이라는 아쉬움은 모든 사람의 문제이기도 하다. 가리는 자신에게 닥칠 일에 추월당하는 꼴을 보지 않으려고 준비성 많다는 소리깨나 듣는 사람처럼 미래를 앞지른다. 성 불능을 예고하는 고백 뒤에는 진을 태운 채 계속 돌고 있는 지옥의 회전목마에서 그녀를 꺼내지 못하는 자신의 무능함에 대한 고백도 분명 있다.

책은 잘 팔렸다.

작가에게는 더없이 기분 좋은 상황이었다. 그의 책 가운데 두 권이 두 개의 다른 이름으로 서점 진열대와 신문에 나란히 자리하고 있었으니 말이다. 동일한 비평가들이 두 책에 대해 서평을 썼는데, 어떤 이는 한 권에 대해서는 신중한 태도를 보였고, 다른 한 권에 대해서는 열광했다. 두 권 모두 좋아하는 사람도 있었고, 두 권을 맞세우길 좋아한 사람도 있었다.

『이 경계를 지나면 당신의 승차권은 유효하지 않다』로 가리는 그의 수많은 독자를 믿을 수 있었다. 아자르의 가면을 쓴 다른 가리는 문학적 발견이라 불렸다. 누가 더 나을까?

그런데 이 가면 놀이에서 어떻게 자신을 알아볼까? 가리의 거울조차도 자신이 어디에 있는지 이젠 알지 못했다. 거울을 볼 때 그는 의문에 사로잡혔다. 이 익살과 기만을 이렇게 멀리까지 밀고 나가는 게 잘하는 일일까?

그사이 아자르의 성공은 판매 부수 문제를 뛰어넘고 가리가 예상했던 것보다 한참 멀리 나아갔다. 아자르의 이름이 붙은 이 성공을 만들어낸 창조주는 그 성공에 가리의 이름도 붙기를 바랐지만 사람과 그의 분신을, 동일한 길의 반대되는 두 방향을, 저자와 인물을 어떻게 일치시킨단 말인가?

따라서 마법사는 자신이 만든 헝겊 인형과 코를 맞댔다. 인형이 모습을 드러내 기자들에게 얘기를 했고, 창조주가 입에 넣어준 말로 또박또박 대답을 했다. 대사를 속삭여주고 행동을 일러주는 프롬프터 박스에 몸을 숨긴 자가 가리라는 걸 누가 상상이나 했을까? 아무도 하지 못했다. 창조주 견습생의 운명은 이제 살아 있는 꼭두각시 인형의 운명과 연결되었다. 그런데 최고의 비밀 정보기관에나 걸맞을 그의 술책, 최고의 코미디에나 걸맞을 그의 연출이 그에게 환희를 안겨줄 법한데 가리는 불안과 회의에 사로잡혔다. 그랬다! 출판계가 덫에 걸려들었다는 건 그 취약함의 증거이고, 이 모든 것이 무의미하다는 증거다. 사실 저 사람들이 광대이고, 가면을 쓴 나 로맹 가리는 광대들을 위해 광대 노릇을 하고 있다. 진짜 삶은 다른 곳에, 수백만의 개인들이 견디는 고통 속에 있고, 아름다움은 존재하며, 난 그 아름다움을 만났다. 제기랄! 징기스 콘처럼 차려입고 생제르맹 거리로 나가 저들에게 외치고 싶다. "광대들! 웃긴 놈들! 바로 이게 네놈들이야. 나 로맹 가리는 네놈들을 언제든 내 신하로 만들 수 있어. 네놈들이 내 재능 앞에 무릎을 꿇게 만들 수 있다고. 그저 이름만 바꾸면 된다고."

그러나 가리는 늘 그의 책 속에서 그에게 가면을 빌려주는 징기스 콘이 되지는 못했다. 그에게는 징기스 콘처럼 자유가 없었다. 그는 로맹 가리였고, 수훈자라는 자신의 조각상에, 자신의 체면에 신경 썼다. 사람들이 그를 장난꾼으로 여길지도 몰랐고, 아자르라는 인물마저 위엄과 인정을 잃게 될지 몰랐다. 아마 사람들은 이렇게 말했을 것이다. "가리는 장난꾼이고, 아자르는 그의 꼭두각시 인형이었어요. 이 모든 게 헛된 짓거리였고, 우리는 꼭두각시극에 놀아난 겁니다."

그래서 가리는 불안해하며 그와 그 사이에서 머뭇거렸다. 어
느 날 저녁 그의 아파트와 진의 아파트를 나누는 벽 건너편에
서 외침을 들었을 때도 그랬다. 소리를 지른 건 그녀였다. 그녀
는 존재하는 괴로움에 울부짖었고, 거칠게 헛소리를 쏟아내고
있었다. 가리는 의사 친구들과 이웃들을 불렀다. 이럴 때는 당
신을 알고 존경하던 똑같은 사람들도 정신을 잘 차리지 못한
다. 모든 형태의 광기는 사람을 당황하게 만들고 혼란에 빠뜨
려 기준을 흐리기에 그녀를 제어해서 병원으로 실어 가도록
간호사들과 함께 앰뷸런스를 부르는 편이 나았다.

진과 그는 신들린 상태로 빙글빙글 도는 이슬람 수도승 같
았다. 두 사람은 각기 제 편에 서서 자기 주위를 돌고 돌았다.
그들은 삶이 그들에게 제공한 모든 것, 즉 성공, 돈, 명성에 맞
춰 나가는 법을 알지도 못했고, 그럴 수도 없었다. 운명은 그들
이 겪고 있는 모든 것이 동일한 이야기에 속한다고, 그들에게
제시된 동일한 이야기에 그들이 두 발 모아 그 속으로 뛰어든
것이라고 주장하는데 이제 와서 어떻게 분류한단 말인가?
데니스와 함께 코르시카로 여행을 한 뒤 진은 기분이 나아
지기 시작했다. 지중해의 온화함과 고요함이 불안을 잠재워 두
사람을 다시 만나게 해주었다. 그들은 심지어 다시 함께 사는
것까지 고려했다. 그들과 멀리 떨어져 지내면서 가리는 위기

상황과 일시적 진정이 거듭 그들을 따라다니리라 짐작했고, 진이 힘들어한다는 것을 알았다. 이제는 조언조차 해줄 수 없는 형편이었고, 재정적으로 그녀를 돕고 병원 입원을 해결해주는 것이 그가 할 수 있는 전부였다. 숱한 전투를 이겨낸 가리는 이것이 패배한 전투라는 것을 알았지만 그래도 싸웠고, 진 때문에 아파했다. 그래서 그는 아자르의 가면을 썼고,『자기 앞의 생』에다 유머와 애정과 염세적 기질을 총동원해 그가 느끼는 모든 절망을 글로 썼다. 모든 것이 거기 있었다. 벨빌에서 아우슈비츠로 가는 여행에, 로자 부인과 어린 모모의 이야기 속에 말이다.

그는 분신술의 대가가 되었고, 그에겐 준비해둔 가면이 많았다.『자기 앞의 생』은 갈리마르의 자회사인 메르퀴르드프랑스에서 출간되었다. 이 책은 언론을 들끓게 만들었다. 출판사는 넋을 잃었다. 그는 공쿠르상을 수상했고 책은 40만 부 이상 팔렸다. 인터뷰를 한 조카는 텔레비전의 가장 중요한 방송들에서, 일간지에서, 잡지에서, 라디오에서 자기 역할을 완벽하게 수행해냈다. 가리는 단 한 순간도 긴장을 늦추지 않고 조카에게 그가 어느 신문, 어떤 방송에서 어떤 말을 해야 하는지 일러주기 위해 낱낱이 변화를 좇았다. 그가 그들을 모두 잘 알아서 아무도 전혀 의심하지 않았는데, 가리는 즐거워하면서도 씁쓸한 마음이 없지 않았다. 모든 승리엔 아쉬움이 감춰져 있는 법이다.

그런데 책이 성공하자 급한 일들을 해결해야 했다. 영화 각색을 위한 계약을 협상하고, 감독 미즈라이, 제작자 클로드 베리와 협의할 때 요구할 내용을 조카에게 설명해야 했다. 그는 『자기 앞의 생』의 주인공인 로자 부인 역할을 시몬 시뇨레에게 맡길 거라는 의견에 아주 좋아했다.

1978년 11월 23일, 앙드레 말로의 죽음은 이 모든 것에 그림자를 드리웠다. 말로의 죽음에 표현된 엄청난 예우는 가리에게 규율을 상기시켰다. 그는 저승에서 그에게 말하는 드골 장군의 목소리를 거의 듣는 듯했다. "이보게 로맹 가리, 무엇 때문에 그런 식으로 광대 노릇을 하는가. 해방 동지이고 영웅이고 세계적으로 유명한 작가인 자네가?"

모래 한 알이라도 기계 속으로 미끄러져 들어와 모든 걸 환히 드러내면 어쩌나 하는 생각에 불안해진 그는 한층 더 몸을 숨기고 아자르의 다음 책을 탐욕스레 작업했다. 『가면의 생』은 이런 말로 시작한다. "시작은 없다. 저마다 돌아가며 나를 낳았다. 그 후론 소속의 문제였다." 또는 "나는 에밀 아자르이고, 내 작품의 아들이고, 동일한 작품의 아버지다. 난 나의 아들이자 나의 아버지다."

이 연극의 주인은 그를 앞지르거나 그의 뒤를 잇는 그림자들로 이루어진 이 연극에서 조금은 위안을 받았다. 그에게 손을 내밀지 않았던 아버지의 그림자, 상을 수여받을 순간에 슬그머니 사라질 여느 어머니처럼 사라진 니나의 그림자, 그가 아직도 초상을 다 그리지 못한 사랑하는 여인의 그림자, 영웅이 되어야 했으나 될 줄 몰랐던 혹은 원하지 않았던, 보잘것없는 일로 죽어간 남자와 여자들의 그림자, 배보다 눈이 더 크듯이 자신보다 훨씬 큰 자기 자신의 그림자.

가리는 소중한 친구이자 대단한 작가이며 그 시대의 가장 고귀한 전투들을 치러낸 인간 말로의 죽음에 깊이 상처를 입었다. 말로는 그의 본보기였다. 젊어서 가리는 말로를 닮기를 꿈꾸었다. 두 사람의 만남은 그에게는 매번 격정이나 가혹한 번뇌를 동반한 비상으로 다시 태어나는 느낌을 갖는 기회였다. 말로는 그 방면에 재능을 타고났다. 가리는 이 위대한 작가에게, 신탁 같은 그의 말에 감탄했다. 테이야르 드 샤르댕과 말로의 대화를 그는 기억했다. 그 대화를 들으며 그는 입을 다물지 못했다.

그는 진과 함께 장례식 철야에 참석했다. 진도 눈물을 흘렸다. 말로의 죽음은 경고의 메시지이거나 팽팽하게 당겨져 이런 말을 들려주는 교수대 밧줄이기도 했다. "가장 위대한 사람들조차 죽는 게 삶이야."

그가 "프랑스 명예의 일부"였다고 총리는 말했다.

엄숙함이 깃든 순간이었다. 그러니 이 익살꾼의 역할을 어떻게 계속하겠는가. 이제 와서 아자르가 가리라고 어떻게 선언하겠는가? 자신이 행한, 상상한, 또는 지어낸 모든 것을 늘 주장해온 그에겐 이 모든 코미디가 필요 없었다. 『자기 앞의 생』이 출간되었을 때 모든 언론이 모인 자리에서 의자 위에 올라서

서 이렇게 말했으면 되었다. "나 로맹 가리는 본인이 『자기 앞의 생』의 저자이며 그저 좀 즐기고 싶었던 것뿐임을 오늘부로 엄숙하게 선언합니다." 말로와 드골도 좋아했을 것이다. 그런데 아니었다! 가리는 늙어가는 맹수가 자기 굴에 숨듯이 피신했다. 시간이 계속 달아나는 동안 그는 자기 안에 있는 모든 가리와 닮고 하나가 되려고 애썼다.

이런 날들이 흐르는 동안 진은 아무 곳으로도 인도하지 않는 길 끝에 서 있었다. 데니스도 가리도 그녀를 도우러 올 수 없었다. 그녀의 정신적 혼란은 더욱 심해져 술로도 신경안정제로도 낭떠러지 끝에서 그녀를 멀리 떼어놓지 못했다.

이런 근심 중에 가리 내면의 마술사는 동시에 여러 작가가 되는, 책 판매가 최고를 달리고 서점 진열대 맨 앞줄을 차지하는 여러 작가가 되는 호사를 누렸다. 그들 중 둘이 그의 안에서 의견 충돌을 일으켰다. 한쪽은 일정 시간 동안만 가리가 되는 걸 더는 원치 않았고, 다른 한쪽은 아자르로 남기를 원함으로써 그의 에너지의 상당 부분을 훔쳐 갔다.

그렇지만 어느 한쪽이라도 포기한다면 그로서는 큰 대가를 치러야 했을 것이다. 아자르일 때 그의 혈기는 한 인물에서 다른 인물로 건너가 울고 즐기고 깊은 감정을 만끽하고 웃음을 터뜨렸다. 같은 날 그는 다시 가리가 되어 똑같은 것을 그 특유의 근엄함과 조소와 유머를 실어 다시 말하는 자신을 보고

흠칫 놀랐다. 그러나 그 말에는 존재의 가벼움이, 그가 아자르일 때 그의 펜에서 뿜어져 나오는 관능적 조롱이 빠져 있었다.

이 장난은 사이코드라마로 바뀔 위험이 있었다.

꼭두각시가 반항하더니 진짜 아자르 행세를 하기 시작했다. 그때까지 그의 창조주가 불러주는 것만 받아쓰고 가리가 돌려주는 상당한 금액을 챙기는 것에 만족했던 폴 파블로비치가 자기 말로 인터뷰하는 걸 즐기기 시작한 것이다. 성공과 인기는 이제 그의 삶의 일부가 되었다. 갑자기 그것을 박탈하고 공개적으로 그를 "꼭두각시"라 선언하면 파블로비치가 난처한 지경에 빠질 위험이 있었다. 그래서 가리는 대비책으로 비서에게 아자르의 원고는 분명히 로맹 가리로부터 받아 적어야 하며 그외에 누구한테서도 받아 적지 못하도록 약정하는 서류에 서명을 하게 했다. 마찬가지로 폴 파블로비치에게도 그의 흥분 상태를 균형 잡기 위해 서류를 한 장 더 만들어 서명하게 했다. 만들어진 작가의 역할에 숨이 막혀서 스스로 작가가 되길 원한다면 그가 두 발로 균형 잡고 서게 해주는 건 지나친 일이 아닐 것이다.

그의 피조물과 그가 맺은 처음의 공모가 유지되었더라면 가리는 아마 이 모든 걸 더 즐겼을 것이다. 바로 그래서 자신이 만든 골렘진흙이나 헝겊으로 만들고, 성스런 주문이나 지혜로운 마법에 힘입어 살아 움직이는, 인간의 형상을 한 존재에 갑자기 영혼이 깃들어 자기 삶을 주장하는 걸 보는 프라하의 위대한 유대교 랍비를 사로잡았던 불안을 그는 느꼈을 것이다. 그는 이렇게 선언하고 싶었을 것이다. "그만, 이제 그만하겠어. 난 가리로 돌아갈 거야. 그저 몇 사람의 얼굴에 크림파이를 던지고 싶었을 뿐이야."

가리로 남아 약속된 존엄의 공간을 차지하고 있는 외설, 아름다움에 대한 모독, 냉소주의를 홀로 대면한다? 그는 발명이 약속을 앞지르는 시대를, 그가 따라갈 수 없을 정도로 빠르게 나아가는 이 시대를 좋아하지 않았다. 옛날의 눈은 녹아버렸고, 자유프랑스군의 마지막 전투 대원들도 대개 죽었다. 한때 거기에 속했다는 자부심은 남았지만 그에게 소중했기 때문에 가리는 그 기억들을 글로 쓰고 싶지 않았다.

담을 허물고 흐릿한 새벽안개 속을 헤매고 다니는 진의 유령이 끊임없이 그의 머리에 떠올랐다.

물론 일시적 고요가 찾아와 커튼이 걷히고 한 줄기 햇살이 비칠 때도 있었다. 진은 병원에서 나왔고, 아들은 자랐고, 가리는 글을 썼다. 그의 펜은 행복을 느끼며 달렸다. 아침에는 가리가 되고 오후에는 아자르가 되어. 그리고 애정도 생겨났다. 아직 존재한다는 증거였다.

『여인의 빛Clair de femme』을 쓰면서 그는 아름답고 숭고하고 참으로 연약한 로미 슈나이더를 떠올렸다. 어쩌면 두 사람은 짧은 연애를 했는지도 모른다.

『여인의 빛』에서는 한 남자가 백혈병에 걸려 자살하기로 결심한 여자와 결혼한다. 그런데 그녀는 남편에게 자신이 죽더라도 다른 여자를 통해 자기를 계속 사랑하겠다는 약속을 해달라고 한다. 그 관계 속에 그들의 사랑이 계속 살아남도록. 남자는 우연히 한 여자를 만나는데, 여자는 얼마 전 자동차 사고로 어린 딸을 잃고 남편이 실어증에 걸렸다. 두 남녀는 서로에게 매달리며 살아남으려고 애쓴다. 이 소설을 코스타 가브라스가 영화로 만들 때 로미 슈나이더가 이 상처 입은 여자 역할을 맡았다.

가리와 진의 상황을 떠올리지 않을 수 없다. 그가 만난 여자는 아들의 죽음 때문에 슬픔에 빠진 로미 슈나이더 같았다.

가리는 마치 인간의 고통이 스며든 물레방아 속으로 들어가듯 자신의 책 속을 드나들었다.

진은 늘 그 자리에 있었지만 존재하지는 않았다. 가리는 할 수 있는 한 그녀를 그녀 자신으로부터 보호했다. 그녀가 진정으로 존경한 말로의 장례식에서 두 사람 모두 충격을 받은 채 손을 맞잡고 돌아왔다. 그러나 다음 날이면 그녀는 또다시 파리 거리를 배회하다가 파리한 얼굴로 비틀거리며 나타났다. 그녀는 영화에 대해서 너무 속속들이 알아 지겨운 듯했다. 그래서 그녀는 시를, 낭떠러지 앞에서 느끼는 현기증 같은 비명을 썼다.

내 곁에 잠든 이 사내는
내 욕구는 너무 잘 알아도 내 욕망은 알지 못해…….

다시 병원에서 중독 치료를 받은 뒤 그녀는 날씬하고 눈부신 모습으로 바뀌어 나왔고, 그녀를 스크린에서 보고 싶어하는 영화계는 그녀에게 다시 한 번 손짓을 했다.

『가면의 생』을 쓰는 동안 『유럽의 교육』부터 『새벽의 약속』까지 자신의 데뷔를 돌아보며 가리는 결판내기에 많은 글을 할애했다. 그만 그런 것이 아니다. 글쓰기란 원래 인간과 그의 그림자 사이의 결판내기이기도 하다.

『그로칼랭』을 쓰고서 그는 친구들과 적들 사이를 눈에 띄지 않고 다닐 수 있게 되었다. 그를 누구보다 악착같이 물고 늘어졌던 비평가들을 매료시킨 『그로칼랭』으로 그는 아주 재미있어했다. 그와 함께 고양이와 쥐처럼 술래잡기를 하던 큰 일간지의 문학비평은 신이 나서 거세 콤플렉스 운운하며 『이 경계를 지나면 당신의 승차권은 유효하지 않다』를 성 불능의 고백으로 읽으려고 하면서도 에밀 아자르의 『그로칼랭』에는 열광한다고 선언했다.

그런데 이 모든 것이 그를 행복하게 만들었을까?

진도 마찬가지였다. 아름다워지고, 찬사를 받고, 모든 젊은 이들의 우상이 되는 것만으로는 충분치 않았다. 진은 자신만이 아는 무언가를 기다렸다. 그래서 그녀는 공격하고 자기방어를 했으며, 도발하듯 자신을 파괴했다. 그녀는 온몸과 온 마음을 바쳐 전투에 뛰어들었고, 가리는 전투의 골조를 잘 알았다.

그가 '원인'과 주동자들을 모조리 경멸하는 동안 그녀는 주먹을 휘둘렀다. 한층 더 도발적으로 돈까지 마구 쏟아부었다. 돈의 결핍이 무엇을 의미하는지 잘 아는 가리를 화나게 하기 위해서였다. 많은 예술가들이 때때로 인색하다는 느낌을 주는데, 그건 사실 모두가 인정하는 돈의 힘을 그들도 인정하고 있는 것뿐이다.

이 차원에서 진은 전혀 다른 영역에 있었다. 그녀는 존재하기 위해 타인을 도왔고, 계산하지 않고 돈을 썼으며, 돈이 없어지는 걸 두려워하지 않았다. 그녀는 오직 사랑이 없어지는 것만 두려워했다.

그럼에도 불구하고 두 사람 모두 진짜 영웅은 아이들에게 인생이 아름답다는 믿음을 주려고 겸허하게 작은 정원을 가꾸는 남자들과 매일매일 웃으며 빵을 빚는 여자들이라는 사실을 알았다. 진도 가리도 이런 겸허함은 원치 않았다. 두 사람 모두 야심이 많았다. 황금 찾는 사람들처럼 집요했다. 이 집요함은 『영혼 충전Charge d'âme』에서 찾아볼 수 있다.

가리의 이 소설 속 주인공은 고갈되지도 않고 값도 싼 '혁신적인' 연료를 개발한다. 기계와 자동차와 심지어 폭탄까지 작동시킬 수 있는 연료다. 그 원리는 '집적기'를 이용해 죽은 자들의 영혼에서 에너지를 끌어모으는 것이다. 이 장치 덕에 영혼은 에너지의 원천이 되고 등이 되고 모터가 된다. 이 장치를 발명한 마티외는 초강대국들에 쫓기는 신세가 된다.

박 거리, 진은 한쪽 문으로 들어와서는 이내 다른 문으로 나가는 듯한 느낌을 주었다. 부석부석한 얼굴, 흐트러진 옷차림으로 집에는 그저 잠시 들를 뿐이었다. 그녀는 시를 써서 아무에게나 읽어주고 싶어했고, 밤늦도록 어슬렁거리다가 한 줄기 미소와 몇 마디 대화, 슬픔을 나눌 친구를 찾아 다시 배회했다. 밤은 격렬한 포옹으로, 조금 더 살아남으려는, 조금 더 죽으려는 시도로 끝이 났다.

그녀의 마지막 영화 〈야생 오리Canard Sauvage〉는 입센의 희곡을 각색한 것으로 여주인공의 혼외 자식인 소녀의 죽음으로 끝이 난다. 이 인물의 역할을 맡은 진에게는 거울에 비친 자신을 보는 듯한 시련이었다.

가리는 진이 깊은 수렁 속으로 매일 조금씩 미끄러져 침몰하는 걸 막기 위해 어떻게 해야 할지 알지 못했다. 장소와 기후를 바꾸면 그녀의 추락을 늦출 수 있지 않을까? 그는 미국으로 가서 보스턴 난바다의 섬에 사는 그의 친구 윌리엄 스타이런의 저택에 머물면 진을 파리에서 떼어놓으면서 그도 조용히 일을 할 수 있을 것이라고 생각했다. 그러나 거기서도 그녀는 여전히 약을 집어삼키고 술병을 비워댔다. 그녀는 넋 나간 얼굴로 취한 채 비틀거려 알아보기 힘든 모습이었다. 가리가 『노르망디의 연Cerfs-volants』 집필에 빠져 있는 동안 진은 매일 더 알코올중독에 빠져들었고, 헛소리를 하며 자신을 릴리스라고 말했다. 슬픔이 집요하게 물고 늘어졌다. 가리는 자신의 상태를 관찰했고, 살면서 힘든 시기를 거칠 때마다 그랬듯이 새 유언장을 작성했다. 그는 모든 재산을 아들에게 물려주기로 결심했고, 레슬리 블랜치와 진 세버그를 경제적으로 돕는 데 신경을 써야 한다고 명시했다.

거듭되는 이런 위기 사이사이로 진은 올랭피아에도 그렇고 그녀의 친구 새미 데이비스 주니어의 공연에도 행복하게 웃는 얼굴로 모습을 드러냈다. 그러나 얼마 지나지 않아 다시 술과 신경안정제에 빠졌는데, 그 정도가 너무 심해 그녀 스스로 입원을 결심할 정도였다.

병원에서 나와 남프랑스에서 그녀는 새로운 '대의'를 발견했다. 프랑스에 거주하는 마그레브 사람들을 위한 대의였다. 알제리 출신 어느 식당 주인과의 만남은 그녀가 지옥으로 추락하는 마지막 걸음이었다. 두 사람의 관계는 며칠밖에 지속되지 않았지만 식당 주인의 조카 하메드 하스니를 알게 되기에는 충분했다. 그는 전 축구 선수이자 배우라고 자신을 소개했고, 부유한 상인 집안 출신이며 친구들 가운데 알제리 고위 정치인들이 있다고, 압둘 아지즈 부테플리카 장관이 그의 사촌이라고 주장했다.

번개처럼 빨리 진전된 관계였다. 그녀는 법적으로 아직 데니스 베리의 아내였는데 하스니와 결혼하기로 결정했다. 당시 파리 주재 미국 교회를 맡고 있던 목사가 일을 쉽게 해결해주었다. 세계 기독교 통합 운동에 열광하던 목사는 이혼도 하지 않은 루터파 교인과 이슬람 교인의 결합에 서둘러 축복을 내렸다. 각자의 신에게 해명하는 건 각자의 몫이었다.

'남편'이라는 직위에서 힘을 얻은 하스니가 진 세버그의 유일한 대리인을 자처하고 나서는 데는 그것으로 충분했다.

그는 그녀에게 야세르 아라파트에 관한 영화를 만들 계획을 갖고 있는 감독에게 편지를 쓰겠다고 제안했고, 그녀는 남편이 아랍 세계의 지도자들과 맺고 있다고 주장하는 관계에 힘입어 그 감독을 설득하리라 희망하며 새로운 행복에 빠져들었다. 이 일은 별 소득 없이 끝났다.

이 짧은 휴식 기간은 가리에게 즉흥적인 만남에 대한 욕구와 활력을 약간 되찾아주었다. 레일라 셀라비가 그를 알고 싶어 안달했다. 두 사람을 모두 아는 친구들이 그녀에게 로맹 가리를 소개하기 위해 저녁 식사 자리를 마련했다. 레일라는 카사블랑카 출신으로, 프랑스인 어머니와 제1차 세계대전 전투대원으로 레지옹 도뇌르 훈장을 받은 모로코인 아버지 사이에서 태어났다. 그녀는 고전무용을 했고, 열아홉 살에 스무 살이나 많은 해방군 동지와 결혼했다.

가리를 만났을 때 그녀는 막 이혼한 상태였다. 가리는 타고난 재능으로 자기 매력을 발산했고, 레일라는 그와 두세 번의 여행—서로를 아는 데 여행보다 더 좋은 게 있을까—을 함께한 뒤 곧바로 박 거리의 가리 집에 들어와 살았다. 그렇게 그녀는 가리의 마지막 동반자가 된다.

가리 주변에 레일라가 끼어들어서였을까. 기적적으로 진은
정상 생활을 되찾고 〈네 멋대로 해라〉와 〈코린토스로 가는 길〉
의 제작자로부터 제안을 받아 〈콜웨지를 덮친 외인부대La légion
saute sur Kolwezi〉에서 벨기에 광산에서 일하는 엔지니어의 아내
역을 맡는다. 영화와 다시 끈이 이어진다는 생각에 들뜬 진은
자신의 외모가 걱정되어 해수 치료 센터에서 요양을 하고 겉
보기에 건강한 상태가 되어 나왔다.

영 원 한 동 행

바르셀로나에 레스토랑을 열 계획을 세운 아흐메드 하스니의 나쁜 조언에 따라 진은 자기 아파트를 팔기로 결정했다. 가리에게는 견디기 힘든 충격이었다. 그는 그녀가 거리에 나앉게 되리라는 걸 어렵지 않게 상상할 수 있었다. 가리는 에밀 아자르의 가면 아래 새로운 소설 쓰기에 착수했다.

모리스 기샤르는 이렇게 전한다. "그녀는 매매를 서둘러 마무리 지으려고 시세의 반값밖에 받지 못했다. 그리고 가리와 함께 모은 그림들도 팔았다. 그녀는 그렇게 마련한 상당한 액수—1100만 프랑—를 남자 친구가 항상 몸에 지니고 다니는 가방에 밀어 넣었다."(모리스 기샤르, 『진 세버그, 프랑스의 초상』, 자콥 뒤베르네.)

로맹 가리와 진 세버그의 숨 가쁜 사랑

한편 가리는 죽음에 대한 생각이 자주 들어 침울해졌다. 아들의 미래, 그리고 여군 같은 진을 자기 자신과의 전쟁에서 어떻게 구할 것인지가 그의 일상을 사로잡은 근심거리였다. 그러나 그의 적들이 더 이상 유효하지 않다고 확인하고 싶어 안달하는 자신의 '승차권'을 사용하지 않을 수 없어 그는 우연히 만난 미녀나 자기 사무실의 젊은 여비서의 예쁜 위로를 여전히 자신에게 허용했다. 여비서는 레일라 셸라비가 함께 거주하고 있다는 사실에 화를 내며 곧 그를 떠났다.

아파트를 판 돈이 수중에 들어오자 곧 진과 아흐메드는 스페인으로 떠났다. 두 사람의 체류는 술 파티와 격렬한 말다툼으로 이어졌다. 하스니는 진이 우연히 만난 두 명의 스페인 남자와 나이트클럽에 가는 걸 막기 위해 손찌검을 했는데, 그러자 그녀는 한 친구에게 연락해 위협을 느낀다고 털어놓았다.

매우 불안해진 가리는 바르셀로나에 있는 진에게 어렵게 연락을 해 제작사가 그녀를 찾고 있으며 〈콜웨지를 덮친 외인부대〉 촬영이 곧 시작된다고 전했다.

스페인에서 돌아와 공항에서 제작자를 만난 진은 그에게 하스니가 막대한 돈을 가로챘다고 말했다. 촬영이 끝나면 미국에서 살 생각이라는 말까지 덧붙였다. 자기 나라에 여전히 애착을 품은 마음 한쪽이 그녀 안에서 점점 더 큰 자리를 차지해갔다. 딸이 죽고 난 뒤로 그녀는 종종 마셜타운의 "세상에서 가장 예쁜 묘지"에 묻히고 싶다고 말하곤 했다.

하스니로부터 보호하기 위해 제작사는 그녀를 베리 부인이라는 이름으로 호텔에 투숙시켰다. 그곳에서 그녀는 좋은 조건으로 촬영이 이루어질 기안의 쿠루로 떠날 때를 얌전히 기다렸다.

멀리 떠나 쿠루에 머물면서 어쩌면 그녀는 어린 시절을 보낸 미국 중서부에서 그녀가 그토록 사랑한 파리까지 이어진 자신의 길을 머릿속으로 다시 걸어보았는지도 모른다. 그녀는 〈네 멋대로 해라〉가 성공을 거둔 직후 활기차게 거리를 걷던 자신의 모습을 다시 떠올렸고, 장 폴 벨몽도와 함께 침대에 누운 장면에서 그녀가 그에게 물을 때 보여준 미국식 억양을 따라하며 재미있어 하던 파리 사람들의 미소를 다시 떠올렸다. "있잖아요, 미셸. '데결라스 dégueulasse, '역겹다'라는 뜻(옮긴이)'가 무슨 뜻이죠?"

쓸쓸함, 고독, 아니면 파리로 돌아오면서 자기 자신과 대면하게 된 두려움 때문이었을까? 그녀는 다시 하스니와 호텔을 전전하며 지냈다. 마지막으로 그들은 16구 롱샹 거리에서 스튜디오 하나를 빌렸다. 정착한 지 며칠 뒤 그녀는 지하철이 몽파르나스 역에 도착하던 순간 철로에 몸을 던졌다. 운전사가 임기응변으로 잘 대처해 제때 제동을 걸고 전기를 끊은 덕에 그녀는 목숨을 건졌다. 의사들은 크게 다친 데는 없다고 확인했지만 그녀를 지켜보기로 결정을 내렸다. 그러나 이튿날 진은 의사들의 반대에도 불구하고 기어이 병원을 나와 하스니가 기다리고 있는 롱샹 거리로 돌아갔다.

이어지는 며칠 사이 그녀는 의식이 또렷한 상태에서 자신을 빨아들이는 자살의 소용돌이에서 벗어나려고 의사를 찾아가 불면증을 호소하고 수면제를 처방받았다. 세상과 화해한 듯한 모습으로 그녀는 하스니와 함께 〈여인의 빛〉을 보러 영화관에도 갔다. 그녀가 로미 슈나이더의 역할에서 자신을 보았을까? 고독과 삶의 상처에 사로잡힌 멋진 50대 여인의 역할에서?

이 영화는 분명 영화관의 포근한 어둠 속에서 회한과 추억으로 그녀를 짓눌렀을 것이다. 로맹 가리, 클린트 이스트우드, 카를로스 푸엔테스, 베리, 모뢰이처럼 그녀를 사랑하고 존중해주었으며 드높여준 남편이나 애인들과는 동일한 척도로 비교할 수 없는, 차마 내세울 수 없는 사내 곁에서 의자에 푹 파묻힌 그녀를 회한과 추억으로 짓눌렀을 것이다.

『여인의 빛』을 각색하면서 감독은 가리의 책에 나오는 모든 대화를 거의 그대로 살렸다. 그 대화들, 문제에 대해 말하는 그 방식을 그녀는 잘 알았고, 그것은 가리와 함께한 그녀 삶의 조각이고, 영상이고, 말이었다. 그녀의 과거와의 약속이었다.

새 동반자의 말에 따르면 그녀는 영화관에서 돌아와 편지를 한 통 쓰기 시작한 모양이다. 밤 열한 시에 그녀에게 전화를 건 한 여자 친구는 그녀가 정상으로 보였으며 그녀 머릿속에서 준비하고 있는 것을 짐작게 할 기미라곤 전혀 없었다고 말했다. 진은 로맹 가리에게도 전화를 걸었고, 대화 도중에 뜻하지 않게 알제리의 마약 밀매 조직에 연루된 것 같다는 얘기도 했다. 연루라니? 어떻게 알았을까? 앞서 그녀에게 전화를 걸었던 여자 친구가 자정경에 다시 전화를 걸었다. 그녀는 진과 대화를 나누며 나쁜 예감을 전혀 느끼지 못했다고 훗날 말했다. 그 친구는 이튿날 여덟 시경에 다시 전화를 걸었다가 하스니한테서 그들이 말다툼을 했으며 그 직후인 새벽 네 시경 그가 자는 동안 진이 밖으로 나갔다는 사실을 알게 되었다.

가리는 오전 늦게 진이 사라졌다는 소식을 들었다. 그의 '아내'의 실종을 신고하기 위해 경찰서에 출두한 아흐메드 하스니는 그녀가 약을 가지고 갔다고 했다. 사흘 뒤 경찰관들의 심문에서 그는 진이 어디로 갔는지 모르겠다고 진술했다.

마침내, 경찰의 공문에 따르면 "1979년 9월 8일 토요일, 진 세버그의 시신이 그녀의 르노 자동차 안에서 발견되었다." 사망 날짜는 며칠 전이었다. 근처 수위가 자동차에서 나는 냄새 때문에 시신을 발견했다.

그녀의 나이 마흔하나였다.

그 다음다음 날, 로맹 가리는 아들 디에고와 함께 갈리마르 출판사 사무실에서 기자회견을 가졌다. 그는 극도로 충격을 받은 상태였다. 그는 FBI가 진을 파괴하려고 했으며 아기가 죽은 뒤로 점차 미치게 만들었다고 비난했다. 그녀는 아기가 백인임을 보여주기 위해 한사코 유리관에 묻기를 고집했고…… 이 사건 이후로 그녀가 정신병원을 드나들고 자살 기도를 이었다고

로맹 가리와 진 세버그의 숨 가쁜 사랑

말했다.

　로맹 가리에게 할애한 전기에서 미리암 아니시모프는 충격적인 사건을 언급했다. 한 경찰관이 지적한 몇 가지 사실이 진 세버그의 죽음에 대한 의혹을 영원히 떠돌게 만들 거라는 것이었다. 수사는 진이 아들에게 보내는 작별 메시지를 언제 썼는지 밝혀내지 못했다. "디에고, 내 사랑, 날 용서하렴. 내 예민한 신경 때문에 더는 살 수가 없구나. 난 다시 추락하고 있어. 넌 강해져야 한다. 내가 얼마나 너를 사랑하는지 알지? 엄마가."

　진이 사라지자 바다로 떨어지는 유성처럼 재빨리 몇 년이 달아났다. 가리와 함께 산 8년, 갈라섰지만 결코 떨어지지 못한 채 필사적인 애정으로, 운명이 지키지 못한 약속에 대한 믿음으로 서로에게 묶인 채 지낸 12년.

　어느 부부가 이렇게 엄청난 시련에 버텨낼 수 있을까? 남녀 사이의 사랑 관계를 바꾸겠다고 주장하는 현대성을 어느 부부가 그들만큼 앞질러 보여주었겠는가. 이 약속은 두 사람을 갈라놓은 세월, 진보와 발명과 격동에 떼밀려 점점 더 길게 늘어난 반세기의 세월을 가로질러 둘 사이에 비밀로 남았다. 세상이 시작된 이후로 아름다운 이야기는 언제나 똑같은 말과 똑같은 눈길로 시작되었고, 시작될 때와 마찬가지로 끝이 났다. 그들의 이야기는 진이 떠난 후에도 끝나지 않고 가리 안에 여전히 살아 있었다. 그가 『여인의 빛』에서 잘 상상한 것처럼. "한 여인을 온 눈으로 사랑하고, 자신의 모든 아침과 숲과

밭과 샘과 새들을 다 바쳐 사랑해도 그 여인을 충분히 사랑한 것이 아니며, 세상은 당신에게 남은 모든 것의 시작일 뿐이라는 걸 우리는 안다."

어떤 이는 다르게 끝나야 했을 아름다운 이야기라고 말할 테고, 또 어떤 이는 십자가의 길이 이제 끝났다고 말할 것이다. 타인의 사랑에 대해 저마다 원하는 대로 생각하는 건 각자의 자유다. 인생은 '예'와 '아니오'로, 동전의 앞면이나 뒷면으로, 아니면 동시에 그 둘로 이루어진다. "인생은 고요히 흐르는 긴 강물이니라." "인생이 무엇입니까?"라고 묻는 제자에게 늙은 랍비는 그렇게 대답했다. 그러나 제자는 그 명제에 만족하지 못했다. 그는 다른 위대한 랍비를 찾아갔는데, 똑같은 질문에 랍비는 이렇게 대답했다. "인생은 요동치는 큰 강이니라." 당황한 청년은 이렇게 비관적인 말을 받아들이기를 거부했다. 하여, 마지막 순간을 살고 있는 최고의 랍비를 찾아갔다. 그는 어렵게 방 안에 들어가 스승의 귀에 대고 속삭였다. "인생이 무엇입니까?" 스승은 대답했다. "고요한 큰 강이지." 짜증이 난 제자가 말했다. "슈무엘 스승님께서는 인생이 요동치는 큰 강이라고 하셨는걸요." 그러자 랍비가 눈을 깜빡이더니 중얼거렸다. "그렇다고도 할 수 있지."

권총을 입에 물고 당기기 전 책상에 남긴 편지에 가리는 이렇게 썼다.

"진 세버그와는 상관없는 일이다. 깨진 사랑 얘기를 좋아하는 사람들은 다른 데 가서 알아보시길."

우리는 그에게 이렇게 대답하고 싶은 마음이 든다. "상관있다고 말할 수도 있죠."

자신의 삶을 결산하면서 안 좋았던 날들을 빼려고 그날들의 면전에 던진 묵비권이었을까. 어쩌면 추잡한 미디어로부터 자신들의 기억을 보호하기 위해 아름다운 날들에 서둘러 던진 베일이었는지도 모른다. 스스로 자기 운명을 지키는 정의의 사도가 되고 자기 인생의 주인이 되길 원했던 그는 자신의 통제를 벗어난 행복의 몫을 결코 단념하지 않았다.

진이 떠난 뒤로 가리가 예전 같지 않아 보인 건 그가 남몰래 슬픔을 정제했기 때문이다. 그는 습관이 달라진 것처럼 보였다.

아자르의 이름으로 출간된 그의 마지막 소설은 독자들을 매료했다. 『솔로몬 왕의 고뇌』에서 우리가 다시 만나는 건 가리이자 동시에 우리 자신이다. 과거에 기성복의 제왕이었던 여든네 살의 솔로몬 루빈스타인은 죽음의 불안에 사로잡혀 죽음을 거부한다. 책 속의 한 인물은 말한다. "나는 거기서 솔로몬 씨가 평생을 기성복 업계에서, 특히 바지 쪽에서 일했다는 걸 알게 되었다. 우리는 얘기를 조금 나누었다. 몇 년 전에 그는 바지업에서 은퇴를 했고, 자선 일을 하며 여가를 보내고 있었다. 왜냐하면 나이가 들수록 타인이 필요하기 때문이다. 그래서 그는 자기 아파트의 일부를 'SOS 자원봉사'라는 단체에 내놓았다. 세상이 무겁게 짓누를 때, 불안이 엄습해올 때 밤이고 낮이고 전화를 걸 수 있는 단체였다. 번호를 누르면 위로를 받을수 있는데, 유식한 말로는 그걸 정신적 도움이라 부른다." 그는 불안에 맞서, 자신의 불안과 타인의 불안에 맞서 싸우고 싶어 한다. 그래서 그 일을 위해 택시 운전수를 고용해 그와 우정을 맺으며 외톨이가 되었거나 병든 사람들에게 온갖 종류의 선물을 가져다주는 일을 맡긴다. 솔로몬 씨는 모르는 사람들이 오래전에 주고받은 엽서를 찾아다닌다. 그 엽서들에서 그는 조언이며 다정한 말이며 약속을 찾아내 자기 것으로 삼는다. 어느날 솔로몬 씨는 장에게 예전에 가수였던 코라 라므네르 부인에게 과일 절임을 가져다주는 일을 맡긴다. 장은 결국 솔로몬과 코라가 서로 사랑했으며, 여전히 사랑하고 있다는 사실을 알게 된다…….

가리의 모든 고뇌, 모든 고귀한 감정들, 그리고 모든 유머가 이 책에 들어 있다. 언론은 『솔로몬 왕의 고뇌』에 찬사를 아끼지 않았고 발행 부수도 엄청났다. 성공에 길들어 있는 작가조차도 행복하게 만들기에 충분했지만 가리의 마음속에는 어떤 균열이 생겨났다.

막스 폴 푸셰. 시인이자 작가요, 자신이 맡은 텔레비전 프로그램 〈모두를 위한 독서〉를 통해 숱한 책과 숱한 작가를 사랑하게 만든 그가 이 책에 열광했다. "아자르의 마지막 책은 탁월하면서 깊이가 있고, 재미가 있으면서도 슬프고, 톡톡 튀면서도 진실의 무게로 무겁고, 사랑 가득하면서 인간적이다."

가리는 자신이 느끼는 왕의 고뇌를 관리하고 언제나 새로운 감흥으로 그것에 양분을 제공했다. 그는 아들 디에고가 어서 빨리 인생사에 준비가 되기를 바랐다. 2010년 〈플뤼Plume〉이라는 잡지에서 그의 아들은 다음 질문에 이렇게 대답했다. "로맹 가리는 어떤 아버지였나요?" "매우 세심한 아버지였습니다. 굉장히 바쁘고 일에 몰두해 계실 때조차도 그랬고, 제게 일어날 수 있는 일에 굉장히 걱정을 많이 하셨습니다. 아버지는 엄청나게 일을 많이 하셔서 점심 식사 때밖에 보지 못했습니다. 고등학교 시절 제가 대학 입시를 볼 때 꽤 열성적으로 제 역사 노트를 봐주셨어요. 엄청난 교양을 갖춘 분이셨죠."

그런데도 가리는 삶에 환멸을 느꼈고, 우수가 그림자처럼 그를 따라다녔다. 그는 계속해서 글을 썼고, 애정 관계에서도 무엇 하나 소홀히 하지 않았다. 그러면서도 자기 일은 직접 처리하고 정돈했다. 평범한 생활의 세세한 일까지 신경 쓰는 식이었다. 그러나 그런 일에 마음은 그다지 쏟지 않았다. 로맹 가리라는 이름으로 서명된 마지막 책 『노르망디의 연』은 언론으로부터 좋은 평판을 받았다.

삶에서 양분을 취하는 글쓰기가 삶 자체는 아니었다. 이제 가리의 삶은 불안과 고독의 세대들을 뒤에 끌고 다니는 것처럼 보였다. 그는 자신이 걸어온 자취를 돌아보기로 결심하고, 니스로, 레슬리 블랜치와 행복한 시간을 보낸 옛 '쿼렌시아'인 로크브륀으로 갔다. 더구나 그가 갔을 때는 레슬리가 몇 년 전부터 그곳에서 지내고 있었다.

깊은 향수에 젖는 순간들, 측량할 수 없을 만큼 내밀한 침묵들. 두 사람은 얘기를 나누었고, 넓은 세상에서 함께 보낸 아름다운 세월을 추억했다. 가리가 반항적인 자기 삶과의 마지막 불화라고 느끼는 것을 향해 다시 떠나려고 일어섰을 때 레슬리는 갑자기 엄습해온 불길한 오한을 쫓으려는 듯 어깨에 숄을 둘렀다. 훗날 그녀는 로크브륀에서, 그들의 옛 '쿼렌시아'에서 102세의 나이로 생애를 마친다.

'아자르' 문제로 줄곧 번민하던 그는 그의 안에 똬리를 튼 이중성, 이 코미디에 그가 끌어들인 폴 파블로비치의 상황 때문에 더욱 복잡해진 이 이중성을 끝장낼 결심을 하지 못했다. 그는 분신이라는 장신구를 폴에게서 벗기고 이 코미디가 그에게 제공해주는 수입을 박탈할 생각을 하기가 힘들어, 이 사건을 명명백백히 까발리고 완전히 끝내라고 제안하는 친구들의 조언을 물리쳤다. 친구들은 책의 독자들이 혼란스런 문단을 보길 오히려 좋아할 거라고 그를 안심시켰다.

가리가 죽고 몇 달 뒤, 고아 비슷하게 된 파블로비치는 『우리가 생각했던 사람L'homme que l'on croyait』이라는 책을 한 권 출간하면서 '사건'을 폭로하기로 결심했다. 아자르의 옷을 공개적으로 벗고 마침내 명예로운 출구를 마련하여 자기도 글을 쓸 수 있다는 걸 증명하려고 했다. 이렇게 그는 여러 권으로 된 이 코미디의 막을 내리기 전에 그의 폭로를 출간하길 환영한 출판사 발행인을 비밀 이야기 속에 끌어들였다. 이 발행인은 이 시대의 가장 권위 있는 문학 방송의 진행자와 서둘러 접촉했다. 베르나르 피보의 방송은 절대적 권위를 갖고 문학계를 지배해왔지만 단 한 번도 로맹 가리에게 방송을 할애한 적이 없었다. 그런 그가 이 폭로의 독점권을 서둘러 확보하려고 들었다. 결국 여러 차례나 에밀 아자르를 방송에 불렀던 그가 아자르의 창조주인 로맹 가리에 대한 찬사에 뛰어들지 않을 수 없게 된 것이다.

이 소식에 매우 기뻐한 독자들이 많았다. 일부 독자들은 탄성을 내질렀다. "오, 그럼 그렇지! 물론 그렇지! 가리 말고 누가 이렇게 쓸 수 있었겠어?" 몇몇 독자는 직감으로 아자르에게서 가리의 천재성을 냄새 맡았기에 그다지 놀랍지 않다고 생각했다. 문학 서평가들 가운데 누구보다 목소리를 높였던 이들은 조용해졌다. 아무리 그래도 그들에게 가리에 대한 찬사를 쓸 수밖에 없게 만든 꼭두각시를 팰 수는 없잖은가.

가리는 이미 이 세상에 없고, 혹자는 그가 노화에 강박적으로 사로잡혔다고 얘기한다. 어쩌면 그들은 그가 사랑했고 끝까지 욕망했다는 사실을 잊었는지도 모른다. 연인의 집 문을 여는 열쇠 소리에 더 이상 가슴 뛰지 않는 이들은 동정 받아 마땅하다.

오래전에 블롱델 거리에서 '자기방어'를 했고 아우슈비츠에 서 살아남은 『자기 앞의 생』의 로자 부인, 그리고 솔로몬 씨와 더불어 가리는 홀로코스트 생존자들의 유령들을 꺼냈다. 그들 의 그림자는 계속해서 그를 따라다녔다.

가리의 전기에 도미니크 보나는 이렇게 썼다. "말년에 이르 러 그의 인물들은 그의 태생 속에 뿌리를 내려 점점 더 늙고 점점 더 유대인이 되었다."

말하자면 출발점으로 돌아간 것이다. 1914년 빌노에서 태어 났고 한평생 인간성 타락에 맞서 싸워온 그가 어떻게 그러지 않을 수 있겠는가. 그러기 위해 유대인이 될 필요는 없지만 도 움은 되었다. 어쩌면 이 점이 왜 가리가 마치 기억과 더불어 잠들려는 듯이 커다란 샹들리에를 침대 발치에 두고 잠을 잤 는지 설명해주는지도 모른다.

그는 어떤 종교에도 속하지 않았지만 모든 인간이 자기 삶 을 견딜 수 있게 해주는 모든 믿음에 속했다.

『자기 앞의 생』의 몇몇 문장들을 보면 그는 홀로코스트 생 존자인 로자 부인인 동시에 로자 부인이 코란을 배우라고 보 내는 어린 아랍 꼬마 모모이기도 하다는 생각이 든다.

이 책 역시 '교육' 문제를 얘기하고 있다. 그는 이 책에서 데 뷔 때의 '유럽' 교육을 '프랑스' 교육으로, 또는 그저 '인간적'

교육으로 보완하고 있다. "비뚤게 태어난 아이들을 위한 가정식 탁아소", 다시 말해 '자기방어'를 하는 엄마를 둔 아프리카나 아랍 아이들을 위한 유아원을 운영하는 로자 부인이 발가벗긴 교육 말이다.

'자기방어'라는 이 말 하나에 가리가 얘기하려는 내용의 본질이 압축되어 있는데, 그는 줄곧 인생이 비뚤게 이끈 모든 사람들을 위한 말을 자신의 여러 책에 마련해두었다.

"세상을 확 뒤집어엎어 꺼져버리게 만들고 싶어."

드골 장군에게 카멜레온이라고 말했던 그는 세상을 조금이라도 바꿀 수 있다면 자신을 더한 카멜레온으로 만들 줄 알았다. 그의 마음 깊은 곳에는 로자 부인의 방이 있었다. 기독교인들이 그리스도의 이름을 내걸고 저지른 범죄의 기원에 대해 자문하는 방 말이다. 아니면 죽음과의 약속을 위해 가발을 쓰고 화장을 하고서 지하실로 숨는 로자 부인이 있었다. 가리 역시 죽음과 만나기로 정한 약속을 위해 멋진 빨간 실내복을 샀다. 죽음과 이미 만난 적 있고 친숙해진 그는 죽음의 선의를 기다릴 필요도 없었다. 그는 꺼져버리라는 말을 세상에 전해달라고 죽음에 맡기고, 권총을 들고 죽음을 앞질러 가서 스스로 자신의 삶에 선물하려고 애써 준비해둔 이야기에 마침표를 찍었다.

가리는 어린 모하메드, 모모이기도 했다. 그와 마찬가지로 가난과 소외 속에 내던져진 모모는 말한다. "내 이름은 모하메드다. 하지만 더 꼬마처럼 보이게 만들려고 모두가 나를 모모라고 부른다. 오랫동안 나는 내가 아랍인이라는 걸 알지 못했다. 왜냐하면 아무도 내게 욕을 하지 않았기 때문이다. 내가 아랍인이라는 건 학교에서 배웠다."

세상 또한 내키는 대로 가면을 바꿔 쓰는 가리와 닮았다. 1920년대에 빌노나 바르샤바 거리를 걸어보지 않은 사람은 세상이 어떤 증오를 감추고 있는지에 대해 막연한 생각밖에 하지 못한다. 니나를 어머니로, 진 세버그를 아내로 두지 않은 사람은 새벽을 약속하는 세상이 할 수 있는 일에 대해 거짓된 생각밖에 하지 못한다. 가리가 했듯이 포옹으로 몸을, 키스로 입을 채워보지 않은 사람은 사랑에 대해 진정으로 말하지 못한다. 사막을 사랑하고, 산을 사랑해보지 않은 사람은, 태양을 형제로 여겨보지 않은 사람은 어느 아침의 아름다움을, 여인의 빛을, 광대의 필사적인 웃음을 찾으러 지평선 너머로 가보지 않은 사람은 세상에 꺼져버리라고 말하지 못한다.

그는 사랑과 원한으로 사랑했을 이 세상에 체류하는 마지막 순간까지 까다롭고 트집 부리는 인간의 천성에 대해 할 얘기가 많았을 것이다.

그의 장례식은 앵발리드 뜰에서 해방군 동료들이 자리한 가운데 치러졌다. 그러나 이 장례식이 쉽게 얻어진 건 아니었다고 미리암 아니시모프는 썼다. "로맹 가리가 자살을 했기 때문에 레지옹 도뇌르 상훈국 총재인 시몽 장군이 반대를 했던 것이다. 앵발리드의 생루이 성당에서 치러진 장례미사도 조르주 드코네 신부라는 또 다른 장애에 부닥쳤다. 로맹 가리가 유대인이었기 때문이다."(미리암 아니시모프, 『로맹 가리』, 드노엘.)

어느 신문의 편집장은 가리의 무덤에 "프랑스 작가"라고 쓰더라도 그가 이민자라는 사실은 잊지 말아야 한다고 중요한 일인 양 환기했다. 신분, 태생…… 이런 문제가 끝까지 그를 따라다녔다.

미리암 아니시모프는 군인들의 반대로 꽃이 놓이지 않았다는 사실도 전했다. 결국 검은 벨벳 천 위에는 가리의 훈장들이 놓였고, 국기가 그의 관을 덮었다.

그의 아들 디에고는 마지막 기도 대신에 폴란드 여가수 안나 프루크날에게 폴란드어로 니나가 어린 로맹에게 흥얼거렸던 노래 〈보라색 검둥이〉를 불러달라고 할 생각이었다.

기자들이 히브리어 노래로 여긴 이 노래가 결국 생의 원을 닫아 로맹 가리를 출발점으로, 고향인 리투아니아로 돌려보냈고, 환상소설 같은 그의 삶의 마지막 페이지를 그렇게 넘겼다.

숨 가쁜 사랑에 숨 막히다

1979년 9월 8일, 여배우 진 세버그가 실종된 지 열흘 만에 자동차에서 죽은 채 발견되어 세상을 충격에 빠뜨렸다. 약물 과다 복용으로 인한 자살로 결론이 났으나 의혹이 가시지 않는 죽음이었다. 이틀 후, 그녀의 전남편 로맹 가리는 기자회견을 열어 아내의 죽음에 대한 책임을 FBI에 물었다. 그리고 1년여 뒤 그는 스스로 목숨을 끊었다. 그가 죽고 얼마 후, 베일에 가려져 있던 작가 에밀 아자르가 로맹 가리였다는 사실이 밝혀지면서 세상은 또다시 충격에 휩싸였다.

로맹 가리만큼 파란만장하고 입체적인 삶을 산 작가가 또 있을까? 그가 다섯 개의 필명을 가졌고 역사상 유일하게 공쿠르상을 두 번 수상했다는 사실만으로도 그의 삶의 굴곡이 짐작된다. '카멜레온'의 삶을 살았다고 얘기되는 그는 차별과 박해의 세월을 살아낸 유대인 이민자였고, 전쟁 동안에는 전투기 비행사로 활약해 무공훈장을 여럿 받은 영웅이었으며, 뛰어난 외교관이자 세계적인 명성을 얻은 작가였다. 매력 넘치는 유혹자로 숱한 염문도 뿌렸다. 영화감독으로 직접 영화제작까지 했다. 독자의 사랑을 듬뿍 받았지만 문단의 시기와 편견도 평생 그를 따라다녔다. 에밀 아자르라는 이름 뒤에 자신을 감추고 문단의 격찬을 얻어내어 로맹 가리라는 이름으로 출간되는 책마다 물고 늘어지던 파리 문단에 보란 듯이 복수도 했다. 두 필명으로 출간한 책들이 나란히 서점 진열대 맨 앞줄을 차지하는 더없는 영예도 누렸다. 그러나 비극적이게도 권총 자살로 삶을 끝냈다.

진 세버그 역시 매우 극적인 삶을 살았다. 그녀의 삶은 일찍 화려하게 수직 상승했다가 비극적 결말을 향해 가파르게 추락했다. 그녀는 영화 〈성녀 잔 다르크〉의 주연 여배우를 뽑는 공개 오디션에서 엄청난 수의 후보들을 제치고 발탁되어 신데렐라처럼 눈부시게 영화계에 등장했다. 진 세버그를 기억하는 사람들은 무엇보다 〈슬픔이여 안녕〉과 〈네 멋대로 해라〉에서 그녀가 보여준 청순하면서도 도발적인 청춘의 이미지를 잊지 못한다. 짧은 커트머리에 티셔츠 차림의 신선한 이미지로 그녀는 세계를 매료했고 누벨바그의 아이콘으로 떠올랐다. 그러나 로맹 가리를 만나면서 일으킨 스캔들, 혼전 임신과 출산, 가족들의 외면, 언론의 공격으로 시련을 겪었고, 미국 흑인 인권 운동에 뛰어들어 흑인 과격 행동주의자들과 어울리면서 그녀의 추락은 급격히 빨라졌다. FBI의 끈질긴 감시와 공작에 시달리면서 그녀는 정신적으로 무너졌고, 점차 술과 약물에 의존하게 되었다. 입원 치료와 자살 기도가 이어졌고, 결국 그녀는 마흔한 살의 젊은 나이에 세상을 떠났다.

스물한 살의 진 세버그와 마흔다섯 살의 로맹 가리의 첫 만남으로 시작되는 이 전기소설은 두 사람의 사랑에 주목한다. 저자는 강렬한 끌림으로 시작되어 죽을 때까지 이어진 이 사랑을 운명으로 바라본다. 유럽과 미국이라는 동떨어진 공간에서 24년이라는 긴 간극을 두고 시작된 두 사람의 삶이 우여곡절 끝에 만나 결별과 죽음에 이르는 여정은 그야말로 한 편의 소설이요 영화다. 이들의 사랑은 프랑스의 68혁명과 미국의 흑인 폭동, 히피 문화와 누벨바그 영화 등의 풍경을 배경으로 펼쳐진다. 존 F. 케네디, 클린트 이스트우드, 카를로스 푸엔테스, 샤를 드골, 쥘리에트 그레코, 앙드레 말로, 프랑수아즈 사강, 장 폴 벨몽도……. 우리 귀에 익은 이름들이 흥미로운 일화로 엮이면서 두 주인공을 둘러싼 풍경에 화려한 색을 입힌다. 이 책은 로맹 가리가 쓴 작품과 진 세버그가 작업한 영화들이 그들의 사랑에 어떻게 맞물리는지 얘기하면서, 마지막 숨을 거둘 때까지 끝나지 않은 이 숨 가쁜 사랑이 두 사람의 삶과 죽음에서 얼마나 큰 자리를 차지하는지를 잘 보여주고 있다.

2012년 6월
백선희

로맹 가리 작품

소설, 에세이, 희곡 (필명별)

로만 카체브 Roman Kacew

「소나기 L'orage」, 그랭구아르, 1935.

「귀여운 여인 Une petite femme」, 그랭구아르, 1935.

『죽은 자들의 포도주 Le vin des morts』, 1937.

『부르주아지 Bourgeoisie』(미출간), 1938.

로맹 가리 Romain Gary

『유럽의 교육 Éducation européenne』, 칼만-레비, 1945.

『튤립 Tulipe』, 칼만-레비, 1946.

『거대한 옷장 Le grand vestiaire』, 갈리마르, 1949.

『낮의 빛깔들 Les couleurs du jour』, 갈리마르, 1952.

『하늘의 뿌리 Les racines du ciel』(1956년 공쿠르상 수상), 갈리마르, 1956.

『인간의 문제 L'affaire homme』(에세이), 갈리마르, 1956.

『레이디 L Lady L』(영어 원작), NY Simon & Schuster, 1958.

『새벽의 약속 La promesse de l'aube』, 갈리마르, 1960.

『탤런트 스카우트 The Talent Scout』(영어 원작), Harper & Bros, 1961.

『유럽의 교육』(개정판), 갈리마르, 1961.

『조니 쾨르 Johnnie Cœur』(희곡), 갈리마르, 1961.

『우리 고매한 선구자들에게 영광 있으라 Gloire à nos illustres pionniers』(「새들은 페루에 가서 죽는다 Les oiseaux vont mourir au Pérou」 포함), 갈리마르, 1962.

『레이디 L Lady L』(프랑스어판, 로맹 가리 번역 감수), 갈리마르, 1963.

『스키 붐 The Ski Bum』(영어 원작), Harper & Row, 1964.

『스가나렐을 위하여, 소설과 인물에 관한 연구 Pour Sganarelle, Recheche d'un personnage et d'un roman』(에세이, 『형제 대양 Frère océan』 3부작 I), 갈

로맹 가리 작품

리마르, 1965.

『별을 먹는 사람들Les mangeurs d'étoiles』(『탤런트 스카우트』의 프랑스어판, 로맹 가리 번역), 갈리마르, 1966.

『징기스 콘의 춤La danse de Gengis Cohn』(『형제 대양』 3부작 II), 갈리마르, 1967.

『죄진 머리La tête coupable』(『형제 대양』 3부작 III), 갈리마르, 1968.

『게리 쿠퍼여 안녕Adieu Gary Cooper』(『스키 붐』의 프랑스어판, 로맹 가리 번역), 갈리마르, 1969.

『튤립』(최종판), 갈리마르, 1970.

『흰 개Chien blanc』, 갈리마르, 1970.

『홍해의 보물들Les trésors de la mer Rouge』, 갈리마르, 1971.

『유로파Europa』, 갈리마르, 1972.

『마법사들Les enchanteurs』, 갈리마르, 1973.

『밤은 고요하리라La nuit sera calme』, 갈리마르, 1974.

『이 경계를 지나면 당신의 승차권은 유효하지 않다Au-delà de cette limite votre ticket n'est plus valable』, 갈리마르, 1975.

『여인의 빛Clair de femme』, 갈리마르, 1977.

『영혼 충전Charge d'âme』, 갈리마르, 1977.

『절반La bonne moitié』(희곡), 갈리마르, 1979.

『서정적인 광대들Les clowns lyriques』, 갈리마르, 1979.

『노르망디의 연Les cerfs-volants』, 갈리마르, 1980.

『하늘의 뿌리』(최종판), 갈리마르, 1980.

『에밀 아자르의 삶과 죽음Vie et mort d'Émile Ajar』(유작), 갈리마르, 1981.

포스코 시니발디Fosco Sinibaldi

『비둘기를 안은 남자L'homme à la colombe』, 갈리마르, 1958.

『비둘기를 안은 남자』(유작 최종판), 갈리마르, 1984.

로맹 가리 작품

샤탄 보가트 Shatan Bogat
『스테파니의 머리들Les têtes de Stéphanie』, 갈리마르, 1974.

에밀 아자르 Émile Ajar
『그로칼랭Gros-Câlin』, 메르퀴르드프랑스, 1974.
『자기 앞의 생La vie devant soi』(1975년 공쿠르상 수상), 메르퀴르드프랑스, 1975.
『가면의 생Pseudo』, 메르퀴르드프랑스, 1976.
『솔로몬 왕의 고뇌L'angoisse du roi Salomon』, 메르퀴르드프랑스, 1979.

기타 도서

『프랑스였던 그 사람에게 바치는 시가Ode à l'homme qui fut la France』(평전, 「불가능의 정복자 말로Malraux conquérant de l'impossible」 첨부), 칼만-레비, 1997.
『프랑스였던 그 사람에게 바치는 시가』(재출간), 갈리마르, 2000.
『유대주의는 혈통의 문제가 아니다Le judaïsme n'est pas une question de sang』, 레른, 2008.
『내가 사랑하는 이 여인들Ces femmes que j'aime』, 레른, 2008.
『케네디와 함께한 저녁Un soir avec Kennedy』, 레른, 2008.
『물마루La crête de la vague』, 레른, 2008.

로맹 가리에 관한 책

폴 오디, 장 프랑수아 앙구에 외, 『로맹 가리Romain Gary』, 레른, 2005.

진 세버그 필모그래피

출연 작품 (주요 배역 명기)

1957
성녀 잔 다르크 Saint Joan
감독 : 오토 프레밍거
잔 다르크 역

1958
슬픔이여 안녕 Bonjour tristesse
감독 : 오토 프레밍거
세실 역

1959
약소국 그랜드 펜윅 이야기 The Mouse That Roared
감독 : 잭 아놀드
헬렌 코킨츠 역

1960
내 비문을 누구도 쓰지 못하게 하라
Let No Man Write My Epitaph
감독 : 필립 레아콕
바버라 할러웨이 역

1960
레크리에이션 La récréation
감독 : 파비앙 콜랭
케이트 역

1960
네 멋대로 해라 À bout de souffle

감독 : 장 뤽 고다르
파트리시아 프란치니 역

1961
성인들 Les grandes personnes
감독 : 장 발레르
앤 웨스털링 역

1961
콩고 비보 Congo vivo
감독 : 주세페 벤나티

1963
프렌치 스타일로 In the French Style
감독 : 로버트 패리시

1964
릴리스 Lilith
감독 : 로버트 로센
릴리스 아서 역

1964
아름다운 사기꾼들 Les plus belles escroqueries du monde
감독 : 장 뤽 고다르
파트리시아 레아콕 역

1964
탈주 Échappement libre
감독 : 장 베케르
올가 쳴란 역

로맹 가리와 진 세버그의 숨 가쁜 사랑

1965
애정의 순간 Moment to Moment
감독 : 머빈 르로이

1965
당구장의 백만장자 Un milliard dans
un billard
감독 : 니콜라스 게스너
베티나 랠턴 역

1966
파인 매드니스 A Fine Madness
감독 : 어빈 커쉬너

1966
경계선 La ligne de démarcation
감독 : 클로드 샤브롤
그랑빌 백작 부인 메리 역

1967
카리브식 찜 요리 Estouffade à la
Caraïbe
감독 : 자크 베르나르
콜린 오하라 역

1967
코린토스로 가는 길 La route de Co-
rinthe
감독 : 클로드 샤브롤
샤니 역

1968
새들은 페루에 가서 죽는다 Les oi-
seaux vont mourir au Pérou
감독 : 로맹 가리
아드리아나 역

1969
펜듈럼 Pendulum
감독 : 조지 섀퍼
아델 매튜스 역

1969
페인트 유어 웨건 Paint Your Wagon
감독 : 조슈아 로건
엘리자베스 럼슨 역

1970
에어포트 Airport
감독 : 조지 시턴
타냐 리빙스턴 역

1970
열파 Vague de chaleur
감독 : 넬로 리지

1970
마초 칼라한 Macho Callahan
감독 : 버나드 코왈스키

1971
어떤 사랑 Questa specie d'amoure
알베르토 베빌라쿠아

진 세버그 필모그래피

1972
킬 Kill
감독 : 로맹 가리
에밀리 해밀턴 역

1972
테러 L'attentat
감독 : 이브 부아세
에디트 역

1972
청부 살인자들 Le tueurs à gages
감독 : 파스쿠알레 스쿠이티에리

1973
부패 The Corruption
감독 : 후안 안토니오 바르뎀

1974
고양이와 쥐 Cat and Mouse
감독 : 대니얼 페트리

1974
강력한 고독 Les hautes solitudes
감독 : 필립 가렐
마릴린 먼로 역

1974
빌리 더 키드를 위한 발라드 Ballad
for Billy the Kid(단편)
감독 : 진 세버그
인기 스타 역

1974
여름의 백마 White Horses of Su-
mmer
감독 : 라이몬도 델 발조

1975
대착란 Le grand délire
감독 : 데니스 베리
에밀리 역

1976
야생 오리 Le canard sauvage
감독 : 한스 W. 가이센되르퍼

1978
시초의 블루 Le bleu des origines
감독 : 필립 가렐

1979
콜웨지를 덮친 외인부대 La légion
saute sur Kolwezi
감독 : 라울 쿠타르
※ 삭제된 장면에 출연

감독 작품

1974
빌리 더 키드를 위한 발라드 Ballad
for Billy the Kid

로맹 가리와 진 세버그의 숨 가쁜 사랑